Als Hauptkommissar Benoît Lorand eines Tages in einem düsteren Kellerverlies erwacht, ist plötzlich alles wie im Albtraum. Eine Frau hält ihn gefangen und bezichtigt ihn eines abscheulichen Verbrechens. Lorand kann sich an nichts erinnern. Ihr hilflos ausgeliefert, versucht er seine Peinigerin davon zu überzeugen, dass er unschuldig ist. Doch sie scheint Beweise für seine Untat zu haben. Und auch wenn das ganz unmöglich ist, der Kommissar kann nur hoffen, dass seine Kollegen ihn bald finden …

»Karine Giébel ist eine Meisterin ihres Fachs.« *Livres Hebdo*

Karine Giébel wurde 1971 im Département Var geboren, wo sie auch heute noch lebt. Schon während ihres Jurastudiums widmete sie sich dem Verfassen von psychologischen Spannungsromanen und gilt inzwischen als DIE weibliche Stimme des französischen Thrillers. Für *Du wirst nicht wissen warum* erhielt sie den Prix SNCF du Polar francais.

Eliane Hagedorn studierte an der Sorbonne in Paris und übersetzt seit 1988 aus dem Französischen. Sie lebt in Deutschland und Frankreich.

Bettine Runge studierte am Sprachen- und Dolmetscherinstitut in München und übersetzt seit 1980 aus dem Englischen und Französischen.

Karine Giébel im Berlin Verlag:
Die Flügel, mein Engel, zerreiß ich dir (978-3-8333-0979-3)

KARINE GIEBEL

DU WIRST NICHT WISSEN WARUM

PSYCHOTHRILLER

Aus dem Französischen von
Eliane Hagedorn und Bettina Runge

Berlin Verlag Taschenbuch

Mehr über unsere Bücher und Autoren:

www.berlinverlag.de

MIX
Papier aus verantwortungsvollen Quellen
FSC® C083411

ISBN 978-3-8333-1000-3
Juni 2016
Die Originalausgabe erschien unter dem Titel
Les Morsures de l'Ombre

Umschlaggestaltung: ZERO Werbeagentur, München
Umschlagmotiv: FinePic®, München
Gesetzt aus der ITC Galliard von psb, Berlin
Druck und Bindung: CPI books GmbH, Leck
Printed in Germany

Für Anne,
seit zwanzig Jahren wie eine Schwester …

Ein herzliches Dankeschön an Sylvie und Jacky
für ihre wertvolle Hilfe,
an Maître Pascale Farhat für seine erhellenden Ratschläge.
Und nicht zu vergessen an Denis …

PROLOG

Komisches Gefühl.

Wie ein Kater nach einer durchzechten Nacht. Nur dass er sich an den Vorabend nicht richtig erinnern kann … Neuronaler Breakdown.

Schließlich schlägt er die Augen vollständig auf. Bemerkt, dass er auf dem blanken Boden liegt, auf dreckigem Beton. Eine Mischung verschiedener Gerüche dringt in seine Nase: Wandfarbe, Putzmittel, Benzin? Unangenehm, vor allem am frühen Morgen. Aber ist es überhaupt Morgen?

Es riecht nicht wie in meiner Wohnung.

Erste Gewissheit: Ich bin nicht bei mir zu Hause.

Aber wo dann?

Seine Lider wollen sich wieder schließen. Er kämpft mit aller Kraft dagegen an.

An der Decke abblätternde Farbe. Links eine Wand, nackter Beton, mit einer dunklen Vertiefung in der Mitte, in der er ein weißes Porzellanbecken auszumachen glaubt …

Gegenüber ein vergittertes Kellerfenster; dahinter ein zaghafter Widerschein von Sonnenstrahlen. Das einzige Licht kommt von dort. Er dreht den Kopf nach rechts, was ihm höllische Nackenschmerzen verursacht. Und da entdeckt er …

Die Gitterstäbe.

Er versucht, sich aufzurichten. Alles schwankt, dreht sich im Kreis. Erst auf alle viere, dann auf die Knie; und schließlich auf die Füße. Rascher Blick zu allen Seiten: Er erkennt nichts wieder.

Er macht einige Schritte, stößt gegen die Metallstäbe, die ihn umgeben, versucht, das Gitter zu öffnen. Er rüttelt wie besessen an dem Türgriff. Vergebliche Mühe.

Eingesperrt.

Sein Herz befreit sich langsam aus seiner Lethargie. Beginnt heftig zu schlagen. Sehr heftig.

In einem lächerlichen Reflex tastet er nach seiner Pistole. Um sich Mut zu machen. Doch sein Holster ist leer. Eine schreckliche Leere.

Zweite Gewissheit: Ich stecke in der Scheiße …

Jenseits des Käfigs, der ihn gefangen hält, ein beunruhigendes Halbdunkel. Vage erkennt er schmutzige Regale, vollgestopft mit Kartons, leeren Flaschen und Einmachgläsern. Werkzeug, das an den Wänden lehnt; weitere Kartons, am Boden gestapelt; eine Treppe. Mehr sieht er nicht von seinem Standort aus.

Eine Garage oder ein Keller. Ein elendes Loch. Ein Rattenloch.

Aber was habe ich hier verloren, verdammt noch mal?

In der Nische eine Art Badezimmer. Ein Waschbecken, eine Duschwanne, ein Klo. Noch immer wackelig auf den Beinen, setzt er sich lieber hin. Er lässt sich auf eine Decke sinken, die am Boden liegt, lehnt sich an die Wand gegenüber dem Gitter.

Energisch bringt er seine grauen Zellen in Gang. Versucht, sich zu erinnern, wie er hierhergekommen ist. Vergebens.

Totaler Blackout.

Er sucht in den Taschen seines Mantels, seiner Jeans. Auch da nur Leere. Kein Portemonnaie mehr, keine Knarre, keine Anhaltspunkte. Dafür eine grauenhafte Migräne.

Er streicht über seinen Nacken und stellt verdattert fest, dass geronnenes Blut an seinen Fingerkuppen klebt.

Mist, ich bin verletzt …

Seine Hose ist verdreckt, sein Mantel auch. Er wurde wohl über den Boden geschleift.

Er versucht weiter, sich zu erinnern. Statt seines Gedächtnisses nur ein löchriger Käse. Ein paar sehr vage Bilder, ohne Anfang oder Ende.

»Verdammt! Was ist bloß los?!«

»Stimmt etwas nicht, Hauptkommissar? Kopfschmerzen vielleicht?!«

Er zuckt zusammen. Das kommt aus dem Dunkel. Er kneift die Augen zusammen, nimmt verschwommen eine Gestalt im hinteren Teil des riesigen Kellers wahr, auf der anderen Seite der unüberwindbaren Abtrennung.

»Wer … Wer sind Sie?«

»Sie erinnern sich nicht?!«

Plötzlich, diese Stimme … Eine Bilderflut steigt vor seinem inneren Auge auf.

Eine Frau. Rothaarig, eher charmant. Ja, er entsinnt sich. Vage.

Er hat sie nach Hause begleitet. Aber wo ist er ihr begegnet? Das fällt ihm nicht mehr ein. Sie haben ein Gläschen zusammen getrunken, er hat sie in die Arme genommen … Anschließend nichts als ein schwarzes Loch.

Wie heißt sie noch mal?

Er nähert sich den Gitterstäben, klammert sich mit beiden Händen daran fest. Macht einen Versuch.

»Lydia?«

»Ich sehe, die Erinnerung kommt zurück, Hauptkommissar!«

Bingo! Ich habe mich nicht im Vornamen geirrt!

»Lydia. Warum haben Sie mich hier eingesperrt? Was soll dieses blöde Spiel?«

Die Silhouette löst sich aus dem Schatten, gleitet zu ihm hin, bleibt aber anderthalb Meter von der Grenze entfernt stehen. Jetzt erkennt er sie. Hochgewachsen, elegant. Langes Haar, helle Haut. Und auf den Lippen ein unheilvolles Lächeln.

»Der Spaß hat jetzt lang genug gedauert, Lydia! Sie öffnen jetzt dieses Gitter und … Wo ist überhaupt meine Pistole?«

»Ihre Waffe ist in meinen Händen. Genau wie Ihr Leben …«

KAPITEL 1

Seine Finger umklammern das kalte Metall. Derart mit den Gitterstäben verschweißt, bleibt ihm nichts anderes übrig, als zu versuchen, zumindest seine Stimme im Griff zu behalten. *Genau wie Ihr Leben …*

»Wenn das ein Scherz sein soll, ist er wirklich nicht komisch!«

Lydia macht einen Schritt auf ihn zu, bleibt aber trotzdem auf Distanz. Unberührbar.

Er kann jetzt ihr Gesicht besser erkennen, auch wenn es weiter von Schatten verhüllt bleibt. Als ihre Blicke sich treffen, liest er in ihren Augen nichts Belustigendes.

»Haben Sie Angst, Hauptkommissar?«

Ihre raue Stimme lässt ihm das Blut in den Adern gefrieren. Ein leichter Schauer läuft über seinen ohnehin schon schmerzenden Nacken.

»Angst?! Nein. Ich frage mich nur, ob …«

»Seien Sie still!«

Die Kerkermeisterin greift nach einem Stuhl, lässt sich ihm gegenüber nieder, schlägt die Beine übereinander und zündet sich eine Zigarette an.

»Was ist das für ein Gefühl, Gefangener zu sein?«

»Ein beschissenes! Öffnen Sie augenblicklich diese Tür!«

Er hat die Ruhe verloren, das verrät schon seine Stimme.

»Jetzt mal ganz langsam, Hauptkommissar! *Ich* gebe hier die Befehle!«

Er seufzt und hebt die Augen gen Himmel, den er gar nicht sehen kann. In seinem Kopf und um ihn herum dreht sich weiterhin alles. Am liebsten würde er sich auf der Stelle übergeben. Er weicht zurück bis zur Wand, lässt sich an ihr hinuntergleiten, bis er auf der Decke sitzt.

»Gefällt Ihnen der Ort? Richtig lauschig, oder? Außerdem ist es ruhig. Unendlich ruhig! Gut, es ist nicht besonders luxuriös, aber …«

»Was soll das hier? Was soll dieser Blödsinn?«

»Regen Sie sich nicht auf, Benoît. Das bringt Ihnen gar nichts, wissen Sie!«

Sie kennt seinen Vornamen. Natürlich, sie haben ein Gläschen zusammen getrunken. Sie haben sich sogar geküsst. Vielleicht sogar mehr …

»Wenn Sie dann wohl die Güte hätten, mir zu erklären, was ich hier zu suchen habe!«

Sie drückt den Zigarettenstummel mit ihren Pumps aus und tritt ganz dicht an das eiserne Gitter. Er fragt sich, ob er aufstehen soll. Schließlich bleibt er aber auf seiner Decke sitzen.

»Das wissen Sie nicht?«

»Nein, ich hab keine Ahnung!«, knurrt er.

»Aber gewiss doch …«

Er schnellt hoch, wie eine Sprungfeder. Sie weicht zurück. Er klammert sich wieder an die Metallstäbe.

»Ich warne Sie. Sie bekommen ernsthafte Probleme,

wenn Sie mich nicht augenblicklich hier rauslassen! Ich erinnere Sie daran, dass ich Polizist bin!«

Sie lächelt erneut und beginnt, die Treppe hinaufzusteigen.

»Ich komme bald wieder herunter, *Herr Polizist*! Wenn Sie sich entspannt haben.«

»Halt! Kommen Sie zurück, Lydia! Wohin gehen Sie?«

Sie ist bereits oben angelangt, dreht sich nicht einmal um. Eine Tür knarrt und schlägt zu. Sie ist verschwunden.

Benoît traktiert das gleichgültige Gitter mit Fußtritten. Stößt Wutschreie aus, die im Nichts verhallen. Die vom undurchlässigen Deckel seines Sarges zurückprallen.

* * *

Er lehnt seinen Kopf an die Betonwand, schließt die Augen.

»Ich bin an eine Geisteskranke geraten, verdammt!«, stöhnt er. »Das kommt davon, wenn man seine Frau betrügt ...«

Aber haben wir überhaupt zusammen geschlafen? Ich erinnere mich nicht mal dran! Sollte dem so gewesen sein, hat es ihr offensichtlich nicht gefallen. Sonst wäre ich in ihrem Bett aufgewacht, nicht in ihrem Keller!

Er versucht, sich den Ablauf des gestrigen Tages zu vergegenwärtigen. So wie er es für gewöhnlich tut, wenn jemand als vermisst gemeldet wird.

Nur dass in diesem Fall ich verschwunden bin.

Wie sehr er sich auch den Kopf zermartert, er bekommt nur das Ende des Filmes zu sehen … Doch er gibt nicht auf, konzentriert sich, wringt sein Gehirn aus wie einen Lappen. Nach etwa einer Viertelstunde nimmt alles langsam Form an. Gewiss, einige Teile des Puzzles fehlen noch, aber …

Am frühen Abend, auf dem Heimweg von Dijon … Da sah er dieses Mädchen am Straßenrand. Autopanne, gleich am Ortsausgang von Saint-Vit. Vergeblich hat er versucht, ihren Wagen wieder in Gang zu bringen. Da sie Angst hatte, allein im Dunkeln nach Hause zu laufen, hat er ihr angeboten, sie zu fahren. Ein altes Haus, verloren in einem verwilderten Garten. An der D 75, nicht weit hinter Fraisans. Ja, genau, am Rand des Forêt de Chaux. Jetzt sieht er die Örtlichkeiten wieder deutlich vor sich. Als Dank hat sie ihm einen Drink angeboten. Natürlich hat er Idiot nicht daran gedacht, abzulehnen! Sie hat sich dicht neben ihn gesetzt. Er erinnert sich, auf ihre Beine geschielt zu haben, ihr einladendes Dekolleté. Ein zweiter Scotch, er fühlte sich entspannt. Wollte schon seine Frau anrufen, um ihr zu sagen, er käme später. Ein dringender Fall.

Wie kann man nur so blöd sein!

Sie haben sich geküsst. Er erinnert sich an das Gefühl. Und danach … Nichts mehr!

Drogen! Sie hat was in sein Glas gekippt! Deshalb kann er sich an nichts mehr erinnern. Klar!

Aber was will diese Verrückte von mir?

Am liebsten möchte er heulen. Fürs Erste begnügt er sich aber damit, pinkeln zu gehen.

Er sieht sich seine Zelle noch einmal genauer an. Sonderbar, dass sie so präzise eingerichtet ist. Als hätte seine

Kerkermeisterin alles vorbereitet, um ihn hier einzusperren. Vielleicht hat sie es sich zur Gewohnheit gemacht, Typen hier festzuhalten! Vielleicht greift sie immer wieder mal auf den Trick mit der Autopanne zurück, lädt die Kerle zu sich ein und … Und was? Murkst sie ab?!!

Trotz der feuchten Kälte schwitzt er ein wenig, trinkt ein paar Schlucke Wasser aus dem Hahn über dem Waschbecken.

Bewahr einen kühlen Kopf, Ben. Sie wird schließlich keinen Bullen kaltmachen. Und wenn es eine Serienmörderin in der Gegend gäbe, so wüsste er es! Nein, vielleicht geht seine Fantasie mit ihm durch, in Wirklichkeit hält sie ihn nur wenige Stunden fest und lässt ihn dann einfach gehen … *Aber sobald sie dieses Gitter öffnet, werde ich sie …*

Die Tür über der Treppe knarrt. Er nähert sich den Metallstäben, sieht ein Paar umwerfende Beine langsam die Stufen herunterkommen.

»Nun, Hauptkommissar, haben Sie sich beruhigt?«

»Voll und ganz, Lydia! Ich habe Sie erwartet.«

»Mich erwartet?«

»Ja. Es gibt sicher etwas, das ich für Sie tun kann, oder? Sonst hätten Sie mich nicht in dieses Loch eingesperrt! Sagen Sie also, was Sie von mir erwarten.«

»Alles zu seiner Zeit, Benoît.«

»Ich habe nämlich derzeit viel Arbeit, wissen Sie? Und ich habe keine Ahnung, wie spät es ist, nachdem Sie mir meine Uhr abgenommen haben. Aber ich denke, ich müsste längst im Büro sein …«

»So ist es.«

Sie nimmt auf dem kleinen Holzstuhl ihm gegenüber Platz.

»Also, was spielen wir für ein Spielchen, liebe Lydia?«, fragt er lächelnd.

Ein extrem gezwungenes Lächeln, das ihr etwas vormachen soll.

»In diesem Fall bin ich es, die spielen wird.«

»Ach ja? Und was?«

»Sie beim Sterben beobachten, Hauptkommissar …«

KAPITEL 2

Welcher Tag ist heute?

Dienstag, der 14. Dezember.

Ja, genau. Vorhin hat sie gesagt, ich müsste schon im Büro sein. Demnach ist es also zwischen zehn und elf Uhr morgens.

Entscheidend ist, nicht das Zeitgefühl zu verlieren.

Es ist das erste Mal, dass Benoît regelrecht bedauert, nicht im Büro zu sein! Das erste Mal, dass ihm das Geschrei seines Chefs fehlt.

Er zieht seinen Mantel aus, steht auf; noch immer dreht sich alles. Sie muss ihm eine Riesenladung Stoff in den Whisky gegeben haben, dieses kleine Miststück!

Er läuft am Gitter entlang, stellt fest, dass es vor Kurzem in den Boden einzementiert worden sein muss. Vor der Tür hält er an. Versucht es noch einmal, rüttelt mit aller Kraft daran. Bearbeitet sie mit Fußtritten, wirft sich mit der Schulter dagegen. Denn Kraft hat Benoît. Noch. Im Überfluss. Aber das Ding ist solide. Das würde sogar einen mit Amphetaminen vollgepumpten Kampfstier aufhalten.

Er stellt sich unter das Kellerfenster, das zu hoch ist, um hinaufzugelangen. Dabei ist er wahrlich kein Zwerg!

Auf jeden Fall sind auch hinter der verdreckten Scheibe Gitterstäbe. Aber er hätte wenigstens um Hilfe rufen können.

Nein, es ist noch zu früh, um um Hilfe zu rufen!

Erst einmal und vor allem ruhig Blut bewahren.

In der Ecke mit der Toilette macht er sich auf die Suche nach einem Gegenstand, mit dem er das Türschloss aufbrechen könnte. Nichts.

Nachdem sich die Muskeln als nutzlos erwiesen haben, ruft er seine grauen Zellen zu Hilfe. Wichtig ist, ruhig zu bleiben und konzentriert nachzudenken. Zu verstehen.

Man handelt besser, wenn man versteht. Man kämpft leichter gegen einen Feind, dessen Psyche man einschätzen kann.

Er setzt sich erneut auf seine Decke. Wie ein Hund.

Warum? Warum hat mich diese Irre hier eingesperrt? Purer Wahnsinn? Sexuelle Abweichung?

Das Schlimmste ist: Sie hat meine Knarre. Zu allem Überfluss geladen!

Sie beim Sterben beobachten, Hauptkommissar …

Nein, ich wüsste nicht, warum sie mich abknallen sollte!

Obwohl … Psychopathen bin ich in meiner Karriere schon so einigen begegnet. Sie brauchen eigentlich keinen bestimmten Grund, um ihre Opfer umzulegen??!

Oder aber, ich habe ihren Typen geschnappt und eingebuchtet. Aber das sind keine Gangstermethoden! Sie verlangen nicht von ihrer Braut, dass sie einen Bullen einsperrt, um Rache zu üben …

Ein Lösegeld? Lächerlich! Ich bin völlig blank! Meine Familie auch.

Und Gaëlle, die sicher überall anruft, um herauszufinden, wo ich bin! Die tausend Ängste ausstehen muss.

Benoît drückt sich an die Wand. Nicht zu wissen, ist die schlimmste aller Torturen. Er hat den Eindruck, sich in einem kafkaesken Szenario zu befinden. Einer verrückten Geschichte. Einer Art Albtraum mit dem bitteren Beigeschmack von Realität.

Sie wird etwas im Austausch für meine Freiheit verlangen. Ja, das ist es! Sie wird das Ministerium kontaktieren, sagen, dass sie einen Polizisten als Geisel hält, um die Freilassung eines Ganoven oder etwas in der Art zu erwirken. Aber was interessiert die so ein kleiner Bulle aus der Provinz?!

Grausame Frage: Was ist meine Haut wert?

Er erstickt, knöpft sein Hemd bis zum Bauchnabel auf, richtet die hellen Augen auf das Kellerfenster. Das Bedürfnis zu brüllen, wild um sich zu schlagen, überkommt ihn.

Schone deine Kräfte, Ben … Du wirst sie noch brauchen, um dich aus dieser Falle zu befreien.

Er beginnt wieder, auf und ab zu laufen. Er kann nicht anders, als wenn Stillstand bedeuten würde, sich dem Tod auszuliefern.

Ein Raubtier im Käfig.

Plötzlich kann er dieses Auf und Ab der Tiere in den Käfigen der Zoos besser verstehen.

Warum hab ich sie nicht einfach am Straßenrand stehen lassen, verdammt?! Wie konnte ich nur so blöd sein?

Aber wie hätte ich das auch ahnen können? Dass dieses Biest mit den Allüren einer Femme fatale mich in ihrem Keller einsperren würde!

Auf alle Fälle werden sie bald merken, dass ich verschwunden bin, und die Suche einleiten. Nur dass diese Bruchbude nicht wirklich auf meinem Weg liegt …

Vielleicht war sie unvorsichtig und hat mein Handy eingeschaltet gelassen. Dann könnte man mich orten …

»Los, Leute, holt mich hier raus!«, fleht er. »Holt mich hier raus!«

Nicht an den Tod denken. Nicht so voreilig.

Innerhalb weniger Stunden ist er klaustrophobisch geworden. Ein bislang unbekanntes Gefühl.

Noch nie hat er sich derart ohnmächtig gefühlt. Wehrlos im Angesicht des Gegners.

Er ist jemandem ausgeliefert. Einer Frau ausgeliefert. Einer Verrückten.

Sie war nicht zufällig auf dieser Straße. Sie hatte es auf ihn abgesehen, ganz gezielt. *Aber wie konnte sie wissen, dass ich den Weg über Saint-Vit nehme, genau zu dieser Stunde? Ich fahre nie zur selben Zeit nach Hause, das ist völlig absurd! Außerdem kam ich aus Dijon, nicht aus Besançon …*

Ein Zufall. Ein schmerzlicher Zufall.

Mich hat es erwischt. Dabei habe ich das gar nicht verdient.

Er streckt sich auf der Decke aus. Der Betonboden ist nicht gerade bequem, doch es hat keinen Sinn, seine Energie zu vergeuden.

Sie kann was erleben. Wenn ich hier raus bin, wird sie schon sehen, was sie davon hat.

* * *

Das ähnelt einem Spiel.

Der Erste, der sich bewegt, hat verloren.

Wie lange schon beobachtet sie mich so? Eine Stunde, mindestens …

Auf ihrem Stuhl, die Beine übereinandergeschlagen wie immer. Und von Zeit zu Zeit eine Zigarette.

Ich würde übrigens auch gern eine rauchen.

Sie hat sich vor dem Gitter niedergelassen. Ohne ein Wort hat sie sich gesetzt, ihr Gesicht im Schatten. Sie hat ihr Kostüm gegen ein Outfit getauscht, das weniger sexy ist; Jeans, Pullover, Turnschuhe.

Ich würde mich auch gerne umziehen. Eine heiße Dusche, saubere Kleidung …

Benoît hat sich nicht gerührt. An die Wand gelehnt, bleibt er auf seiner Decke sitzen. Die Beine angezogen. Ganz brav. Entschlossen, den Eindruck zu erwecken, dass er keine Angst hat, nicht einmal nervös ist. Eine Fassade der unerschütterlichen Ruhe.

Sie will mich stundenlang so beobachten? Von mir aus! Soll sie mich doch anstarren! Sie wird dieses albernen Spielchens schon überdrüssig werden. Und mir endlich erklären, was sie eigentlich will. Sich outen.

Ich hab schon so manchen Irren getroffen, aber sie hat wirklich den Oscar verdient!

Die Sonne ist hinter dem Kellerfenster verschwunden. Das Tageslicht verblasst, wird bald nur noch eine grausame Erinnerung sein.

Ich hoffe, sie haben mit der Suche begonnen und mein Handy wird sie überführen. Wenn sie mich hätte töten wollen, hätte sie längst den Abzug gedrückt. Das ist ja nicht so kompliziert!

Man beruhigt sich, wie man kann …

Nachdem er sich so lange nicht gerührt hat, sind seine Beine ganz steif geworden. Er würde am liebsten aufstehen, hat aber beschlossen, sich nicht als Erster zu bewegen.

Er befindet sich im fahlen Dämmerlicht, sie hingegen ist in völlige Dunkelheit getaucht. Er fixiert sie, ohne sie wirklich zu sehen. Mustert nur die Finsternis.

Mir tut der Hintern weh auf diesem Beton! Ich habe Durst. Ich habe Hunger!

Wie kann man Hunger haben, wenn man nicht weiß, ob man die Nacht überstehen wird? Vitalfunktionen, Instinkte … Der Körper lebt weiter, während der Geist sich schon mit dem Gedanken an den Tod vertraut macht.

Sie zündet sich noch einen Glimmstängel an. Für den Bruchteil einer Sekunde erleuchtet die Flamme des Feuerzeugs ihr Gesicht.

Ein so hübsches Gesicht, denkt Ben. Nicht perfekt, nein. Eher betörend. Ihr Anblick lässt niemanden – weder Mann noch Frau – gleichgültig. Ja, der Blick verweilt zwangsläufig auf dieser Skulptur aus Eis und Feuer, um die Züge zu erkunden, die zugleich einnehmend und furchteinflößend sind und die im Kontrast stehen zu der Zerbrechlichkeit, die man am Grund ihrer Augen erahnt.

Ein faszinierendes Werk der Natur.

Ja, ein so hübsches Gesicht.

Ein Monster.

So sieht er sie fortan. Ein Monster in der Haut einer bezaubernden Frau.

Ideale Tarnung, um männliche Beute anzulocken.

»Woran denken Sie, Hauptkommissar?«

Benoît zuckt unmerklich zusammen. Er hat gewonnen, sie hat als Erste das Schweigen gebrochen!

Er antwortet nicht, begnügt sich mit einem selbstsicheren Lächeln.

»Nun, woran denken Sie, Benoît?«

»An Sie natürlich. An wen sonst?«

»Sie stellen sich eine Menge Fragen, nicht wahr?«

»Die eine oder andere.«

»Welche?«

Er hat sich dem Gitter genähert.

»Ich frage mich, welcher Idiot von Psychiater Sie aus der Klapsmühle entlassen hat!«

Diese Bemerkung löst ein diskretes, aber finsteres Lachen der Hausherrin aus.

»Sie glauben, dass ich verrückt bin?«

»Ohne jeden Zweifel!«

»Sie irren sich.«

»Entzückt, das zu hören!«

»Eine weitere Frage?«

»Ich habe mir auch überlegt, was ich Ihnen antun werde, wenn ich hier rauskomme.«

»Drohungen?«

»Ich habe da so ein paar Ideen!«

»Wähnen Sie sich wirklich in einer Position der Stärke, Hauptkommissar? An Ihrer Stelle würde ich mich doch lieber bedeckt halten!«

»Das ist nicht meine Art, *Chérie*, tut mir leid!«

Lydia kichert erneut. Sie fixiert ihn weiterhin und wickelt dabei automatisch eine Strähne ihrer prächtigen roten Mähne um den Finger. Ein Tick, der Benoît schon vom ersten Moment an aufgefallen war.

»Finden Sie mich so interessant, dass Sie mich über Stunden beobachten?!«, wagt er sich vor. »Das ist schmeichelhaft, aber …«

Sie macht sich gar nicht erst die Mühe, darauf zu antworten.

»Wenn es das ist, verspreche ich, Ihnen ein Foto von mir ins Gefängnis zu schicken«, fährt Benoît fort. »Oder in die Klapsmühle! Dann können Sie mich pausenlos bewundern! Dann können Sie Ihre endlosen Tage damit ausfüllen.«

Noch immer keine Reaktion.

»Hören Sie, Lydia. Wenn ich Ihnen gefalle, dann kann ich vielleicht etwas für Sie tun. Wenn es das ist, was Sie wollen, brauchen Sie mich nicht in Ihrem Keller einzusperren! Dann wären wir besser in Ihrem Schlafzimmer aufgehoben, oder nicht?«

Sie erhebt sich, und einen Moment lang schöpft er Hoffnung. Doch sie steuert auf die Treppe zu.

»He! Lydia! Gehen Sie nicht einfach so! Was ist los? Mache ich Ihnen jetzt etwa Angst? Kommen Sie zurück!«

Die Tür fällt ins Schloss. Er seufzt. Niederlage.

Er hätte weniger zynisch, sondern viel subtiler sein müssen. Er sinkt auf seine Decke zurück, streckt sich aus und hüllt sich in seinen Mantel. Verdammte feuchte Kälte!

Sie kommt bestimmt bald zurück. Ich ändere meine Strategie. Ich finde sicher ihre Schwachstelle.

* * *

Die Gitterstäbe trennen sie. Die Nacht ist hereingebrochen, diesmal hat Lydia aber Licht gemacht. Ein flackerndes Licht, das an ein schwaches Holzfeuer erinnert.

Sie hat sich nahe herangewagt. Er steckt die Arme durch die Metallstäbe, zieht sie etwas heftig zu sich heran.

»Nun, Lydia? Brauchst du die Gitterstäbe, um dich aufzugeilen, ja?«

Sie presst die Lippen auf seine. Er würde sie am liebsten beißen, tut aber, was sie wünscht, in der Hoffnung, hier herauszukommen. Er küsst sie, lässt seine Hand hinab und unter ihren Rock gleiten. Nicht sehr praktisch, diese Metallstäbe. Aber auch nicht unangenehm als Setting!

Er glaubte, schon alles erlebt zu haben. Aber das … kommt nicht mal im *Kamasutra* vor! Müsste man als Anhang noch hinzufügen.

Sie murmelt mit lasziver Stimme seinen Vornamen. Sie knöpft sein Hemd auf, er lässt es geschehen. Sie hat den Schlüssel und damit alle Rechte. Er schließt die Augen, durchlebt ein schmerzhaftes Zittern. Sie löst seinen Gürtel, schiebt seine Hose herunter.

Ja, die Situation könnte schlimmer sein, keine Frage.

Sie führt den Tanz an, er widersteht nicht. Es ist ihm immer schon schwergefallen, Frauen zu widerstehen. Und umgekehrt.

Benoît zuckt zusammen, öffnet die Augen.

Totales Dunkel, Rücken an der eiskalten Wand.

Die Lust ist noch da, tief in seinen Eingeweiden.

Und doch war es nur ein Traum. Täuschend echt.

Verdammt. Was soll dieser Traum? Ich kann doch diese Irre nicht begehren!

Er tastet sich bis zu seinem Luxusbad vor und schlägt mit dem Kopf gegen die Wand.

»Verdammte Scheiße!«

»Ein Problem, Hauptkommissar?«

Er fährt erneut zusammen. Er wird noch einen Herzinfarkt bekommen!

Sie ist da, dort im Dunkel, hockt wahrscheinlich auf ihrem Stuhl. Hat ihn beobachtet, während er schlief.

Blödsinn! Sie kann mich bei Nacht nicht sehen.

Trotzdem fühlt er sich bespitzelt, ausspioniert. Fast vergewaltigt.

»Angst vor der Dunkelheit, Benoît?«

Er schweigt. Wartet regungslos auf die Fortsetzung des Spiels. Denn es ist zweifellos ein Spiel. Er hört, dass sie aufsteht, erahnt ihre Bewegungen. Durch das Kellerfenster dringt kaum mehr als dürftiges Mondscheinlicht, aber seine Augen beginnen, sich daran zu gewöhnen. Er sieht einen Funken, sie hat den Schalter betätigt. Die Birne, die von der Decke hängt, verströmt augenblicklich ein unnatürlich grelles Licht.

Sie tritt näher, er fühlt sich an seinen Traum erinnert.

Sie nicht erschrecken. Sie nicht vertreiben. Er macht einen Schritt auf sie zu, sie weicht nicht zurück.

»Lydia, ich muss zugeben, ich verstehe Sie nicht. Aber Sie können es mir sicher erklären.«

Noch ein Schritt. Sie ist immer noch da, nahe der verbotenen Grenze. Sie flüchtet nicht – ähnlich wie in seinem Traum. Eine Vorahnung? Er stellt fest, dass es ihm nicht missfallen würde.

»Wissen Sie, Lydia, so langsam bekomme ich Hunger.«

»Das denke ich mir. Seit etwa vierundzwanzig Stunden haben Sie nichts mehr gegessen. Aber es heißt ja, man könnte das über einen Monat durchhalten, wenn man einfach nur Wasser trinkt.«

Sein Hals schnürt sich zusammen, sein Magen auch.

»Ist das Ihr Plan? Mich verhungern lassen?«

Ein weiterer behutsamer Schritt. So nah am Ziel.

»Sie werden es erleben«, gibt sie kalt zurück.

»Überraschungen haben mir nie gefallen! Also sagen Sie mir, was mich erwartet!«

Urplötzlich stürzt er sich auf sie. Sie versucht, sich ihm zu entwinden, ist nicht schnell genug. Er hat ihr Handgelenk im Griff, eine der Metallstangen bohrt sich hinein. Er dreht sie herum, sodass sie jetzt mit dem Rücken zum Gitter steht. Er drückt seinen Unterarm auf ihre Kehle.

»Nun, Lydia? Jetzt ist es wohl nicht mehr so lustig, was?«

Sie wehrt sich, er hält durch. Beginnt mit der anderen Hand, ihre Taschen abzusuchen.

»Wo ist der Schlüssel?«, brüllt er.

»Glaubst du wirklich, dass ich ihn bei mir habe? Idiot! Wenn du mich erwürgst, kommst du hier nie raus!«

Er zieht an ihren Haaren, verdreht ihren grazilen Nacken, entlockt ihr einen Schrei.

»Wo ist der verdammte Schlüssel?«, zischt er ihr drohend ins Ohr.

»Oben! Du vergeudest deine Zeit, Dreckskerl!«

Er hätte Lust, ihr das Genick zu brechen. Aber sie hat recht: Wenn er sie tötet, wird er in diesem Loch krepieren, noch dazu ganz in der Nähe einer Leiche. Er zwingt sie, sich zu ihm umzudrehen – ihre bernsteinfarbenen Augen funkeln wütend.

»Was willst du, Lydia, sag …«

Benoît streicht mit den Fingerspitzen über ihren Hals. Nach der harten Tour will er es nun mit Sanftheit versuchen. Er lässt eine Hand hinab zu ihren Brüsten wandern, versenkt seinen Blick in ihren.

»Ist es das, was du willst?«

Statt einer Antwort bekommt er ihr Knie mit voller Wucht zwischen die Oberschenkel. Er lässt sie los, krümmt sich vor Schmerzen.

Lydia ist zurückgewichen. Sie beobachtet ihn mit einem dämonischen Lächeln, das dann in regelrechtes Gelächter übergeht. Noch nie in seinem Leben hat er ein so grauenhaftes Lachen gehört. Er richtet sich auf, schluckt seinen Schmerz hinunter, versetzt der Tür einen Fußtritt.

»Scheiße! Ich hab die Schnauze voll von deinem Blödsinn! Sagst du mir endlich, was du willst?«

Sie postiert sich in sicherem Abstand vor ihm. Geschützt durch die Chinesische Mauer.

»Lassen die Nerven nach, Hauptkommissar? Jetzt schon? Ich hätte dich für zäher gehalten!«

»Warte nur, bis ich hier raus bin. Dann werde ich dich …«

»Gute Nacht, Benoît!«, fällt sie ihm ins Wort. »Träum schön.«

Er beginnt zu schreien wie ein Verrückter.

»Ich bring dich um, du Miststück! Verstehst du? Ich mach dich kalt!!«

Noch einmal hört er ihr satanisches Lachen, dann geht das Licht aus, die Tür fällt ins Schloss. Er bricht auf seinem behelfsmäßigen Lager zusammen, ist einen Moment lang wie betäubt. Das Gesicht des kleinen Jérémy steigt lächelnd vor ihm auf. Papa fehlt ihm bestimmt.

Aber Papa kommt zurück, mein Kleiner!

Er legt sich auf die Seite, wickelt sich in die Decke ein. Nur die Finsternis beobachtet ihn. Jetzt kann er seinen Tränen freien Lauf lassen.

KAPITEL 3

Mittwoch, 15. Dezember

Er öffnet die Augen und blickt in eine feindselige, eisige Morgendämmerung.

Alle Knochen tun ihm weh. Sicher wegen des Betons, der ihm als Matratze dient. Dazu die Kälte, die ihn stundenlang gequält hat.

Er hat miserabel geschlafen, aber viel geträumt. Fast wie im Delirium.

Von seinem Bett, warm und bequem, von seiner Frau.

Und auch von ihr. Immer wieder derselbe phantasmagorische Traum: Jeder auf einer Seite der Gitterstäbe, die unerhörte Lust …

Nicht ohne Angst blickt er prüfend in das Halbdunkel, das ihn umfängt. Nein, das Monster ist nicht da.

Der bohrende Hunger erwacht zeitgleich mit ihm. Bald achtundvierzig Stunden ohne Essen. Eine weitere, unbekannte Erfahrung; sonst hat er immer so viel zu essen gehabt, wie er wollte. Er streckt die Beine aus, dehnt sich, zieht eine schmerzvolle Grimasse.

Der Himmel draußen ist wolkenlos, ein schöner Tag kündigt sich an. Bei dieser Feststellung wird er traurig. *Ein schöner Tag, ja. Nicht für mich. Ich verwese in einem Keller.*

Na los, Ben, kämpfen! Stark bleiben! Sie sind dabei, dich zu suchen, sie werden dich auch finden!

Mich finden? Wie sollten sie? Jetzt wird sich zeigen, wie viel ihnen liegt an ihrem Chef! Merkwürdiger Gedanke …

Er geht zum Waschbecken, stellt fest, dass es kein warmes Wasser gibt, natürlich. Er zieht sein Hemd aus, besprengt sich mit eisigem Wasser. Fröstelt von Kopf bis Fuß, die Muskeln wie gelähmt. Hat nicht den Mumm, unter diesen Umständen zu duschen.

Neben dem Waschbecken liegt ein Handtuch, ein Stück Seife. Sonst nichts. Das Minimum, um noch ein menschliches Wesen zu bleiben.

Benoît zieht sich wieder an, schlüpft sogar in seinen Mantel. Dann unternimmt er einen höllischen Rundgang durch sein Gehege aus Beton und Stahl, beginnt von einem heißen Kaffee, einem Croissant, einer Zigarette zu träumen. Vom Lächeln seiner Frau, dem Lachen seines Sohnes. Und sogar von dem scheinheiligen »Guten Tag« seiner Nachbarin, wenn er zur Arbeit geht und sie ihren bissigen Köter Gassi führt!

Gaëlle. Nie wieder werde ich dich betrügen! Ich schwöre es!

Und wenn … wenn meine Frau dieses Mädchen bezahlt hätte, um mir eine Lektion zu erteilen?

Unsinn! Ich werde verrückt, ehrlich! Das ist der Einfluss dieser Irren!

Was kann er anderes tun, als sich auf die Decke sinken zu lassen. Und zu warten.

Die Augen fallen ihm zu, nur um sich dann vor Angst sofort wieder zu öffnen.

Bis die Tür knarrt.

Er wendet den Kopf, sieht zuerst ihre Beine. Wunderbar. Lang, perfekt gerundet. Heute trägt sie einen Rock. Kurz und schwarz. Mit hautfarbenen Strümpfen oder Strumpfhosen. Und einen beigen Rollkragenpullover. Sie schaltet das Licht nicht an, zieht sich in die Dunkelheit zurück, dem Käfig gegenüber. Er erahnt trotzdem, dass sie ihr flammendes Haar zu Zöpfen geflochten hat.

Schade, dass er sie nicht hatte vögeln können. Dann hätte er wenigstens einen Trostpreis gehabt …

»Guten Morgen, Lydia.«

Heute versucht er wieder die sanfte Art.

»Guten Morgen, Hauptkommissar. Gut geschlafen?«

»Warum Fragen stellen, wenn Sie die Antwort bereits kennen?«

Die Entgegnung entlockt ihr ein Lächeln. Zumindest bildet er sich das ein.

»Siezen wir uns wieder?!«

»Wie Sie möchten«, antwortet er. »Lydia, ich entschuldige mich für gestern.«

»Ehrlich?«

»Ja. Ich … ich bin ein bisschen ratlos. Ich weiß nicht, was Sie wollen, ich dachte …«

»Dass ich mit Ihnen schlafen möchte?! In dem Fall hätte ich Sie aber kaum hier eingesperrt!«

»Na, Sie wissen ja, manche Leute haben etwas eigenartige Gewohnheiten. Sie brauchen besondere Umstände, um …«

»Das ist bei mir nicht der Fall, das kann ich Ihnen versichern.«

»Aha. Warum dann also dieses Gitter zwischen uns?«

»Ich habe nicht vor, Sie zu verführen.«

»Schade!«

»Nein, es geht darum, Sie bezahlen zu lassen, Benoît.«

Seine Hände umklammern die Decke.

»Und ich will, dass es lange dauert. Lang und schmerzhaft soll es sein.«

Er schließt gequält die Augen. Merkwürdig, dass sie ihm all diese grässlichen Sachen mit glatter, kalter Stimme, ohne Hass erzählt. Sie muss ihn doch verabscheuen, um so etwas zu sagen. *Nein, sie hasst mich nicht. Sie ist einfach nur verrückt.*

»Aber warum? Was werfen Sie mir vor? Ich kenne Sie nicht einmal!«

»Und bevor Sie dahinscheiden, werden Sie um Vergebung bitten.«

Er springt auf, stößt gegen das Gitter.

»Vergebung wofür, verdammt noch mal?!«

Sie zündet sich eine Zigarette an.

»Sie werden alle Zeit der Welt haben, um zu bereuen, zu büßen …«

Er gibt auf. Senkt den Kopf angesichts dieses unerträglichen Monologs. Der ihn verurteilt, ohne der Verteidigung auch nur einmal das Wort zu erteilen.

»Das ist unmöglich!«, murmelt er. »Unmöglich …«

»Ich habe einen wichtigen Termin«, verkündet sie und erhebt sich. »Aber ich komme wieder.«

»Davon gehe ich aus! Lydia? Mir ist kalt, wissen Sie. Und Hunger habe ich auch.«

»Das ist normal.«

Er ballt die Fäuste.

»Nein, das ist nicht *normal*!«

Sie ist bereits auf der Treppe. Hört ihn nicht mehr.

Also versinkt er wieder in dieser unerträglichen Einsamkeit, die angefüllt ist mit Fragen. Und mit Ängsten.

* * *

Kommissariat von Besançon, 9 Uhr

»Warum ich?«

»Warum nicht Sie?!«, entgegnet Kriminaloberrat Moretti.

Djamila verdreht die Augen, rutscht auf ihrem Stuhl hin und her.

»Es ist Eile geboten, wissen Sie. Und ich halte Sie für am besten geeignet, diese Ermittlungen zu leiten.«

»Ich habe sehr viel Arbeit, Chef und …«

»Ich darf Sie daran erinnern, dass ein Kollege von Ihnen verschwunden ist! Man könnte meinen, dass Sie das völlig kaltlässt!«

»So war das nicht gemeint«, verteidigt sich Djamila. »Ich habe nichts gegen Benoît, aber … ich … ehrlich gesagt sind Vermisstenfälle nicht gerade mein Spezialgebiet, und ich bin nicht sicher, ob ich für diesen Fall wirklich geeignet bin.«

»Hören Sie, Oberkommissarin, ich habe absolutes Vertrauen in Sie und bin mir sicher, dass Sie für diese Aufgabe am besten geeignet sind!«

Eine kleine Schmeichelei wirkt immer Wunder. Djamila lächelt, sträubt sich aber noch.

»Sein Team ist bereits an der Sache dran, ich sehe nicht …«

»Die brauchen einen Chef, weil sie momentan keinen

haben. Also, Sie übernehmen die Leitung des Teams Lorand und finden ihn wieder.«

Sie hat nicht wirklich eine Wahl und kapituliert schließlich.

»Okay, Chef.«

»Paris schickt uns jemanden zur Verstärkung. Jemanden von der Kripo.«

Diese großartige Neuigkeit erfreut Djamila Fashani wenig.

»Gut, schauen wir mal!«, erwidert sie leicht spöttisch.

»Es ist ein Vermisstenexperte. Er wird im Laufe des Tages eintreffen. Es handelt sich um Hauptkommissar Fabre. Wissen Sie, ich schätze Benoît sehr und ich bekomme allmählich Angst, das will ich nicht verhehlen.«

»Ich hoffe, ihm ist nichts Schlimmes zugestoßen.«

»Nutzen Sie alle Mittel, die Sie brauchen, an Personal wie an Material. Bringen Sie mir Hauptkommissar Lorand zurück.«

»Ich werde alles versuchen. Auch wenn unser Verhältnis nicht das beste der Welt war, werde ich ihn suchen, wie ... einen Freund.«

»Danke, Oberkommissarin. Vielen Dank.«

Moretti sieht Djamila nach, als sie zur Tür geht. Sie ist recht hübsch anzuschauen, das muss man sagen. Das macht ihren harten, verbissenen Charakter wett. Und ihre dürftigen Qualitäten als Ermittlerin.

Sobald er allein ist, bleibt der Chef vor seinem Bürofenster stehen, die Hände in den Taschen, den Blick ins Leere gerichtet.

Er ist so erledigt, dass er sich nur noch eines wünscht: nach Hause zu gehen und zu schlafen. Zwei oder drei

Tage am Stück. Um die Erschöpfung zu vergessen, vor allem aber auch das Laster, das er sich zugelegt hat, seitdem seine Frau ihn verlassen hat.

Wie einfach, sich selbst zu belügen! Sicher ist sie deswegen gegangen.

Weil er bereits vorher krank war. Bereits süchtig, auch wenn danach alles noch schlimmer geworden ist.

Weil er ein Abhängiger ist, nicht mehr wert als die Junkies, die seine Leute an der Straßenecke auflesen.

Nächtliche Injektionen, nur an einem Tisch mit ein paar Karten.

Gewinnen, meistens verlieren … Bis alles draufgegangen ist. Mit dieser blödsinnigen Hoffnung, dass das Glück zurückkehren wird. Dass es dem Kühnen endlich lachen wird.

Dem Leichtsinnigen.

Heute Nacht ist er rückfällig geworden. Weil noch Schulden da sind, die beglichen werden müssen. Sicher, er ist Bulle und nicht irgendeiner! Das hilft, Aufschub zu bekommen, Ratenzahlungen. Kredit.

Aber eines Tages wird man doch zur Kasse gebeten.

Irgendwann muss man immer bezahlen. Auf die eine oder andere Art.

Also sind ihm alle Mittel recht, um an Geld zu gelangen. Selbst die schändlichsten.

Niemand hier weiß über seine Sünden Bescheid, die mehr sind als eine kleine Schwäche. Niemand außer Hauptkommissar Lorand, der ihm schließlich auf die Schliche gekommen ist.

Ein Schlaukopf, dieser Benoît. Ein guter Bulle und ausgezeichneter Lügner! Er hätte ein sehr begabter

Pokerspieler werden können. Aber er hat stets andere Spielchen vorgezogen. Nicht minder gefährliche.

Moretti setzt sich wieder vor seinen Stapel Unterschriftmappen.

Er seufzt.

Ja, ein außergewöhnlicher Bulle.

Nur schade, dass er so neugierig ist.

* * *

»Wie geht es, Lydia?«

»Danke, bestens.«

»Sie sehen auch wirklich gut aus. Haben Sie ein angenehmes Wochenende verbracht?«

»Ausgezeichnet, Frau Doktor.«

Die Psychiaterin hält immer einen Füllfederhalter in der Hand, einen Stift mit glänzendem Gehäuse. Er muss recht wertvoll sein. Dazu ein jungfräuliches Blatt Papier vor sich auf ihrem stets tadellos aufgeräumten Schreibtisch. Schwarz lackiert. Passend zum Füller.

Nur selten legt Lydia sich auf die Couch. Sie zieht den bequemen Sessel vor. Zieht es vor, der Therapeutin von Angesicht zu Angesicht gegenüberzusitzen. Sie findet sie elegant, beruhigend. Sie kennt ihr Gesicht in- und auswendig. Nach so langer Zeit ... Seit ein paar Monaten aber hat sie sich verändert, eine quasi unmerkliche Metamorphose, die Lydias Röntgenblick jedoch nicht entgangen ist. Ihre Augen sehen müder aus, ihre Gesichtszüge sind angespannter. Offenbar fällt es ihr schwer, die Fünfzig zu akzeptieren!

Nina Waldeck wartet. Dass Lydia ihren Hirnkasten

öffnet, um ihre Neurosen über den falschen Orientteppich auszugießen, made in der Teppichdomäne Saint Maclou. Eine ihrer langjährigen Patientinnen, ihr interessantester Fall. Unberechenbar, wahnsinnig intelligent. Gefährlich.

Unheilbar.

Faszinierend.

Sie empfängt sie ein- bis zweimal pro Woche in ihrer Praxis, je nachdem, wie ihr Zustand es erfordert.

»Nun, Lydia? Was möchten Sie mir heute Vormittag erzählen?«

Eigentlich so viele Dinge. Aber es gibt Geheimnisse, die man wahren muss, sogar gegenüber der eigenen Psychiaterin. Vor allem gegenüber der eigenen Psychiaterin, genauer gesagt!

»Ich habe dieses Wochenende niemanden gesehen«, beginnt sie. »Ich bin so gut wie gar nicht rausgegangen.«

»Warum?«

Lydia hebt die Schultern.

»Ich bin Ihrem Rat gefolgt.«

»Meinem Rat?!«

»Na ja. Was Sie mir vor vierzehn Tagen gesagt haben. Dass ich mit zu vielen ins Bett gehe und so weiter …«

»Nein, ich habe nicht gesagt, dass Sie mit ›zu vielen ins Bett gehen‹, Lydia! Ich habe Ihnen einfach nur erklärt, dass es nichts nützt, lauter Abenteuer ohne Zukunft zu sammeln, so wie Sie es in den letzten Monaten getan haben. Weil ich das Gefühl hatte, dass Ihnen das nicht guttut.«

»Ja, wahrscheinlich.«

Lydia holt ein Papiertaschentuch aus ihrer Tasche und wischt sich ihre Handflächen ab. Dieses Ritual vollzieht sie zu Beginn jeder Sitzung. Ohne wirklich zu wissen, warum.

»Warum machen wir keine Hypnose mehr, Frau Doktor?«

»Würden Sie gerne wieder damit anfangen? Hat Ihnen das geholfen?«

»Ich weiß nicht … Vielleicht.«

»Wir werden das Experiment wiederholen, wenn ich es für sinnvoll halte.«

»Das ist keine sehr gängige Methode bei Psychologen, oder?«

»Täuschen Sie sich da nicht! Viele von uns praktizieren diese Art der Therapie! Alles, was den Patienten nützt, sollte man auch nutzen. Aber wenn Sie das ängstigt …«

»Nein, ganz und gar nicht!«, entgegnet Lydia großspurig.

»Wir werden sehen. Vielleicht nächste Woche. Heute jedenfalls nicht. Nun, was haben Sie mir sonst noch zu erzählen?«

Lydia schweigt, wie so häufig. Sie spielt nur mit einer Haarsträhne. Waldeck ist an dieses Schweigen gewöhnt, das manchmal ganze Sitzungen andauert. Sie beschließt, das Wort zu ergreifen.

»Übrigens kann ich Sie nächsten Mittwoch nicht empfangen.«

»Aber am Samstag sehen wir uns doch?«, fragt Lydia beunruhigt.

»Ja, natürlich. Aber ich wollte Sie lieber schon mal

im Voraus informieren. Ich muss für diesen Tag alle Termine absagen.«

»Hoffentlich nichts Schlimmes?«

»Nein. Nein, überhaupt nicht! Es ist nur der Geburtstag meiner Tochter, und sie hat mich gebeten, den Tag mit ihr zu verbringen!«

»Aha ...«

Lydia nimmt wieder ihr Taschentuch, trocknet sich die ohnehin trockenen Hände.

Waldecks Tochter muss an die zwanzig sein. Sie braucht ihre Mutter nicht mehr!

Die beiden haben sicher geplant, sich einen netten Tag zu machen! Schaufensterbummel, Kino, Restaurant ...

Doch, auch mit zwanzig braucht man seine Mutter noch.

»Sie hat Glück«, murmelt Lydia.

»Wie bitte?«

»Ihre Tochter. Sie hat großes Glück, Sie zu haben.«

Nina senkt den Blick auf das noch immer leere Blatt Papier. Plötzlich dringen die winterlichen Temperaturen durch die Doppelverglasung.

»Meine Tochter ist gerade etwas labil«, fügt sie hinzu, als wolle sie sich rechtfertigen. »Deswegen möchte ich möglichst viel Zeit mit ihr verbringen.«

Aber Lydia pfeift auf den Gesundheitszustand des Sprösslings ihrer Psychiaterin. Ganz auf sich selbst konzentriert, kann sie an diesen kleinen familiären Sorgen keinen Anteil nehmen. Dafür ist sie schließlich auch nicht hier! Nur nicht die Rollen vertauschen.

»Für meine Mutter ist mein Geburtstag ein verfluchter Tag!«, stößt sie heftig hervor.

Waldeck sagt nichts. Sie hebt nur ihren mentalen Schutzschild, um den gegnerischen Angriff abzuwehren.

»Sie denkt, dass ich verrückt bin, Punkt aus!«

»Sie sind nicht verrückt. Sie haben Probleme, sicher, aber …«

»Dennoch denken alle, dass ich plemplem bin. Alle sagen das!«

»Lassen Sie sich nicht in diese Paranoia hineinfallen, Lydia.«

»Ich weiß sehr wohl, was die anderen hinter meinem Rücken denken oder sagen!«

»Na gut, alle, die so etwas behaupten, täuschen sich!«, erwidert Nina vehement. »Weil die Sie nicht kennen! Und lassen Sie nicht zu, dass Sie irgendjemand wie eine Verrückte behandelt.«

Lydia erinnert sich an die verletzenden Worte ihres Gefangenen. Sie ballt die rechte Hand zur Faust, als könne sie ihn so zerquetschen.

»Sie haben recht. Niemand darf mich wie eine Verrückte behandeln! Ich werde unerbittlich sein gegen die, die mich verletzen oder verletzt haben …«

Die Psychotherapeutin deutet ein Lächeln an.

»Ich sehe, dass Sie Ihre Energie wiedergewonnen haben, Lydia! Ich habe den Eindruck, dass etwas in Ihrem Leben passiert ist in den letzten Tagen. Oder täusche ich mich?«

»Nein, Sie haben recht. Ich glaube sogar, dass es mir sehr bald besser gehen wird. All meine Probleme werden sich lösen!«

»Freut mich sehr, das zu hören!«

Lydia öffnet die Faust und erklärt, während sie ihr strahlendes Gebiss zeigt:

»Ich habe die Lösung, hier ... Ich halte sie in meinen Händen!«

* * *

Es muss ungefähr Mittag sein. Die Sonne steht im Zenit. Sie dringt sogar in den Kerker ein. Nur ein paar Minuten, dann verschwindet sie schon wieder.

Also nutzt Benoît sie. Er hat seinen Mantel ausgezogen, betrachtet jeden Winkel dieses großen Souterrains, um gegen die Langeweile anzukämpfen. Dieses Haus ist mindestens hundert Jahre alt, und die Elektroinstallation dürfte etwa dasselbe Alter haben! Nackte Kabel kriechen über die feuchten Wände. Besser nicht anfassen ...

Er zählt die Gartenwerkzeuge, die ohne jede Ordnung gelagert sind. Rechen, Schaufeln, Heugabeln, Spaten ... Merkwürdig, Gartenwerkzeuge in einen Keller zu stopfen!

Noch merkwürdiger, dort einen Polizisten unterzubringen.

Dutzende von Kartons, Haushaltsreinigungsutensilien. Was ganz hinten ist, kann er allerdings nicht sehen. Dafür lässt das kleine Kellerfenster nicht genügend Licht herein.

Er will sich wieder schlafen legen, als er die Stimme seiner Feindin ein Stockwerk höher wahrnimmt.

Er richtet sich etwas auf, spitzt die Ohren. Lydia spricht laut, unterhält sich mit jemandem. Vielleicht am Telefon, aber ... vielleicht auch nicht. Er stürzt ans Gitter und beginnt zu schreien.

»Hilfe! Zu Hilfe!«

Benoît wiederholt es immer wieder, viele Minuten lang. Bis Lydia zu sprechen aufhört. Es wird wieder still. Er lauscht, hofft.

Die Tür am oberen Ende der Treppe knarrt. Beine. Ihre Beine.

Scheiße!

»Warum schreien Sie denn so, Herr Kommissar?«

»Um mich aufzuwärmen!«

Sie nähert sich dem Käfig ein Stück, ihre hellen Augen glänzen im Sonnenlicht.

»Denken Sie vielleicht, jemand könnte Sie hören? Oder Ihnen helfen? Träumen Sie weiter!«

Jawohl, einen ewigen Albtraum!

Sie hält eine Reisetasche in der Hand. Seine Tasche. Die im Kofferraum seines Autos lag. Sie öffnet den Reißverschluss.

»Möchten Sie vielleicht frische Kleidung, Benoît?«

Sie nimmt eine Jeans, ein Hemd, einen Pullover, Unterwäsche und ein Handtuch heraus. Legt alles in einiger Entfernung auf den Boden, wie einen Köder. Dann setzt sie sich auf ihren Beobachtungsposten.

»Wirklich herzzerreißend, Ihre Hilferufe gerade eben!«

Verarschen muss sie mich auch noch!

Benoît sitzt an die Wand gelehnt und mit verschränkten Armen da und hat nicht einmal Lust, ihr zu antworten. Wozu sich mit einer Irren unterhalten?

»Sie sind heute nicht sehr gesprächig, Hauptkommissar. Normalerweise sind Sie doch nicht so auf den Mund gefallen! Vor allem Frauen gegenüber. Ein richtiger Schönschwätzer, ja.«

»Was weißt denn du davon?!«, faucht er sie an.

»Oh, Sie ziehen es vor, dass man sich duzt? Mich stört das nicht. Also gut, ich beobachte dich schon seit Langem, weißt du.«

»Dass ich nicht lache!«

»Das kann ich dir versichern. Ich weiß alles über dich. Absolut alles.«

Er umklammert mit aller Kraft die Gitterstäbe, wünscht sich, es wäre ihr zarter Hals.

»Und was glaubst du zu wissen?«

»Beispielsweise, dass du deine Frau in den letzten drei Monaten sechsmal betrogen hast. Sechsmal in drei Monaten, das ist viel, oder? Dazu noch mit drei verschiedenen Frauen!«

Er erbleicht ein wenig, seine Finger klammern sich noch fester um das Eisen.

Mist. Sie ist mir gefolgt, hat mich ausspioniert ... Es ist kein Zufall, sie hatte es wirklich auf mich abgesehen.

»Ja, drei verschiedene Geliebte. Nicht wahr, Benoît?«

»Ja und? Was geht dich das an?«

»Alles, was dich betrifft, geht mich etwas an! Ich will dich kennen. Will alles über dich wissen.«

»Deswegen bin ich hier? Dafür soll ich *bezahlen*? Für meine Untreue?«

Sie fängt an zu lachen.

»Nein! Nein, Benoît! Dass du deine Frau betrügst, ist mir egal, wirklich! Aber es bedeutet dennoch etwas.«

Er wird immer blasser.

»Es bedeutet, dass du ein verdammt guter Lügner bist!«

Er beschließt, zum Gegenangriff überzugehen, sich nicht kommentarlos runtermachen zu lassen.

»Das hängt davon ab, wie man die Dinge sieht. Man könnte auch sagen, dass ich ein verdammt guter Liebhaber bin!«

»O, sicher kann man das sagen! Nur bin ich davon nicht überzeugt.«

»Soll ich es dir zeigen?!«

»Nein, das interessiert mich nicht!«

»Genau das ist vielleicht dein Problem.«

Das war ein Volltreffer. Ihre Gesichtszüge erstarren wie nach einer Ohrfeige. Er fährt fort, macht dort weiter, wo es wehtut.

»Ist es das, Lydia? Hast du ein Problem mit Männern? Oder magst du Typen wie mich nicht, die ihre Frau betrügen? Vielleicht, weil dich ein Mann verletzt hat? Ist es das, Lydia? Man hat dich betrogen, dir dein hübsches kleines Herz gebrochen, und du hast beschlossen, dich an allen Untreuen zu rächen.«

Sie kneift die Augen leicht zusammen. Bereit, zuzubeißen.

»Antworte, Lydia! Was ist dir zugestoßen? Normalerweise bist du doch auch nicht so zurückhaltend!«

»Du verrennst dich, Benoît.«

»Ganz im Gegenteil, ich habe den Eindruck, dass ich da eine heiße Spur gefunden habe!«

Ihr Gesicht wirkt wieder kalt wie Marmor.

»Ich habe keinerlei Probleme mit Männern.«

»Ich glaube dir kein Wort. Du bist verklemmt!«

»Erklär mir, warum du das Bedürfnis hast, Geliebte zu sammeln, Benoît.«

»Du kannst mich mal!«

»Wenn du es mir erklärst, bringe ich dir etwas zu essen. Und auch einen heißen Kaffee. Und du bekommst frische Klamotten.«

»Ach, gibt es jetzt eine kleine Erpressung? Das hat ja gerade noch gefehlt!«

»So ist das Leben nun mal: Man muss etwas geben, um etwas zu bekommen. Vergiss nicht, dass ich mich satt gegessen habe, ich habe keine Eile. Ich habe alle Zeit der Welt!«

Er steckt die Hände in die Taschen, wirft ihr einen vernichtenden Blick zu. Sein Magen quält ihn. Ebenso wie dieses Mädchen.

»Was willst du wissen?«

»Warum du Gaëlle betrügst.«

Sie kennt sogar den Namen seiner Frau …

»Sie ist doch recht hübsch!«

»Sie ist sogar *sehr* hübsch.«

»Warum dann also?«

»Bring mir was zu essen, dann sag ich's dir.«

»O nein! Das ist gegen die Regeln, Herr Kommissar!«

»Die Regeln? Es gibt keine Regeln!«

»Doch, meine. Die einzigen, die hier gelten. Du redest, und dann bekommst du zu essen.«

Er hat nicht vor, sich demütigen zu lassen. Also schweigt er. Versucht, hart zu bleiben. Das ist so schwierig! Aber sein Stolz ist so ziemlich alles, was ihm noch geblieben ist. Er setzt sich auf die Decke, als ziehe er sich in seine Schmollecke zurück.

»Du weigerst dich, mir zu antworten?«

»Du nervst!«

»Hm, ich sehe, dass du noch viel lernen musst ...«

»Du nervst!«

»Vielleicht ist Gaëlle nicht sonderlich begabt im Bett ... Ist es das, Benoît?«

»Ich verbiete dir, über meine Frau zu sprechen, du geisteskranke Irre!«, brüllt Benoît.

»Und was willst du tun? Mich verprügeln? Aus der Entfernung?!«

Sie bricht in Lachen aus angesichts seiner sinnlos geballten Fäuste.

»Ich glaube, du musst lernen, mich zu respektieren, Kommissar.«

»Ja, ganz bestimmt!«

Sie nimmt etwas aus einem Regal. Er erkennt sofort seine Waffe und bekommt beinahe einen Herzanfall. Sie richtet sie auf ihn, er erhebt sich vorsichtig, den Blick auf den Lauf der Pistole gerichtet.

»Du erkennst sie, nicht wahr? Falls du daran zweifeln solltest, ich kann damit umgehen. Ich habe Unterricht genommen!«

»Auf Zielscheiben oder auf einen Mann zu schießen ist nicht dasselbe.«

»Einen Mann? Und wo siehst du hier einen Mann?! Ich sehe nur einen Haufen Scheiße, der sich gleich in die Hose macht.«

Er schluckt, bleibt äußerlich ungerührt.

»Weißt du, welche Strafe du dafür bekommst, einen Bullen umzulegen?«

»Das ist mir egal. Sie finden mich sowieso nie im Leben!«

Er versucht es weiter.

»Wenn du mich erschießt, verlierst du dein Spielzeug, Lydia.«

»Wer spricht davon, dich zu erschießen?«

Sie senkt die Pistole.

»Ich fange bei den Beinen an. Was sagst du dazu? Wenn ich dir ins Knie schieße, tötet dich das nicht … aber du wirst schön lange leiden!«

Sie entsichert die Waffe. Benoît bleibt starr an die Wand gepresst wie an einen Pranger, wagt kaum zu atmen. Als könnte der kleinste Wimpernschlag das schlimmste Beben auslösen.

»Zieh dich aus«, befiehlt sie.

»Wie bitte?«

»Runter mit den Klamotten! Schnell! Sonst schieße ich!«

»Lydia, hör mal …«

»Klappe! Zieh dich aus!«

»Okay, beruhige dich!«

Er gehorcht, zieht sein Hemd aus, seine Jeans. Hält inne und hofft, dass ihr das genügt.

»Gut, Hauptkommissar. Ich sehe, so langsam begreifst du! Bring deine Klamotten her. Wirf sie durch das Gitter. Die Decke auch! Und vergiss den Mantel nicht!«

Er gehorcht weiter, während sie die Waffe noch immer auf ihn richtet.

»So! Jetzt wirst du nicht nur Hunger haben, sondern dir auch den Arsch abfrieren! Wie niedlich du bist in deiner Unterhose!«

Sie setzt sich wieder, legt die Knarre auf ihre Knie, zündet sich eine Zigarette an. Benoît hat sich wieder an die Wand zurückgezogen. Bisher war seine Angst so groß, dass er vergessen hat, zu frieren.

Sie beobachtet ihn einen Moment, ist offenbar von dem Schauspiel entzückt.

»Ich habe Lust auf einen schönen heißen Tee«, spottet sie. »Ich verlasse dich jetzt.«

Sie geht, er sinkt auf den Boden, kauert sich auf dem schmutzigen, eiskalten Beton zusammen. Jetzt ist ihm kalt. So kalt wie noch nie zuvor in seinem Leben.

Vom eisigen Atem des Todes, wahrscheinlich.

* * *

»Wie ist er denn so, dieser Benoît Lorand?«

Djamila zuckt die Achseln. Sie fühlt sich nicht besonders wohl neben diesem Typen, den sie gar nicht kennt. Sie fahren in Richtung Osselle, das Nest, in dem die Lorands wohnen. Sie sitzt am Steuer, das ist ihr lieber.

»Er ist ein guter Polizist«, antwortet sie ausweichend.

»Und als Mann?«, beharrt Fabre.

»Na ja, der selbstsichere Typ.«

Fabre ist soeben aus der Hauptstadt angekommen und aus dem TGV gestiegen, hatte nicht einmal Zeit, dem Team Lorand vorgestellt zu werden. Oder einen Blick in sein herrliches Hotelzimmer zu werfen.

»Was wollen Sie hören?!«, fügt Djamila angesichts des drängenden Blicks ihres neuen Teamkollegen hinzu.

»Ich habe den Eindruck, dass … dass Sie ihn nicht besonders ins Herz geschlossen haben. Täusche ich mich?«

Der Typ geht ihr jetzt schon auf die Nerven. In den Fünfzigern, klein, pummelig, eher durchschnittlich. Regelrecht hässlich, um ehrlich zu sein. Sie hat nicht gerade das große Los gezogen! Sie hätten mir ruhig einen Jungen, Knackigen schicken können. Dann hat er auch noch das Pech, mit Vornamen Auguste zu heißen. Diesen lächerlichen Vornamen verpasst man doch heute niemandem mehr!

»Na ja, sagen wir mal so, er ist der Typ Mensch, den ich nicht sonderlich schätze. Überheblich bis eingebildet, von sich selbst überzeugt. Einer, der ständig seine Muskeln spielen lässt, wenn Sie verstehen, was ich meine!«

»Ja, ich verstehe sehr gut!«, sagt Fabre schmunzelnd. »Gut, erzählen Sie mir, was Sie bisher in die Wege geleitet haben.«

»Ich habe die Ermittlungen erst heute übernommen. Seine Frau hat uns gestern Vormittag über sein Verschwinden informiert, es war also noch nicht wirklich Zeit, viele Nachforschungen anzustellen. Seine Leute sind gerade dabei, eine Liste der Typen zu erstellen, die er verhaftet hat und die kürzlich aus dem Knast entlassen wurden.«

»Perfekt. Denken Sie, dass sein Verschwinden eher mit seinem Privatleben zu tun hat oder mit seinem Job?«

»Keine Ahnung! Aber im Moment deutet nichts darauf hin, dass er entführt oder umgebracht wurde.«

»Das heißt? Denken Sie, er ist aus freien Stücken verschwunden?«

»Sagen wir mal so: Vielleicht ist er hinter einem Mädel her, und man wird ihn in ihrem Bett finden!«

Fabre prustet los. Ein ordinäres, idiotisches Lachen.

»Betrügt er oft seine Frau?«

»Ich glaube schon. Natürlich prahlt er vor seinen Kollegen damit nicht, aber ich bin sicher, dass er häufig fremdgeht.«

»Das wäre natürlich die beste Lösung. Lieber finde ich ihn mit einer Geliebten im Bett als mit einer Kugel im Kopf in einem Graben.«

»Ich auch, natürlich. Wir sind gleich da.«

»Wie ist seine Frau?«

»Gaëlle? Ich kenne sie kaum. Aber sie scheint sympathisch zu sein.«

»Kinder?«

»Einen Sohn. Jérémy. Er ist drei, glaube ich.«

Sie fahren noch gut zehn Minuten in verlegenem Schweigen. Hauptkommissar Fabre tut so, als bewundere er die Landschaft, Djamila schaltet das Radio ein.

Endlich erreichen sie Osselle.

»Warum hat es ihn denn hierher verschlagen?«, wundert sich Auguste.

»Er wohnt im Haus seiner Eltern.«

»Gestorben?«

»Nein, an die Küste gezogen, Nizza oder Cannes, ich weiß nicht genau. Sie haben ihm das Haus überlassen. Als ich im Kommissariat anfing, wohnten Gaëlle und er noch in Besançon. Sie hatten eine kleine Wohnung gemietet. Aber als seine Eltern in den Süden zogen, kam er hierher. Es ist größer, hat einen Garten … Hier ist es, am Ende der Sackgasse.«

Djamila schaltet den Motor aus. Die beiden Ermittler gehen zügig auf das adrette Einfamilienhaus zu, beeilen sich, ins Warme zu kommen.

»Wie eisig es hier ist, verdammt!«, brummelt Fabre. »Ist ja noch schlimmer als in Paris.«

Gaëlle ist auf den Besuch vorbereitet und öffnet die Tür, noch bevor sie geklingelt haben. Die Angst steht ihr ins Gesicht geschrieben. Kein Zweifel, sie liebt ihren Mann, denkt Fabre, während er ihr die Hand drückt. Sie bietet ihnen in dem geräumigen Wohnzimmer mit gepflegter Einrichtung einen Kaffee an.

Djamila hat ein paar freundliche Worte an Gaëlle gerichtet und beschließt, nun den Fachmann walten zu lassen.

»Madame Lorand, erzählen Sie mir bitte, was passiert ist.«

»Letzten Mittwoch ist Benoît nach Dijon gefahren. Er hatte dort eine Fortbildung.«

»Wann sollte er zurückkommen?«

»Montagabend.«

»Das verstehe ich nicht. Warum ist er nicht am Wochenende zurückgekommen?«

Djamila schaltet sich ein.

»Sie hatten dort ein Problem. Das für Donnerstag vorgesehene Programm konnte nicht stattfinden, daher wurde dieser Teil auf den Montag verschoben. Aus diesem Grund haben sie Benoît das ganze Wochenende in Dijon einquartiert. Stimmt's, Gaëlle?«

»Ja. Da es ja nicht gerade um die Ecke ist, ist er dort geblieben, bei einem Freund, der in Dijon bei der Polizei arbeitet.«

»Er ist also mit dem Auto gefahren?«, nimmt Fabre den Faden wieder auf.

»Ja. Er hasst die Bahn! Er hatte mir gesagt, dass er spät zurückkommen würde. Ich war müde, der Kleine war in der Nacht zuvor krank gewesen, ich hatte nicht geschlafen ... Also bin ich auf dem Sofa eingenickt, während ich auf ihn wartete. Und als ich aufwachte, Dienstagfrüh gegen halb sieben, war er noch immer nicht da. Ich habe versucht, ihn auf dem Handy anzurufen, habe aber nur die Mailbox erreicht. Da machte ich mir große Sorgen. Gegen acht Uhr habe ich Kommissar Thoraize, seinen Assistenten, angerufen, um nachzufragen, ob Benoît im Büro sei. Er hat mich zurückgerufen, um mir zu sagen, dass er in Dijon nachgefragt habe und Benoît dort am Montag gegen achtzehn Uhr losgefahren sei. Und dass es seither kein Lebenszeichen mehr von ihm gäbe.«

»Gut. Was glauben Sie, was passiert ist, Madame Lorand?«

»Aber das weiß ich doch nicht! Es ist schließlich Ihre Aufgabe, mir das zu sagen! Sie müssen ihn finden!«

»Wir bemühen uns darum, Gaëlle, da kannst du sicher sein«, sagt Djamila.

»Was ich hören möchte, Madame Lorand, ist Ihre ganz persönliche Einschätzung.«

»Ich ... Anfangs habe ich mir gesagt, dass er vielleicht einen Unfall gehabt hat. In der Ecke gibt es viele verlassene Straßen. Er könnte irgendein Problem gehabt haben, wissen Sie. Aber inzwischen glaube ich nicht mehr daran. Man hätte ihn in diesem Fall schon längst gefunden.«

»Da stimme ich dir zu«, bestätigt Djamila. »Die Unfallthese hält nicht stand.«

»Dann«, fährt Gaëlle fort, »habe ich mir gesagt, dass er bestimmt überfallen wurde.«

»Überfallen?!«

»Ja. Er hat schon immer gern schöne Autos gehabt, wissen Sie! Er fährt ein teures Modell, einen Audi. Wie es scheint, kommt es durchaus vor, dass man überfallen wird, um ein Auto zu stehlen. In diesem Fall liegt er vielleicht verletzt irgendwo zwischen hier und Dijon!«

»Weißt du, Gaëlle, wir haben die Gendarmerie um Hilfe gebeten. Sie durchkämmen alle Straßen in dem Bereich. Das Problem ist, dass wir nicht genau wissen, welche Strecke er gefahren ist. Das erschwert die Aufgabe etwas, aber ...«

Gaëlle vergießt plötzlich ein paar Tränen. Fasst sich aber schnell wieder.

»Wissen Sie, ob er irgendwelche Feinde hat, Madame Lorand?«, fragt Fabre. »Private Feinde, wenn Sie verstehen, was ich meine.«

»Nein. Nein, nicht dass ich wüsste.«

»Und ... hatte er vielleicht eine Geliebte?«

Gaëlles Gesichtszüge erstarren. Djamila hüstelt, um die peinliche Stille zu überbrücken.

»Eine Geliebte?«, wiederholt Gaëlle verblüfft.

»Ja. Meinen Sie, dass er vielleicht ein außereheliches Abenteuer gehabt haben könnte? Es tut mir leid, Ihnen diese etwas brutale Frage zu stellen, aber da so etwas sehr häufig vorkommt und wir in alle Richtungen ermitteln müssen ...«

»Ich ... ich denke, nicht, nein.«

»Gut. Wir lassen Sie jetzt erst mal in Ruhe.«

»Wir tun alles, was in unserer Macht steht«, fügt Djamila an. »Hast du Angehörige, Freunde? Leute, die dir helfen können, bis wir Benoît gefunden haben? Damit du nicht allein bist.«

»Seine Eltern kommen morgen. Ich habe sie erst heute informiert. Ich wollte sie nicht beunruhigen. Und außerdem bin ich ja nicht allein: Ich habe Jérémy. Mach dir keine Sorgen, ich komme schon zurecht.«

»Nur Mut, Madame«, schließt Fabre und drückt ihr die Hand. »Wir rufen Sie an, sobald es etwas Neues gibt.«

KAPITEL 4

Donnerstag, 16. Dezember

Dieses Mal hat er nicht schlafen können. Hätte er sich dem Schlaf ergeben, wäre er vielleicht von der Kälte besiegt worden. Eine sportliche Nacht also. Allerdings nicht die Art von nächtlichem Sport, die er gewöhnt ist! Aber Liegestützen, Klimmzüge, einige Bauchmuskelübungen. Und viel Laufen. Kilometerlanges Laufen!

Der Tag bricht gerade erst an. Todmüde lehnt sich Benoît an die feuchte Wand. Sofort beginnt er wieder mit den Zähnen zu klappern. Auf der anderen Seite, dem feindlichen Terrain, liegen seelenruhig seine Kleidung und *seine* Decke. Und die Verrückte pennt währenddessen wohl ruhig und warm unter ihrer Daunenbettdecke!

Gewaltfantasien entzünden sich in seinem Geiste, können ihm jedoch das Herz nicht erwärmen. Er stellt sich vor, wie er sie erwürgt, mit einem Kopfkissen erstickt. Aber es ist besser, gar nicht erst an Kopfkissen denken. Und nur nicht dem Schlaf nachgeben!

Wie viel Grad es in diesem Verschlag wohl haben mag? Zehn, vielleicht sogar weniger. Wahrscheinlich eher mehr. Sonst hätte er wohl schon aufgegeben. Ja, die Temperatur reicht aus, um sich etwas Ruhe zu gönnen, wenigstens eine Stunde …

Aber es gelingt ihm nicht. Er schafft es nicht, seine Krämpfe zu unterdrücken, seine Kiefer unter Kontrolle zu halten. Und seinen Magen, der ihm keine Ruhe gönnt! Doch er hat nur kaltes Wasser, um ihn zu füllen. Dabei hat er auf alles Lust, nur nicht auf kaltes Wasser. Er denkt wieder an die auf ihn gerichtete Waffe.

Nein, sie wird mich nicht umbringen. Wenn sie das vorhätte, hätte sie es längst getan. Aber mir ins Knie oder den Arm schießen, dazu ist sie fähig, dieses Miststück!

Wenn ich hier herauskommen will, muss ich mich nachgiebig zeigen. Oder genau das Gegenteil? Denn vielleicht will sie nicht mehr mit mir spielen, wenn ich mich unterwürfig gebe, und legt mich gleich um …

Benoît schlingt die Arme um seinen Körper, bewegt die Beine, um wieder aufzutauen. Er versucht, nachzudenken. Gar nicht so einfach in unterkühltem Zustand!

Verstehen, was sie von mir will, wenn es da überhaupt etwas zu verstehen gibt. Aber selbst der größte Wahnsinn hat oft Methode. Hat seine eigene Logik.

Ich muss ihr Motiv herausfinden. Mir einen Weg in ihre verworrenen Gedanken bahnen, eine Bresche in die uneinnehmbare Bastion schlagen. Wie ein Trojanisches Pferd dort eindringen, um sie dann von innen zu sprengen.

Ein guter Stratege werden und obendrein noch ein genialer Psychiater – eine recht komplexe Aufgabe für einen einfachen Bullen. Der noch dazu in Unterhosen in einem Käfig sitzt!

Dennoch muss ich zugleich den Hass pflegen. Er hilft, das Schlimmste zu ertragen. Ist ein außerordentliches Aufputschmittel, wirksamer noch als Vitamin C, Amphetamine oder Koks …

Die Tür knarrt, das Licht geht an.

Früh dran heute, das Biest! Hat es eilig, die Schäden an ihrem Opfer nach einer eisigen, schlaflosen Nacht zu begutachten. Sie erscheint mit einer dampfenden Kaffeetasse in der Hand. Hübsch wie immer, bereits komplett zurechtgemacht.

Plötzlich ein Flash: Er ist ihr schon einmal begegnet. Und zwar an einem anderen Ort als diesem Keller.

Aber wenn sie ihn seit Wochen verfolgt, ist es ja auch kein Wunder. Dann kann er sie irgendwo gesehen haben: in einer Kneipe, auf der Straße oder sogar im Rückspiegel seines Autos. Er versucht, sich zu erinnern, während sie ihn anlächelt. Ein giftig-süßes Lächeln.

»Guten Morgen, Hauptkommissar.«

Er beißt die Zähne zusammen, um zu verhindern, dass sie aufeinanderschlagen. Hofft, der Kaffee sei für ihn.

Sie setzt sich, nimmt einen Schluck und provoziert ihn mit dieser einfachen Geste. Aber er hält stand. Beleidigt sie nicht, bittet nicht.

»Sie sehen schlecht aus, Benoît! Wenn Ihre Geliebten Sie so sehen könnten, fänden sie Sie schon sehr viel weniger verführerisch!«

Sie genehmigt sich erneut etwas von dem kostbaren Arabica.

»Möchten Sie auch? Er ist sehr gut, wissen Sie …«

»Das bezweifle ich nicht.«

Er bemüht sich, seine Stimme unter Kontrolle zu halten, die unter der beißenden Kälte zu zittern droht.

»Vorher müssen Sie sich aber für gestern entschuldigen.«

»Entschuldigen? Und warum?«

»Vielleicht, weil Sie mich beleidigt haben! *Du kotzt mich an, du kannst mich mal* … Wegen all dieser Freundlichkeiten, die ein galanter Mann nicht zu einer Frau sagt!«

Er denkt nicht daran, ihr diesen Gefallen zu tun. Sie nähert sich dem Gitter, trägt die Tasse offen zur Schau.

»Komm, Benoît, hol ihn dir.«

Er dreht den Kopf zum Kellerfenster.

»Du willst dich nicht dazu herablassen? Du bist zu stolz? In ein paar Tagen, vielleicht sogar in ein paar Stunden, werde ich dir deinen Stolz ausgetrieben haben. Nichts wird davon übrig bleiben. Nicht ein Hauch.«

»Ist das dein Plan? Mich zu demütigen? Glaubst du vielleicht, ich werde vor dir am Boden kriechen?«

»Gewiss. Das ist es nun mal, was Würmer tun.«

»Würmer, ja. Ich nicht. Tut mir leid, *Chérie*!«

Noch ein Schluck.

»Wirklich köstlich, dieser Kaffee. Bist du sicher, dass du nichts davon möchtest?«

»Deine Plörre kannst du dir sonst wohin kippen!«

»Du bist ungehobelt, Benoît.«

»Oh, Verzeihung, *Mademoiselle*! Aber das passiert mir bisweilen, vor allem dann, wenn mir jemand gehörig auf den Sack geht!«

»Du weißt ja, ich kann dich entweder der Kälte oder dem Hunger überlassen. Dein Leben hängt von mir ab.«

»Ja gut, lass mich nur abkratzen, das ist kein Problem! Lieber krepiere ich, als dass ich vor dir Männchen mache!«

»Ach! Man könnte meinen, du hättest die kleine Lektion von gestern Abend bereits wieder vergessen! Soll ich deine Pistole holen, Benoît? Sie ist da, hinter mir. In Reichweite.«

Er schließt die Augen. Muss schleunigst zurückrudern. Verletzt würde er nicht lange überleben.

»Okay, ich entschuldige mich, dich beleidigt zu haben. Dich ein Miststück genannt zu haben und so weiter.«

»Das wirkt nicht sehr aufrichtig! Ein bisschen mehr Mühe sollte schon zu erkennen sein, Hauptkommissar!«

Er rappelt sich mühsam auf. Sie weicht nicht zurück. Er wird ohnehin nicht versuchen, sie zu packen. Er hat begriffen, dass der Schlüssel irgendwo anders ist. Dass das keine Lösung ist.

Sie stehen sich gegenüber, ihre Hände könnten sich berühren, klammern sich an dasselbe Gitter.

»Sag mal, Lydia, ich habe den Eindruck, dich zu kennen. Ich habe dich schon einmal gesehen, oder?«

»Sicher, an dem Tag, als wir uns das erste Mal begegnet sind. Vor drei Monaten.«

Seit drei Monaten spioniert sie mir schon nach? Und ich habe nichts gemerkt, nicht den geringsten Verdacht gehabt? Was bin ich für ein schlechter Polizist! Oder sie hat ein außergewöhnlich gutes Beschattungstalent!

»Ich war aufs Kommissariat gekommen, um Anzeige zu erstatten. Mein Auto war gestohlen worden.«

»Habe ich die Anzeige aufgenommen? Nein, daran würde ich mich bei einer so hübschen Person erinnern.«

»Willst du mir jetzt den Charmeur vorspielen?«

»Nein, das meine ich ehrlich.«

»Nein, du hast die Anzeige in der Tat nicht aufgenommen, es war eine Frau. Jung, etwas griesgrämig! Oberkommissarin Fashani, glaube ich. Aber du bist in dem

Moment in ihr Büro gekommen, als ich gerade gehen wollte. Wir sind uns für ein paar Sekunden begegnet.«

»Aha. Und da hast du beschlossen, mich umzubringen? Habe ich etwa vergessen, dich zu grüßen? Oder ist es, weil meine Kollegin deine Karre nicht gefunden hat?!«

Sie streicht über seinen Hals, wandert sanft tiefer, während sie ihn fixiert.

Er hält den Atem an. Es verschafft ihm ein angenehmes Gefühl von Wärme. Merkwürdig.

»Du bist kalt wie der Tod, Benoît. Aber ich muss sagen, dass du mir ohne Bart besser gefallen hast. Ich kann schlecht rasierte Typen nicht ausstehen!«

»Beschaff mir einen Rasierapparat, und ich verspreche dir, dass ich Abhilfe schaffen kann!«

»Ich werde darüber nachdenken.«

»Bekomme ich jetzt meinen Kaffee?«

Sie berührt ihn noch immer mit einer Hand, er hat Lust, ihr die Finger zu brechen. Oder sie mit Haut und Haaren zu verschlingen. Was sicher am Heißhunger liegt, der ihn ununterbrochen peinigt.

Lydia reicht ihm die Tasse.

Sie ist leer.

»Schönen Tag, *Chéri*!«

* * *

Krisensitzung im Kommissariat. Oberkommissarin Djamila Fashani hat die Leitung. Sie erörtern den Stand ihrer Ermittlungen.

»Was hat die Nachbarschaftsbefragung ergeben, Kommissar Thoraize?«, erkundigt sie sich in bestimmtem Ton.

Éric Thoraize ist ein getreuer Gefolgsmann von Hauptkommissar Lorand. Sein wertvollster Mitarbeiter. Und vor allem: ein enger Freund.

»Gar nichts«, fasst er zusammen. »Nichts Interessantes. Nachbarschaftstratsch, mehr nicht.«

»Konnten Sie denn alle befragen?«, will Fabre wissen. »Sind Sie sicher, niemanden ausgelassen zu haben?«

Thoraize mustert ihn kalt. *Glaubt der, uns unseren Beruf erklären zu müssen?! Hält der uns für Anfänger?*

»Ja, Hauptkommissar, alle«, erwidert er höflich. »Genauer gesagt, fast alle.«

»Was heißt das, *fast alle*?«

Thoraize ist entzückt: Herr *Allwissend* ist ihm auf den Leim gegangen.

»Es gibt da eine Omi, mit der wir nicht sprechen konnten«, präzisiert er unter den amüsierten Blicken seiner Kollegen. »Die direkte Nachbarin der Lorands. Das liegt daran, dass sie im Krankenhaus ist.«

»Worauf warten Sie, sie dort aufzusuchen?!«, hakt der Pariser nach.

»Ach wissen Sie, Hauptkommissar, die Dame liegt im Sterben, auf der Intensivstation. Sie wurde bereits einige Zeit vor Bens Verschwinden dort eingeliefert! Aber wenn Sie Wert darauf legen, kann ich jederzeit dort hingehen, versuchen, sie wiederzuerwecken, und sie darüber ausquetschen, was sie mit Benoît Lorand gemacht hat. Vielleicht habe ich ja mehr Erfolg als die Ärzte!«

Fabre zieht ein Gesicht, und Djamila beeilt sich, wieder die Führung zu übernehmen.

»Gut, unter den frisch entlassenen Exhäftlingen gibt es derzeit auch keine vielversprechende Spur, aber wir ermitteln weiter in diese Richtung. Wir werden das Team aufteilen. Eine Hälfte nimmt Lorands berufliches Leben unter die Lupe. Sie graben mir alle Fälle aus, die er in den letzten zwei Jahren bearbeitet hat. Bis hin zum kleinsten Bagatelldelikt. Die andere Hälfte macht sich daran, sein Privatleben zu durchleuchten.«

Thoraize erlaubt es sich, sie zu unterbrechen.

»Wir werden doch wohl nicht in seinen Privatangelegenheiten herumschnüffeln!«

»Wollen Sie, dass wir ihn wiederfinden, ja oder nein?«, entgegnet Fashani. »Glauben Sie nicht, dass mir das Spaß macht! Wir müssen herausfinden, ob er Feinde hat, ob er sich auf dubiose Sachen eingelassen hat. Und ich brauche eine Aufstellung seiner Geliebten seit, sagen wir, einem Jahr.«

Lorands Leute tauschen verblüffte Blicke aus.

»Seine Geliebten?!«, stößt Thoraize hervor.

»Ist gut, Kommissar! Sie fangen an, mir auf die Nerven zu gehen! Wir alle hier wissen, dass Lorand sie quasi gesammelt hat!«

»Ach ja? Und müssen wir Sie dann auch zu diesem Thema befragen, Oberkommissarin?«

Sie wirft ihm einen vernichtenden Blick zu, während Fabre die Augen weit aufreißt.

»Wenn Sie Zeit zu verlieren haben, warum nicht?«

Thoraize zieht es vor zu schweigen, zufrieden, sie öffentlich bloßgestellt zu haben. Etwas aus dem Gleichgewicht gebracht, beendet Djamila ihre Ausführungen.

»Gut, ich glaube, dann sind wir durch. An die Arbeit, meine Herren!«

Die Kollegen zerstreuen sich über die Flure. Der Pariser zündet sich eine Zigarette an.

»Sie haben mir nicht gesagt, dass Lorand Ihr Geliebter ist, Frau Oberkommissarin …«

»*War*«, berichtigt Djamila schlecht gelaunt.

»Wie lange?«

»Was tut das zur Sache?«

»Reine Routine.«

»Glauben Sie, ich habe Lorand umgelegt?!«

»Woher wollen Sie wissen, dass er umgelegt wurde?«

Einige Sekunden herrscht Schweigen. Djamila verlässt den Raum, Fabre bleibt ihr auf den Fersen.

»Sie gehen mir auf den Wecker mit Ihren idiotischen Unterstellungen!«, brüllt sie.

»Entschuldigen Sie, aber Sie hätten mir diese Information nicht vorenthalten sollen. Vor allem, nachdem sonst alle Bescheid zu wissen scheinen!«

Djamila dreht sich angriffslustig um.

»Es hat ein oder zwei Nächte gedauert, Herr Hauptkommissar. Und dieser Dreckskerl hat damit offenbar bei seinen Kumpels geprahlt. Reicht Ihnen das als Antwort?«

»Sie scheinen ihm das sehr übel zu nehmen.«

Wenn er wüsste, wie sehr!

»Nicht im Geringsten!«, entgegnet sie. »Das ist nun mal seine Art, mit Amouren umzugehen. Eine kleine Affäre und dann tschüss! Am nächsten Morgen ein Blumenstrauß und eine Karte, um zu sagen, dass Schluss ist!«

Fabre lächelt.

»Ich verstehe! Ich wette, er schreibt so was in der Art wie: *Ich habe eine Dummheit gemacht, ich bin verheiratet, bla, bla, bla!*«

»Genau! Sehen Sie, Sie kennen ihn schon genauso gut wie ich!«

»Und, halten Sie ihn für fähig, einer Frau komplett den Kopf zu verdrehen?«

»Den Kopf verdrehen? Wie meinen Sie das?«

»Na ja, glauben Sie, dass eine Frau nach *ein oder zwei Nächten* mit ihm sich so sehr in ihn verlieben kann, dass …«

»Sie ihn umbringt?«

»Oder ihren Mann verlässt.«

»Das weiß ich nicht. Er hat eigentlich nichts Außergewöhnliches!«

»Trotzdem interessiert mich die Spur des betrogenen Ehemanns. Sind Sie verheiratet, Djamila?«

Sie würde ihm am liebsten eine Ohrfeige verpassen. Damit ihm sein süffisantes Lächeln im Hals stecken bleibt.

Mehr schlecht als recht bewahrt sie Haltung.

»Nein, Herr Polizist. Ich bin ledig! Aber wenn Sie aus persönlichem Interesse fragen, sollten Sie wissen, dass Sie absolut nicht mein Typ sind. Sie haben das Verfallsdatum schon längst überschritten!«

Er weicht gerade noch rechtzeitig zurück, um nicht die Tür der Damentoilette an den Kopf zu bekommen.

* * *

Der Kampf gegen die Kälte verbraucht viele Kalorien.

Aber ohne Essen keine Kalorien mehr.

Eine einfache Gleichung, die Benoît jetzt auf grausame Weise am eigenen Leibe erfährt.

Die Sonne hat nicht lange in die Zelle geschienen. Ein höchstens zehnminütiger Obolus. Er zwingt sich, am Waschbecken ein paar Schlucke Wasser zu trinken. Überlebensinstinkt. Seit dem Morgen wird ihm schwindlig, sobald er die sitzende Position verlässt. Noch ein paar Tage, vielleicht nur ein paar Stunden und er wird kaum noch aufstehen können.

Als er die Tür knarren hört, schließt er die Augen.

Seine Peinigerin kommt zurück. Welches Spiel wird sie sich dieses Mal ausdenken?

Wird sie ihn mit der Pistole wedelnd zwingen, ihr die Füße zu küssen?

In diesem Moment erscheint ihm alles möglich.

Sie schleicht heran, ein Schatten im Schatten. Beobachtet ihn einige Minuten im Schutz ihres Gewandes aus Dunkelheit. Dann endlich nähert sie sich, zeigt ihr Gesicht.

»Es geht dir nicht sonderlich gut, wie ich sehe!«

»Nicht allzu sehr.«

»Bist du müde, Benoît?«

»Ja.«

Sie reicht ihm saubere Kleidung herüber, er traut seinen Augen nicht.

»Jeans, Hemd, Pulli, Unterhose, Socken ... Nichts vergessen? Ach ja, die Decke. Und hier ist auch dein Kulturbeutel. Damit du wieder menschlich aussiehst.«

Er schluckt die vernichtende Bemerkung, ohne mit

der Wimper zu zucken. Zögert eine Sekunde, vorzutreten. Wieder eine Falle? Egal.

Er bemächtigt sich der Beute, trägt sie nach hinten in seinen Schlupfwinkel, bevor sie es sich anders überlegt. Er schlüpft in die Jeans, den Pullover. Setzt sich rasch wieder. Es fällt ihm immer schwerer, sich aufrecht zu halten. Inzwischen sind es zweiundsiebzig Stunden ohne Essen.

»Hast du nicht etwas vergessen, Benoît?«

Natürlich. Wie konnte er so unvorsichtig sein?!

»Danke«, murmelt er halbherzig.

»Gut. Ich sehe, du machst Fortschritte! Ich habe dir noch etwas anderes mitgebracht.«

Sie holt eine Tasse, die sie auf den Stuhl gestellt hatte, und reicht sie ihm zwischen den Stäben hindurch.

Immer überraschender.

»Ich habe dir zwei Stück Zucker hineingegeben, wie du es magst.«

Sie weiß sogar, wie viel Zucker ich in meinen Kaffee nehme? Unglaublich …

Er gelangt zu ihr an die Grenze. Dieses Mal ist die Tasse voll. Oder befindet er sich bereits im Stadium der Halluzinationen?

Er hat solche Angst, das kostbare Gebräu könne sich in Luft auflösen, dass er die Tasse in einem Zug leert. Ein unendliches Glücksgefühl breitet sich in seinem Inneren aus.

Er bedankt sich erneut. Wenn dies ein Mittel ist, nicht mehr frieren zu müssen, ist er bereit, ihr mehrere hundert Mal am Tag zu danken.

Andererseits erschreckt es ihn, wie schnell er sich zu Zugeständnissen hinreißen lässt.

Tatsächlich fühlt er sich fähig, vor ihr zu kriechen oder noch Schlimmeres zu tun.

Er, der geglaubt hatte, stark zu sein, muss feststellen, dass im Angesicht einer einfachen jungen Frau nicht mehr viel von ihm übrig bleibt. Die allerdings auch alle Macht über ihn besitzt, quasi eine Option auf sein Leben hat.

Sie setzt sich auf ihren Stuhl, er auf seine Decke.

Ein Köter, ja, das ist er. Der aufmerksam seinem Frauchen lauscht.

Leichtes Ekelgefühl.

»Warum hast du dich dafür entschieden, zur Polizei zu gehen?«

»Ähm, ich hatte Lust auf einen Job, der nicht nur aus Routine besteht. Und ich wollte auch bestimmte Werte verteidigen.«

Ihm fällt auf, dass er nicht eine Sekunde lang daran gedacht hat, ihr zu erwidern, dass sie das nichts angeht.

Sie hat recht, er macht Fortschritte. Langsam, aber sicher. Hin zur Feigheit.

»Was für Werte?«

»Gerechtigkeit …«

»Gerechtigkeit, selbstverständlich!«

Plötzlich fühlt er sich eigenartig. Ihm dreht sich der Kopf. Dabei sitzt er doch ganz brav da. Sicher die Wirkung des heißen Kaffees. Oder des Zuckers. Leichtes Gefühl von Trunkenheit.

»Das muss ein faszinierender Beruf sein.«

»Nicht immer. Es ist auch viel Plackerei, aber …«

»Und auch viele Misserfolge. Wenn ihr den Schuldigen nicht findet, beispielsweise.«

»Stimmt. Auch das ist ein Teil des Berufs.«

»All diese Mörder, die noch frei herumlaufen, die ihr niemals geschnappt habt.«

»Niemand ist perfekt!«

»Sicher, niemand ist perfekt. Bist du oft gescheitert, Benoît?«

»Nein, nicht so oft. Und du? Was machst du so im Leben? Abgesehen davon, Polizisten gefangen zu halten natürlich!«

»Ich habe kein Leben mehr.«

Einen Augenblick lang ist er sprachlos.

»Kein Leben mehr? Was soll das heißen?«

»Das soll heißen, dass ich schon tot bin.«

»Tot?«, wiederholt er leise.

»Ja, tot. Jemand hat mich umgebracht. Ich muss jetzt gehen.«

KAPITEL 5

Das Tageslicht löst sich langsam im Gespinst der Abenddämmerung auf.

Die eiskalte Dusche wird Benoît so schnell nicht vergessen. Aber seither fühlt er sich besser. Sauberer und vor allem ein wenig würdevoller.

Er trägt das Hemd, hebt den Pulli für die kälteren Stunden auf. Denn seinen Mantel hat sie ihm natürlich nicht zurückgegeben. Geborgen auf seiner Decke, träumt er vor sich hin. Von einem heißen Bad, von Gaëlles Armen. Aber vor allem von einem Steak mit Pommes.

Sterbenshungrig. Nie hat dieser Ausdruck besser gepasst.

Wie lange hält man es ohne Essen aus?

Angeblich etwa vierzig Tage. Wenn man Wasser hat und sich nicht zu viel bewegt.

Bewegen wird er sich jedenfalls bald gar nicht mehr können.

Sie wird abends wiederkommen. Er weiß es. Vielleicht bleibt sie sogar die ganze Nacht, um ihn zu beobachten. Um zuzusehen, wie er langsam zugrunde geht, und sich währenddessen mit ihm zu unterhalten. Zu scherzen.

Jemand hat mich umgebracht.

Aber nicht richtig! Denn sie ist, zu seinem Pech, noch ziemlich lebendig.

Was wollte sie damit sagen?

Jemand hat ihr etwas angetan, aber ich kann es ja nicht gewesen sein …

Warum also hat sie ihn als Opfer auserkoren? Nur weil er Polizist ist?

»All diese Mörder, die noch frei herumlaufen, die ihr niemals geschnappt habt.«

Vielleicht hat sie einen Angehörigen verloren und die Polizei hat den Mörder nicht gefasst?

Habe ich vielleicht die Ermittlungen geleitet?

In diesem Fall müsste ich sie kennen, das kann also nicht sein.

Nein, das ist alles nur, weil sie verrückt ist. Weil sie mir im Kommissariat begegnet ist und sich gesagt hat, schau mal, wie wäre es, wenn ich diesen Typen kaltmachen würde? Wenn ich den in meinem Keller verhungern ließe?

Die Tür oben kündigt den Abendbesuch an. Benoît öffnet die Augen zu der schwachen Glühbirne, die von der Decke hängt. Sieht ihre Beine die Treppe herunterkommen. Sie trägt heute Abend einen Rock. Mit schwarzen Strümpfen.

Doch das ist ihm nun wirklich scheißegal.

Die Gestalt taucht hinter den Gitterstäben auf. Er richtet sich etwas auf, lehnt sich mit dem Rücken an die Wand.

»Guten Abend, Benoît. Ich sehe, du hast dich rasiert, das ist schön! Oje, aber du hast dich ja geschnitten!«

Keine Frage, sie ist eine gute Beobachterin.

»Hast du geduscht?«

»Warum? Wärst du gern mit dabei gewesen?!«

»Merkwürdig, dass du es immer noch versuchst!«

»Was?«

»Deine Don-Juan-Nummer! Hast du nicht inzwischen begriffen, dass das bei mir nicht zieht? Oder ist das die einzige Art der Verteidigung, die du kennst?«

»Was willst du, liebe Lydia, ich schlage mich eben mit den Waffen, die mir noch geblieben sind! Du hast eine Knarre und den Schlüssel zu diesem Scheißgitter. Und ich, was habe ich?«

»Nichts mehr.«

»Ja. *Fast* nichts mehr. Mir bleibt immerhin noch mein Gehirn, um nachzudenken. Ein Funken Hoffnung und ein Dutzend Kumpel, die ihre Nächte opfern, um mich zu finden! Mir bleiben eine Frau und ein Sohn, die mich lieben und die auf mich warten. Wie du siehst, bleibt mir noch einiges. Und wie ist es mit dir, Lydia? Wartet auf dich auch jemand? Denkt jemand an dich?«

Er hat sie erneut verletzt. Für den Bruchteil einer Sekunde ahnt er auf ihrem Göttinnengesicht die Wunde. Aber sie fängt sich sehr schnell.

»Du glaubst wirklich, dass deine Frau lange die trauernde Witwe spielen wird, Benoît? Ich bin mir da nicht so sicher! Sie ist jung, attraktiv. Ich denke, sie wird sich ziemlich schnell in die Arme eines anderen Mannes flüchten. Der dann auch der Vater deines Sohnes wird. Er ist ja noch so klein, er wird sich nicht einmal mehr an dich erinnern!«

Dieses Mal hat sie ins Schwarze getroffen.

»Ich werde Gaëlle wiedersehen, sobald ich hier draußen bin!«

»Hast du es immer noch nicht kapiert? Du wirst hier nie mehr rauskommen. Das Einzige, was du tun kannst, ist möglichst lange zu überleben. Du bist kräftig, gesund – ich denke, du wirst eine Weile durchhalten.«

»Länger als du glaubst! Bis meine Leute hier aufkreuzen, diese Tür öffnen und dich in den Knast bringen. Aber ich verspreche, dir im Besucherzimmer meine Aufwartung zu machen. Um ein wenig mit dir zu parlieren! Vielleicht komme ich sogar zu einem kleinen Tête-à-Tête in deine Zelle. Aber dann werde ich den Schlüssel haben, Lydia. Den Schlüssel und zwei freie Hände …«

»Immer noch diese Drohungen? Bald schon werde ich nur noch Gebettel hören! Wie es aussieht, hast du nicht einmal mehr die Kraft, aufzustehen.«

»Ich habe noch genug Kraft, keine Sorge! Aber ich fühle mich wohl auf meiner Decke!«

»Übrigens habe ich dir etwas zu essen mitgebracht.«

Ein kurzer Moment der Hoffnung. *Nein, träume nicht, Ben! Das ist nur eine Fortsetzung der Folter.*

Sie nimmt eine Plastiktüte, die sie auf ihrem Stuhl abgestellt hatte, und holt ein in Klarsichtfolie gepacktes Sandwich heraus. Ihm läuft, fast gegen seinen Willen, das Wasser im Mund zusammen.

»Möchtest du es?«

»Was muss ich dafür tun? Den Ententanz aufführen?! Oder auf den Händen laufen vielleicht?«

»Das wäre sehr unterhaltsam, aber nein, finde etwas Besseres!«

Sie setzt sich, das Geschenk auf den Knien.

»Du musst raten, was mir gefallen könnte.«

Sie beißt kräftig in das Schinkensandwich. Benoîts Magen krampft sich zusammen vor Schmerz und Verlangen. Zumindest weiß er jetzt, dass das Essen nicht vergiftet ist.

»Köstlich, kannst du mir glauben!«

Sein Gehirn beginnt fieberhaft zu arbeiten. Was wünscht sie sich?

»Möchtest du vielleicht, dass ich dir mein Leben erzähle? Oder dass ich mich entschuldige, weil ich meine Frau betrogen habe?«

»Dein Leben kenne ich, deine Untreue ist mir egal!«

Zweiter Bissen. Seine Ration wird kleiner.

»Möchtest du vielleicht, dass ich dir schmeichle?! Dass ich dir sage, wie hübsch du bist?«

Sie zuckt die Achseln. Dritter Bissen.

»Du möchtest, dass ich bettle, ist es das?«

»Probier's weiter.«

Er schweigt. Vierter Bissen.

Bau keinen Mist, Ben. Was macht es schon aus zu betteln? Wenn du dadurch am Leben bleibst. Vielleicht wird dies für mehrere Tage die einzige Gelegenheit sein, etwas zu essen zu bekommen.

Fünfter Bissen.

Er setzt an, doch es will nichts herauskommen. Es bleibt ihm im Halse stecken. Seine Augen sind auf das wertvolle Sandwich geheftet, das nach und nach im feindlichen Schlund verschwindet. Er unternimmt einen Versuch, geht bis ans Gitter.

Gleich wird sie den nächsten Bissen nehmen.

»Warte!«

Sie lächelt.

»Lydia, bitte …«

Sechster Bissen. Offenbar ist *bitte* nicht genug.

»Lydia, ich flehe dich an!«

Ihre Augen funkeln vor Freude, mit einem leicht obszönen Touch.

Siebter Bissen. Viel ist nicht mehr übrig. Man könnte sagen, sie legt es darauf an, möglichst schnell zu essen.

»Verflucht noch mal!«, schreit Benoît plötzlich. »Ich weiß gar nicht, wozu ich es überhaupt probiere! Du lässt mir ohnehin nichts übrig! Weil du einfach nur völlig durchgeknallt bist! Völlig durchgeknallt, verdammt noch mal!«

»Reg dich nicht so auf, Ben! Du vergeudest deine Kräfte, glaub mir!«

Sie hält ihm den Rest des Sandwichs hin. Er zögert ein paar Sekunden.

»Na komm, nimm es. Du hast es dir verdient! Du hast dir so viel Mühe gegeben ...«

Er hat Lust, ihr ins Gesicht zu spucken. Aber der Hunger ist entschieden zu groß. Er entreißt ihr das Brot, zieht sich an die Wand zurück, setzt sich wieder auf die Decke und macht sich über seine magere Mahlzeit her. Er hat solchen Hunger, dass er beinahe das Kauen vergisst. Zwei Bissen, mehr ist es nicht. Aber besser als nichts.

Sie belauert ihn immer noch. Er fühlt sich wie im Zoo. Bald wird sie ihm Erdnüsse zuwerfen! Ihr ständig auf ihn gerichteter Blick ist ihm unerträglich. Er kann nirgendwohin flüchten, sich nicht verstecken. Vor ihren Katzenaugen, die ihn inspizieren, prüfen, als wollten sie bis in seine Seele vordringen.

»Stört es dich, wenn ich dich beobachte, Benoît?«

Nachdem es nichts mehr gibt, was er bekommen könnte, sieht er keinen Grund, ihr zu antworten.

»Soll ich dich wärmen kommen?«

Da dreht er doch den Kopf. Was heckt sie nun wieder aus? Vielleicht einen Coup mit dem Flammenwerfer …

Lydia geht den Käfig entlang, um sich hinter ihm zu postieren. Sie hält etwas in der Hand.

Handschellen. *Seine* Handschellen.

Praktisch, er hat ihr ein Komplettpaket geliefert! Knarre, Handschellen …

Verblüfft fixiert er die Fesseln.

»Komm näher. Komm hierher!«

Die Sache wird brenzlig. Wo er doch dachte, er könnte diese Nacht ein wenig schlafen. Die Chancen stehen wohl doch eher schlecht.

Drohend hebt sie unmittelbar danach die Waffe. Das war ja zu erwarten.

»Komm, setz dich hierher, Benoît.«

»Was hast du mit mir vor?«

Es gelingt ihm nicht, seine Angst zu verbergen.

»Jetzt komm schon, Benoît. Sonst muss ich dir wehtun.«

Er reagiert nicht. Sie zielt auf ihn, da springt er auf. Weicht zurück, bis die Schultern an die fensterlose Wand stoßen.

»Du weigerst dich zu gehorchen?«

»Hör auf mit dem Blödsinn, Lydia!«

Er reißt die Augen auf. Sie ist dabei, sich Stöpsel in die Ohren zu stecken.

»Hör auf, verdammt!«

Der ohrenbetäubende Lärm zerreißt ihm fast das Trommelfell, hallt scheinbar endlos an den Betonwänden wider. Benoît schreit auf, schlägt die Hände vors Gesicht.

Dann öffnet er die Augen wieder, erstaunt, noch am Leben zu sein. Noch dazu unversehrt.

Die Kugel ist wenige Zentimeter neben ihm eingeschlagen. Noch unter Schock, starrt er auf den Beton.

»Was ist, Benoît, kommst du jetzt? Die nächste geht nicht mehr in die Wand, weißt du!«

Er hört fast nichts mehr, aber sie hat lauter gesprochen.

»Setz dich mit dem Rücken ans Gitter. Schieb deine Hände durch die Stäbe.

Mist! Sie wird mich anketten.

Er kennt ihre verrückten Pläne noch nicht, aber alles ist besser als eine weitere Kugel.

Er lässt sich gegen die Stäbe gleiten. Sackt beinahe zusammen. Die Handschellen schließen sich schnell um seine Gelenke. Jetzt ist er gefesselt. Starr. Totenstarr.

»Ich gehe den Schlüssel holen«, flüstert sie in sein Ohr. »Beweg dich nicht. Es dauert nicht lang!«

Sie verschwindet, er hört sein Herz schlagen. Entsetzen packt ihn, Panik.

In seinem Schädel herrscht ein infernalisches Brummen, ein stechender Schmerz in seinen Gehörgängen.

Es dauert tatsächlich nicht lang, bis sie zurückkommt. Ihre Schritte auf dem Beton, hinter seinem Rücken, gedämpft durch seine noch immer anhaltende Taubheit.

Der Schlüssel im Schloss, die Tür, die sich öffnet. Diese Tür, von der er so oft geträumt hat, dass sie sich öffnet.

Sie kommt näher. Er starrt sie hilflos an.

»Hast du Angst? Du hast Angst vor einer Frau, Benoît?«

Seine Kehle ist so trocken, dass er nicht mehr schlucken kann.

Sie stellt sich über ihn, einen Fuß neben jedem seiner angezogenen Beine. Sie geht vorsichtig in die Hocke, bis sie auf ihm sitzt. Sie versucht, ihn zu küssen, er verrenkt sich den Hals, um diesem widerlichen Kontakt auszuweichen.

Sie knöpft sein Hemd auf, wobei sie sich sehr viel Zeit lässt. Es hat eine vage Ähnlichkeit mit seinem Traum, ist jedoch sehr viel weniger angenehm als gedacht. Es ist sogar eines der schlimmsten Dinge, die er je erlebt hat. Sie nähert ihren Mund seinem Ohr, und durch seinen Tinnitus hindurch nimmt er eine grausame Stimme wahr. Die ihm Scheußlichkeiten einflüstert.

Du wirst bezahlen. Leiden. Ein langer Todeskampf, bis du endlich krepierst.

Nun macht sie sich an seinen Hosenknöpfen zu schaffen.

»Nun, Benoît? Du hast gesagt, du wärst ein guter Liebhaber. Aber irgendwie habe ich den Eindruck, dass du nicht wirklich viel bringen wirst! Und sag bloß nicht, das läge daran, dass ich dir nicht gefalle. Das würde mich doch gewaltig kränken!«

Sie scheint sich prächtig zu amüsieren. Benoît beißt sich auf die Lippen. Er möchte weinen. Hält die Tränen zurück, so gut er kann.

»Kannst du dir vorstellen, was ich alles mit dir machen könnte?«

Er verzichtet lieber darauf. Dabei dürfte seine Vorstellungskraft begrenzter sein als die dieser Verrückten.

»Mit einer Schere zum Beispiel, oder einem scharfen Messer!«

Das kann er sich bestens vorstellen. Er weiß nicht, ob er schreien, nicken oder ganz ungerührt tun soll.

»Er wird dir ohnehin zu nichts mehr nütze sein!«

Da haben wir es. Sie ist nicht verrückt. Viel schlimmer als das. Eine Furie. Eine Sadistin der schlimmsten Sorte.

Scheiße, warum habe ich nur an diesem Straßenrand angehalten?!

Er erstickt beinahe, trotz Kälte und offenem Hemd. Sie presst sich an ihn, wie eine Anakonda, die ihn erwürgen will. Doch sie geht nicht weiter. Nur ihre Hände, die über seine Haut gleiten. Aber bereits das ist so schmerzhaft. Dazu ihr perverses Lächeln, ihr glühender Blick.

»Streng dich ein bisschen an, Benoît!«

Sie verlangt das Unmögliche.

»Ich habe nicht mehr die Kraft dafür.«

»Du enttäuschst mich! Du enttäuschst mich wahnsinnig.«

Er überlegt, sie mit den Beinen wegzustoßen oder ihr einen Kopfstoß zu verpassen. Aber es würde wenig nützen und stattdessen ihre Wut nur steigern. Er zieht leicht an den Handschellen, um zu prüfen, ob sie fest verschlossen sind. Keine Chance. Also kapituliert er und verharrt regungslos.

Sie erhebt sich, mustert ihn noch ein paar Sekunden.

»Ich habe gesehen, was ich sehen wollte«, sagt sie. »Nichts in der Hose! Genau das, was ich vermutet habe!«

Sie verlässt den Käfig, schließt die Tür wieder ab und postiert sich hinter ihm.

»Kein Sport heute Nacht, Ben. Keine Möglichkeit, gegen die Kälte anzukämpfen!«

Sie kann sein Gesicht nicht sehen, dennoch hält er seine Tränen weiter zurück.

»Ich muss dich doch bestrafen, oder? Wenn du nicht einmal einen hochbekommen kannst!«

Sie bricht in ein hämisches Lachen aus, entfernt sich endlich. Das Licht erlischt.

Jetzt kann er heulen.

Warum passiert mir das? Was habe ich bloß getan, um solchen Hass zu verdienen?

Wenn es ihm nur gelänge, es zu verstehen, zu wissen.

Wofür sie sich rächen will. Was sie sich von ihm erhofft.

Will sie ihn nur demütigen? Oder ihn wirklich umbringen?

Er beginnt zu schluchzen. Die Stirn auf die Knie gelegt, gibt er sich der Trauer um sein bisheriges Leben hin. Der Trauer um sich selbst.

KAPITEL 6

Freitag, 17. Dezember

Um sich Mut zu machen, stellt sich Benoît die nahende Morgendämmerung vor.

Überleben oder sterben – er weiß nicht mehr genau, was besser ist.

Nein, überleben. Das will er. Das ist sogar sein innigster Wunsch. Gaëlle, Jérémy und seine Eltern wiedersehen. Die Sonne, das Tageslicht. Wieder an die Oberfläche kommen.

Und wieder Hauptkommissar Benoît Lorand sein, von seinen Untergebenen bewundert, von seiner Ehefrau geliebt, von seinen Mätressen vergöttert.

Doch im Moment wird sein ganzer Körper von Krämpfen geschüttelt. Sein Magen zieht sich vor Hunger zusammen.

Manchmal sinkt er, von bleierner Müdigkeit erfasst, in Morpheus' tröstende Arme.

Urplötzlich wacht er auf.

Nein, es ist noch nicht Tag. Aber das Licht ist angegangen. Sie steht vor ihm. Im Innern des Käfigs. In einem dicken Pullover und einer Trainingshose, die Füße in Wollstrümpfen.

»Frierst du, Ben?«

»Ja, ich friere.«

Er klappert mit den Zähnen.

Sie schmiegt sich wieder an ihn, wie gestern Abend. Schlingt die Arme um seinen Hals, die Knie um seine Hüften.

Eine Wärme, die diesmal beruhigend ist. Trotz der Angst.

»Ich fühle mich einsam.«

Sie bloß nicht aufregen. Nicht zurückstoßen.

»Ich mich auch.«

Endlich hört er auf zu zittern. Wärmt sich an Lydias Pullover, an ihrem Gesicht. Nach einer Weile wird ihr Körper schwerer. Er begreift, dass sie eingenickt ist.

Begreift nur nicht, warum.

* * *

Als er die Augen aufschlägt, schläft sie noch.

Er friert nicht mehr, hat aber noch immer furchtbaren Hunger. Er würde gern in ihre Wange beißen, seine Zähne in ihren Hals schlagen. Aber noch ist er nicht gänzlich zum Tier geworden, noch ist irgendwo das Gen des zivilisierten Menschen wirksam.

Was habe ich hier zu suchen? Mit meiner schlafenden Peinigerin auf mir? Vielleicht ist das alles nicht real. Nur ein lange währender Albtraum?

Endlich wacht sie auf, überrascht, an ihn geschmiegt zu sein. Sogar verärgert über die eigene Schwäche.

Er rechnet mit Repressalien. Versucht, die Bombe zu entschärfen.

»Du bist sogar direkt nach dem Aufwachen hübsch.«

Das Kompliment gefällt ihr sichtlich. Ihre Züge besänftigen sich. Sie streichelt sein stoppeliges Kinn.

»Wie schade«, murmelt sie. »Schade, dass du mein Feind bist.«

»Ich bin nicht dein Feind, Lydia! Wir kennen uns nicht einmal.«

»Du irrst dich. Ich träume schon so lange jede Nacht von dir. Seit du mein Leben zerstört hast.«

Benoît reißt verwundert die Augen auf.

»Irgendwie schade. Denn ich glaube, du und ich, wir hätten uns mögen können. Wenn du nicht so ein elender Dreckskerl wärst!«

»Aber ich schwöre dir, dass ...«

Sie legt ihm den Finger auf den Mund. Zwingt ihn, zu schweigen.

»Ich gebe zu, du weißt dich gut zu verstellen. Bevor ich dir begegnet bin, habe ich mir dich ganz anders vorgestellt. Wie ein widerwärtiges Monster und nicht wie einen solch hübschen Kerl. Aber dass du gut aussiehst, ändert auch nichts, Ben. Das wird dich nicht retten.«

»Ich verstehe es nicht, Lydia. Erklär es mir bitte, damit ich zumindest weiß, warum ich leide! Was du mir vorwirfst.«

Sie fährt mit den Fingern durch ihr zerzaustes Haar. Dann schließt sie ihn wieder ein.

»Lydia, bitte! Erklär es mir! Mach mich wenigstens los ...! Lydia?«

Die Tür knarrt.

Er spricht ins Leere.

* * *

Kriminaloberrat Moretti ist ein großer Freund von Wutausbrüchen. Heftigen Wutausbrüchen.

Heute Morgen wissen alle, dass es wieder mal so weit ist. Weil sie nichts herausgefunden haben. Nicht die kleinste Spur. Die Ermittlungen sind keinen Schritt vorangekommen. Lorand scheint sich in Luft aufgelöst zu haben. Wie von Zauberhand.

Also lassen sie den Zorn des Chefs ohne aufzumucken über sich ergehen. Er entscheidet, dass Fabre von jetzt an die Leitung der Ermittlungen übernimmt und Djamila nur noch seine Stellvertreterin ist. Sie schluckt die öffentliche Demütigung schweigend, während der Pariser seine Verlegenheit kaum verbergen kann.

Nachdem er Dampf abgelassen hat, schlägt der Boss die Tür des Sitzungsraums hinter sich zu und lässt die schweigenden Beamten niedergeschmettert zurück. Seit nunmehr vier Tagen ist ihr Teamleiter schon verschwunden. Und sie haben nicht einmal den Hauch einer Spur. Djamila fasst sich wieder.

»Wir sollten uns nicht unterkriegen lassen, meine Damen und Herren! Wir fangen noch einmal ganz von vorne an. Es muss etwas geben, das uns entgangen ist.«

»Inzwischen ist er bestimmt schon tot«, murmelt eine leise Stimme.

Djamila öffnet den Mund, um den Kollegen zurechtzuweisen, überlegt es sich dann aber anders. Wahrscheinlich weil sie im Grunde auch nichts anderes glaubt.

»Wir dürfen nicht aufgeben«, erregt sich Fabre plötzlich. »Außerdem, selbst wenn er tot ist, müssen wir ihn finden. Und wir haben keine Zeit zu verlieren.«

* * *

Normalerweise gehen sie freitagabends aus.

Außer wenn er zu sehr mit einem Fall beschäftigt ist. Oder mit einer Geliebten.

Ja, der Freitag ist ihr Pärchenabend. Sie bringen Jérémy zum Kindermädchen und gehen dann ins Restaurant, ins Kino oder Theater. Anschließend lieben sie sich. Wie am ersten Tag. Heute ist Freitag. Aber Gaëlle ist weit weg.

An das Gitter gekettet, flüstern ihm nur Kälte und Hunger ihre furchtbare Litanei ins Ohr. Und der Schmerz. Der, der durch seine Arme fährt.

Er hat sie den ganzen Tag über nicht gesehen. Vielleicht wird er sie nie mehr sehen. Und langsam in diesem Keller verwesen. Irgendwann wird man dann ein an die Gitterstäbe gekettetes Skelett finden. Ein Rechtsmediziner würde die Identifizierung anhand des Zahnabgleichs vornehmen.

So, wir haben Hauptkommissar Lorand wiedergefunden!

Er würde ein grandioses Staatsbegräbnis bekommen.

Trommelwirbel!

Die Auszeichnung der Ehrenlegion und die Tapferkeitsmedaille auf einem kleinen violetten Kissen, die blau-weiß-rote Fahne auf dem edlen Eichensarg, der von seinen uniformierten Kollegen getragen wird. Man würde ihn posthum zum Kriminaloberrat befördern.

Da müsste er nicht einmal die Prüfung ablegen, genial …

Tusch und aus!

Normalerweise ist der Freitag ein schöner Abend.

Doch heute Abend sitzt er im Dunkeln, das hellgraue Rechteck des Kellerfensters vor sich.

Und nichts als Verzweiflung um sich herum.

Verzweiflung und Wahnsinn.

Ja, wenn er noch ein paar Tage hierbleibt, wird er wahnsinnig. Selbst wenn sie ihn freilässt, wird er verrückt sein. Genau wie sie.

Plötzlich wird ihm klar, dass sein Leben nie mehr sein wird wie vorher. Sofern er überhaupt hier herauskommt, wird er traumatisiert bleiben.

Dabei ist er erst fünfunddreißig.

Dabei hatte er eine schöne Laufbahn vor sich.

Dabei liebte er seine Frau, die Frauen im Allgemeinen, seinen Sohn, seine Eltern.

Dabei hatte er viele Freunde.

Dabei war er fast glücklich.

Er aß, trank, lachte und vögelte gerne.

Er liebte seinen Beruf. Die Gefahr.

Ja, er liebte selbst die Angst. Die, die den Adrenalinspiegel ansteigen lässt.

Das Wort »lieben« konjugiert er jetzt in der Vergangenheit.

Nein, er wird sich nie davon erholen.

Wieder kommen ihm die Tränen, doch er hält sie zurück.

Die Irre kann jeden Augenblick hier aufkreuzen. Da braucht sie nicht noch diese Sondereinlage!

Los, Ben! Gib nicht auf! Du wirst nicht nur hier rauskommen, sondern auch dein vorheriges Leben wieder aufnehmen. Nächsten Freitag sitzt du mit Gaëlle im Restaurant. Das wird wunderbar!

Er denkt schon an das Menü, an alles, was er essen wird. Die Gerichte ziehen an seinem inneren Auge vorbei. Vorspeise, Hauptgericht, Dessert. Und der dazu passende Wein. Er wird sich betrinken. Richtig. Bevor er in die Arme seiner Liebsten sinkt. Nächsten Freitag.

Die Tür knarrt. Sein Herz schlägt schneller. Das Licht geht an. Er nimmt schon ihr Parfum wahr. Sehr dezent, doch es bereitet ihm trotzdem Übelkeit. Er spürt, dass sie hinter ihm lauert. Eine Hand auf seiner Schulter. Die zu seinem Gesicht gleitet. Ihr warmer Atem in seinem Nacken.

»Guten Abend, Ben! Hattest du einen angenehmen Tag?«

»Wunderbar!«

»Umso besser. Du bist schließlich mein Gast, und ich möchte nicht, dass du dich über meine Gastfreundschaft beschwerst!«

»Nein, alles ist perfekt, keine Sorge. Ich werde das Haus meinen Freunden empfehlen, ganz bestimmt!«

Ein kleines Lächeln quittiert den Scherz.

»Heute Abend kein Restaurant mit Gaëlle, was?«

Natürlich weiß sie auch das.

»Das tut meiner Linie gut. Ich wollte sowieso schon lange eine Diät machen.«

»Du willst dir eine jugendliche Figur bewahren, Ben? Um den Frauen zu gefallen, vermute ich mal. Aber ich versichere dir, dass du so, wie du bist, sehr verführerisch bist! Mir gefallen keine mageren Männer!«

»Danke für das Kompliment! Aber weißt du, Lydia, bei dieser Fastenkur könnte ich sehr schnell mager werden! Wenn du mich mit ein paar Kilo mehr magst, solltest du mich eher etwas füttern, das kann ich dir versichern!«

Sie lacht wieder.

»Ja, aber der Hunger gehört zu den Leiden, die du als Buße ertragen musst. Hunger, Kälte, Einsamkeit. Auch Angst, Verzweiflung. Und natürlich körperlicher Schmerz.«

Kälte fährt ihm den Rücken runter.

»Und dann?«, erkundigt sich Ben.

»Dann? Dann kommt der Tod. Der Tod, den ich dir gönne, wenn du für alles bezahlt hast. Sofern du meine Vergebung erlangst.«

Sie taucht zu seiner Rechten auf. Betritt den Käfig.

»Stimmt, du hast abgenommen.«

»Sag bloß?!«

Wie findet er noch die Kraft, ihr zu antworten? Sich auf ihr Spielchen einzulassen?

»Wie ich sehe, bist du noch immer schlagfertig, Ben. Schlagfertig und couragiert. Umso besser! Dann können wir beide uns etwas länger miteinander amüsieren.«

»In diesem Fall bist wohl eher du diejenige, die sich amüsiert.«

»Genau!«

Sie geht vor ihm in die Hocke, den Hintern auf den Stöckelschuhen.

»Und was spielen wir heute Abend?«, fragt er. »Scharade? Oder vielleicht Scrabble?«

Sie lächelt angesichts seiner verbalen Kühnheit. Sieht ihm weiter direkt in die Augen.

»Oder sollen wir spielen, wer am meisten Pizza essen kann?! Ich bin sicher, dass ich dich schlagen würde!«

Das gegnerische Lächeln nimmt einen grausamen Zug

an. Aus und vorbei die Späßchen, jetzt kommen wir zu den ersten Dingen.

»Und wenn wir spielen würden, wer am lautesten schreit?«, schlägt sie vor.

Nach einem kurzen Schweigen wagt er sich erneut vor: »Auch dabei könnte ich gewinnen!«

»Ja, du wirst gewinnen, da gibt es keinen Zweifel.«

Plötzlich hat er keinen Hunger mehr. Nur noch Angst.

»Du sagst nichts mehr, Ben?«

Sie richtet sich auf und steht vor ihm.

Wenn er ein Gebet kennen würde, würde er es jetzt sprechen.

Sie verlässt den Käfig, das Stakkato ihrer hohen Absätze hallt auf dem Beton wider. Er schließt für einige Sekunden die Augen, versucht im Grunde seines Herzens noch etwas Mut zu finden. Doch der hat sich ziemlich rar gemacht …

Das Klappern der Absätze nähert sich gefährlich. Er öffnet die Augen. Die junge Frau ist verschwunden. Es ist nur noch das Monster übrig. Bewaffnet mit einem Dolch.

Instinktiv zieht er die Beine an. Lydia kommt auf ihn zu. Nie wird er den Hall ihrer Absätze auf dem Beton vergessen. Sie setzt sich neben ihn auf die Decke. Heute Abend kein Körperkontakt. Sie schiebt sein geöffnetes Hemd mit der Klinge zur Seite. Er verfolgt jede kleinste Bewegung des scharfen Stahls, der nun über seinen Oberkörper hinab zu seinem Bauch gleitet.

»Lydia!«

»Ja, Ben?«

»Lydia, bitte, tu das nicht.«

Das Messer hält jetzt an seinem Hals inne. Sie schiebt das Hemd noch mehr zur Seite, bis die Schultern nackt sind.

»Kannst du kein Blut sehen, Ben?«

»Nein. Ganz und gar nicht!«

»Ich liebe den Anblick. Blut ist der Saft des Lebens.«

Die Klinge dringt vorsichtig ein.

Lydia konzentriert sich.

Sie zieht eine Linie vom rechten Schlüsselbein bis zum Sternum. Sie nimmt sich Zeit, führt den Schnitt nicht zu tief aus. Gerade ausreichend, dass es blutet.

Ben beißt die Zähne zusammen, stöhnt.

Sie bewundert das Ergebnis.

»Hör auf, verdammt!«, wimmert Benoît.

Rote Perlen bilden sich und rinnen langsam über seine eisige Haut.

»Es ist noch schöner, weil du unbehaart bist!«, erklärt sie beglückt.

»Hör zu, Lydia, wir können doch reden, oder? Warum erzählst du mir nicht, was dir widerfahren ist? Warum sagst du mir nicht, was du mir vorwirfst?«

»Pst, sei still, sonst schneide ich dir die Zunge ab. Oder die Eier.«

Angesichts solcher Argumente gebietet es sich, zu schweigen.

Der Dolch wandert zum linken Schlüsselbein. Eine weitere Linie, um die erste zu kreuzen.

Benoît stößt einen Schrei aus. Es fängt an, wehzutun. Sehr weh sogar. Als würde eine Flamme über seinen Brustkorb wandern. Er wirft den Kopf zurück, schlägt damit gegen die Gitterstäbe.

»Keine Sorge, Ben, ich habe die Klinge desinfiziert. Ich will nicht, dass du zu schnell stirbst.«

»Super! Vielen Dank!«

Sein Atem geht immer schneller. Noch versucht er, die Angst zu beherrschen.

Jetzt nähert sich das Messer seinem Bauchnabel. In einem Überlebensreflex spannt er die Bauchmuskulatur an, so gut er kann.

»Ein hübsches Waschbrett«, meint Lydia lachend.

»Hör auf!«, fleht er.

Dieses Mal schneidet sie nicht. Begnügt sich damit, ihm die Waffe unter die Nase zu halten, damit er sein eigenes Blut sieht. Er verliert fast das Bewusstsein.

»Und wenn ich mich etwas um dein Gesicht kümmern würde? Ich könnte dich entstellen. Von nun an wirst du ohnehin niemanden mehr verführen.«

Schließlich überlegt sie es sich anders, kehrt wieder zu seinem Oberkörper zurück. Zieht eine blutige Linie zwischen den Schulterblättern. Er schreit, strampelt mit den Beinen.

»Bitte, Lydia, hör auf!«

Sie nähert die Klinge ihrem Mund, wischt sie an ihren Lippen ab. Er wendet den Kopf zur Wand. Sie legt das Messer auf die Decke, zwingt Lorand, sie anzusehen. Seinem Henker in die Augen zu schauen.

»Um dein hübsches Gesichtchen kümmere ich mich später.«

»Warum?«, murmelt er. »Womit habe ich das verdient?«

In seiner Stimme schwingt ein Schluchzen mit.

»Das habe ich dir schon gesagt, Ben.«

»Nein«, schreit er. »Nein, du hast es mir nicht gesagt!«

»Dann habe ich es vielleicht vergessen. Aber du hast es inzwischen sicher erraten. Gute Nacht, Benoît, morgen machen wir weiter.«

Die Absätze entfernen sich. Er hört sie noch lange. Auch nachdem sie den Keller längst verlassen hat.

KAPITEL 7

Samstag, 18. Dezember, 10 Uhr

»Ich finde, Sie sehen hervorragend aus, Lydia. Sie scheinen in blendender Form zu sein!«

»Das stimmt, Frau Doktor. Es geht mir gut.«

Nina Waldeck spielt mit ihrem Füllfederhalter, den sie zwischen den Fingern dreht, ohne dass er herunterfällt.

»Dann können wir den Abstand zwischen den Sitzungen vielleicht vergrößern? Wieder eine pro Woche machen, wie früher, oder vielleicht sogar nur alle vierzehn Tage. Was meinen Sie?«

»Vielleicht …«

»Das werden wir nächstes Jahr entscheiden! Was haben Sie mir heute Morgen zu erzählen?«

»Einen Traum. Ich habe geträumt, ich hätte ihn gefunden.«

Die Psychologin lehnt sich tief in ihren Sessel zurück. Ihre Finger umklammern den Dupont-Füller.

»Das ist nicht das erste Mal«, meint sie.

»Nein, aber diesmal schien es so realistisch! Viel mehr als sonst.«

»Ah. Möchten Sie sich vielleicht hinlegen?«

»Nein.«

»Ich höre Ihnen zu, Lydia.«

»Seit Montag habe ich diesen Traum jede Nacht.«

»Seit Montag?«, wundert sich Nina. »Warum haben Sie mir dann Mittwoch nichts davon erzählt?«

»Ich weiß nicht. Ich hatte nicht so recht Lust.«

»Sprechen Sie weiter.«

»Ich treffe ihn immer wieder an, ich weiß, dass er es ist. Ich, ich räche mich.«

»Wie?«

»Ich habe ihn in meiner Gewalt, er ist mir ausgeliefert. Ich demütige ihn, foltere ihn. Ich will ihn zwingen, sein Verbrechen zu gestehen, um Verzeihung zu bitten. Aber ich zögere es möglichst lange hinaus. Ich will, dass er lange leidet.«

»Wie sieht er aus?«

»Sehr gut.«

»Sehr gut?!«

»Ja, jung und attraktiv. Er ist ein angesehener Mann, den alle für normal halten. Niemand misstraut ihm, niemand weiß, wozu er fähig ist. Nur ich! Ich sperre ihn an einem verlassenen Ort ein, er friert, er hat Hunger …«

Lydia starrt jetzt auf die Lithografie hinter Waldecks Rücken. Ihre Augen funkeln wütend.

»Unter der Folter erzählt er es mir schließlich. Erzählt mir alles, was er getan hat.«

»Woher wissen Sie, dass er es ist?«

»Weil, weil es mir jemand gesagt hat. Ja, jemand hat es mir gesagt. Jemand hat ihn denunziert.«

»Ah, und wer war das?«

»Ich weiß nicht. Ich glaube, ich habe einen Brief bekommen. Ich erinnere mich nicht mehr genau.«

»Und übergeben Sie ihn der Polizei, nachdem er gestanden hat?«

»Nein! Das soll wohl ein Witz sein! Er ist selbst Bulle.«

»Ach, er ist wirklich Polizist?«

»Ja. Und wozu sollte das gut sein? Die Justiz dieses Landes taugt doch nichts! Nein, nachdem er geredet hat, töte ich ihn. Ich lasse ihn verhungern. Sosehr er mich auch anfleht, es ändert nichts. Er muss bezahlen.«

»Und haben diese Träume Sie erleichtert, Lydia?«

»Ja. Ja, sie tun mir gut. Sehr gut.«

»Haben Sie kein schlechtes Gewissen? In Ihrem Traum, meine ich.«

Lydia streckt die Beine ein wenig aus.

»Nein, ganz und gar nicht. Er bekommt nur, was er verdient, nicht wahr?«

»...«

»Natürlich streitet er am Anfang alles ab. Er sagt, dass er nichts versteht, dass nicht er der Schuldige ist, aber ich weiß es. Ich weiß, dass er es war, ich weiß es, ich weiß es ...«

»In Ihren früheren Albträumen haben Sie ihn nicht so gesehen. Sie haben mir einen sehr hässlichen Mann beschrieben, einen abscheulichen Menschen.«

»Das stimmt. Das hat sich verändert.«

»Warum, Ihrer Meinung nach?«

»Vielleicht weil ich angenommen habe, dass jemand, der zu so etwas fähig ist, ein abstoßendes Gesicht haben müsste. Aber letztlich weiß man das ja nicht. Jetzt ist er eher verführerisch. Er ist dunkelhaarig mit hellen Augen, ziemlich groß. Er hat eine schöne Stimme ...«

»Sind Sie etwa dabei, sich in ihn zu verlieben, Lydia?«

Die Patientin lächelt. Mit stahlhartem Blick sieht sie die Ärztin an.

»Die Art, wie sie ihn beschreiben, gibt Anlass zu dieser Vermutung!«

Lydias Lächeln wird breiter. Waldeck senkt die Augen, macht sich einige Notizen auf dem noch weißen Blatt.

»Ich verliebe mich nie, Frau Doktor. Das wissen Sie doch, oder?«

»Das behaupten Sie zumindest. Ich bin mir da nicht so sicher. Und ich hoffe sehr, Sie eines Tages das Gegenteil sagen zu hören!«

»Glauben Sie, ich könnte einen Mann lieben, der mein Leben zerstört hat?«

Lydias Hände umklammern die Tasche auf ihren Knien.

»Es ist nur ein Traum, Lydia. Wissen Sie, er kann so viel bedeuten.«

»Ja, es ist nicht real. Schade übrigens.«

In dem Sprechzimmer breitet sich ein langes Schweigen aus.

»Es stimmt, dass er mir gefällt«, gesteht Lydia plötzlich. »Ich meine, körperlich natürlich. Ich habe geträumt, ich hätte mit ihm geschlafen.«

»War es angenehm?«

»Ja. Besser als mit den anderen jedenfalls.«

»Was soll das heißen?«

»Besser als in der Realität. Ehrlich gesagt habe ich ihn gezwungen, mit mir zu schlafen. So wie er es gemacht hat mit …«

Sie beendet ihren Satz nicht, verstummt eine Weile. Die Psychiaterin wartet geduldig und spielt mit ihrem Stift.

»Irgendwann wird er es mir sagen. Unter Schmerzen wird er es gestehen.«

Waldeck runzelt die Stirn.

»In meinem Traum natürlich«, fügt Lydia eilig hinzu. »Ich bin sicher, dass er nächste Nacht da sein und sein Verbrechen gestehen wird. In allen Einzelheiten.«

»Würde es Sie beruhigen, das zu hören?«

»Ja.«

»Sie zwingen ihn also, mit Ihnen zu schlafen, und das ist angenehm – richtig?«, fährt sie fort.

»Ja, vor allem am Ende.«

»Am Ende? Wie meinen Sie das?«

»Wenn ich ihn ihm abschneide«, erklärt Lydia kalt.

* * *

Er ist so schwach, dass er glaubt, sein Herz wird jeden Moment aufhören zu schlagen.

Im Zweifelsfall wäre das sogar eine Erleichterung.

Er spürt seine Arme nicht mehr, sie sind total steif.

Die Einschnitte auf seinem Oberkörper hingegen spürt er sehr wohl.

Die Kälte scheint er kaum noch wahrzunehmen, die Unterkühlung ist bereits zu weit fortgeschritten. Das Gehirn arbeitet langsamer.

Ja, er wird krepieren. Allein in diesem erbärmlichen Drecksloch.

Er findet die Kraft, den Kopf ein wenig zu heben. Sieht die Schneeflocken hinter der schmutzigen Scheibe des Kellerfensters wirbeln. Dann schließt er die Augen wieder, dämmert dahin. Gleitet langsam der Apathie entgegen.

Er versucht, sich zu erinnern.

Welcher Tag ist heute? Samstag, der 18. Dezember.

Seit Donnerstagabend bin ich angekettet.

Er ist froh, dass ihm sein Zeitgefühl noch nicht abhandengekommen ist. Sein letzter Anhaltspunkt. Das bedeutet, dass er den Verstand noch nicht verloren hat. Noch nicht.

Glücklicherweise hat er sich nicht eingepinkelt! Die Lage ist schon so demütigend genug. Aber um überhaupt pinkeln zu können, müsste er auch trinken. Sein Mund ist ausgetrocknet. Durst ist noch schlimmer als Hunger.

Ein Geräusch lässt ihn die schweren Lider öffnen.

Die Tür knarrt, Absätze klappern laut auf der Betontreppe.

Neue Folter kündigt sich an.

Lydia erscheint, er wendet vorsichtig den Kopf.

»Guten Tag, Benoît.«

Sie tritt hinter ihn, öffnet die Handschellen. Dann geht sie wieder.

Nur langsam wird ihm klar, dass er losgebunden ist. Fast frei. Er hat Mühe, die Arme nach vorne zu führen. Die Handgelenke sind blau angelaufen und die Finger so steif, dass es ihm nicht einmal gelingt, sein Hemd zuzuknöpfen.

Er versucht, sich aufzurappeln – unmöglich. Seine Beine wollen ihn nicht mehr tragen. Er kriecht zum Waschbecken, zieht sich daran hoch. Und er trinkt. Selbst wenn das Wasser eisig ist. Er hat solchen Durst, dass er einen ganzen Ozean leeren könnte.

Um ihn herum dreht sich alles. Er klammert sich an

der Porzellanschüssel fest, schließt den Wasserhahn und bemerkt plötzlich, dass seine Peinigerin zurückgekommen ist. Und zwar nicht mit leeren Händen.

»Du musst etwas essen. Es ist noch zu früh zum Sterben.«

Er beißt die Zähne zusammen, um eine Antwort zu unterdrücken, während sie sein mageres Mahl in den Käfig schiebt. Er nähert sich, sie weicht zurück. Ein Stück Brot, eine Tasse heißes Wasser, ein Beutel Pulverkaffee und zwei Zuckerstücke.

Er zieht seinen Pullover an und setzt sich auf seine Decke. Vermeidet es, sie anzusehen. Das könnte ihm den Appetit verderben.

»Ich habe das warme Wasser wieder eingeschaltet. Dann kannst du dich waschen, ja?«

»Ist heute ein Feiertag, oder was?!«

Seine Stimme klingt rau und schneidend.

»Nein. Aber ich ertrage keinen Dreck. Ich verabscheue alles, was schmutzig ist. Du bist schon innerlich verdorben genug, da musst du es nicht auch noch von außen sein.«

Er schüttelt den Kopf, auf seinen Zügen liegt Verständnislosigkeit.

Sie sitzt auf ihrem Stuhl und beobachtet ihn unablässig. Er hat schon fertig gegessen und seinen Kaffee getrunken.

»Du solltest duschen, solange es warmes Wasser gibt.«

»Willst du mir dabei zusehen? Ist es das?«

»Ist dir das unangenehm?«

Plötzlich lächelt er.

»Ganz und gar nicht! Im Gegenteil.«

Er steht auf, zieht Pullover und Hemd aus. Auch wenn er fast erfriert. Dann streift er, ohne sie aus den Augen zu lassen, die Jeans ab.

Schließlich verschwindet sie.

* * *

Auguste Fabre hatte schon immer ein Faible für Hausdurchsuchungen. In die Intimsphäre der Leute einbrechen. Auch wenn es sich hier mehr oder weniger um einen genehmigten Einbruch handelt.

Djamila und er nehmen Lorands Arbeitszimmer genau unter die Lupe. Einige abgeschlossene Schubladen mussten sie aufbrechen, genauso wie das Vorhängeschloss zu seinem Spind.

Der Typ ist unordentlich, ist eine erste Feststellung. Doch die besagt nicht viel.

Sie haben alles Mögliche gefunden, Akten, an denen er gerade arbeitete, aber auch Privateres, wie Hemden, Unterhosen zum Wechseln, einen elektrischen Rasierapparat, Aftershave …

Und Fotos. Auf seinem Schreibtisch von der Ehefrau und dem Sohn. In den Schubladen von Unbekannten, zuweilen nur leicht bekleidet.

»Sie haben ganz recht, Oberkommissarin. Dieser Kerl ist ein Casanova!«

»Ja, aber auch das bringt uns nicht weiter!«

»Wir müssen seinen Schreibtisch durchsuchen.«

»Wenn ich mir die Bemerkung erlauben darf: Wir sind gerade dabei!«, meint Djamila spöttisch.

»Nein, ich meine bei ihm zu Hause.«

»Ah. Das wird Gaëlle unter Umständen aber nicht recht sein.«

»Wir haben keine andere Wahl.«

»Was hoffen Sie denn da zu finden?«

»Keine Ahnung! Aber es muss einen Grund haben, warum dieser Mann verschwunden ist. Vielleicht hat er sich etwas zuschulden kommen lassen.«

»Sind Sie von der Kripo oder von der internen Ermittlung?«, zischt Djamila.

»Warum sagen Sie das?«

»Sie wittern wirklich überall etwas Schlechtes. Warum sollte Lorand korrupt sein?«

»Ich will ihn finden, das ist alles. Und Sie?«

»Wie, ich?«

»Wollen Sie wirklich, dass Lorand wieder auftaucht?«

Eine Weile starrt sie ihn verwundert an, doch dann wird sie wütend.

»So langsam gehen Sie mir wirklich auf die Nerven mit Ihren albernen Anspielungen!«, schreit sie. »Machen Sie lieber, dass Sie nach Hause kommen, sonst verliere ich noch die Beherrschung!«

»Ganz ruhig, Oberkommissarin! Ich bitte Sie.«

Sie knallt die Tür zu und geht mit schnellem Schritt zu ihrem Büro.

»Dieser alte Sack geht mir wirklich auf die Nerven!«

Sie holt sich einen Kaffee und klaut einem ihrer Mitarbeiter eine Zigarette. Dann schließt sie die Tür hinter sich. Das Dossier über Benoîts Verschwinden liegt geöffnet und anklagend mitten auf ihrem Schreibtisch.

Zornig klappt sie es zu.

Siehst du, du Mistkerl, nun musst du doch noch bezahlen. Man bekommt immer, was man verdient.

* * *

Er wacht nach einer ausgedehnten Siesta auf.

Eine heilsame Erholungspause, die er bis ins Letzte ausgeschöpft hat.

Jetzt ist es fast dunkel. Warm in seinen Pullover und die Decke gehüllt, starrt er in das schwindende Tageslicht.

Es geht ihm besser. Nach dem Essen und dem Kaffee, der warmen Dusche und einigen Stunden Schlaf fühlt er sich gestärkt.

Aber gestärkt wofür?

Er erhebt sich. Überzeugt sich, dass das Monster nicht da ist und ihn aus der Dunkelheit beobachtet. Wie es aussieht, ist er allein.

Reflexartig versetzt er dem Schloss einen halbherzigen Tritt. Dann noch einen. Sonst hat er nichts, um sich abzureagieren. Er sitzt in dem hellen Rechteck des Kellerfensters und überlegt. Mit dem wenigen Treibstoff, den es bekommen hat, funktioniert sein Gehirn wieder.

Soll er ihr Widerstand leisten?

Oder nachgeben?

Aber was genau will sie? Auf alle Fälle will sie ihn erniedrigen, das hat er verstanden. Ihn in die Knie zwingen und mit Füßen treten. Ihn unterwerfen. Solange sie das nicht erreicht hat, wird sie ihn nicht töten.

Zeit gewinnen. Genug Zeit, damit sie ihn finden.

Wenn sie mein Handy geortet hätten, wären sie schon da. Aber sie werden bestimmt irgendetwas finden, irgendeinen Hinweis.

Einen Hinweis? Welchen Hinweis?

Wieder verfällt er in Resignation, kriegt sich gerade noch in den Griff.

Nein, aus diesem Blickwinkel darf er die Dinge nicht sehen: Er muss durchhalten, weil er einen Weg finden wird, hier herauszukommen. Sie wird einen Fehler machen. Und dann … Ja, sein Plan steht fest.

Sich nicht demütigen lassen, nicht weinen. Sie nicht anflehen. Und ihr gleichzeitig vorspielen, dass er so gut wie keine körperlichen Kräfte mehr hat. Damit sie leichtsinnig wird.

Und da kommt sie auch schon.

Er setzt sich auf die Decke, wie ein braver Junge.

Er wirft ihr einen herausfordernden Blick zu. Sie legt die Finger um die Gitterstangen. Kleine weiße Schlangen mit perfekt manikürten Köpfen.

»Guten Abend, Ben.«

»So nennen mich nur meine Freunde. Meine Freunde oder meine Geliebten. Für die anderen bin ich Benoît oder Hauptkommissar Lorand.«

»Oh. Aber wir sind doch inzwischen schon recht intim miteinander, oder?«

»Intim?! Du träumst! Ich kann mich nicht erinnern, dich gevögelt zu haben.«

Seine Kühnheit verblüfft sie kurz.

»Hast du beschlossen, dich grob zu benehmen, *Ben*?«

»Sag mir einen einzigen Grund, warum ich das nicht tun sollte.«

»Der Revolver, der direkt hinter mir liegt! Das könnte schon mal ein guter Grund sein, oder?«

»Es ist mir egal, ob ich krepiere. Los, töte mich doch!«

»Ich verstehe. Hauptkommissar Lorand rebelliert! Du willst den Hartgesottenen spielen? Na bitte! Ich weiß genau, dass du halb tot bist vor Angst, *Ben*!«

»Tut mir leid, dich enttäuschen zu müssen, meine Kleine, aber ich bin nicht *halb tot vor Angst*. Eher vor Hunger! Und ich hätte große Lust, dich umzubringen.«

»Das kann ich mir vorstellen! Das Problem ist nur, dass ich die Knarre und den Schlüssel habe.«

»Das ist in der Tat ein Problem. Aber meine Mama hat mir immer gesagt, dass es für jedes Problem eine Lösung gibt. Man muss sie nur finden.«

»Was redest du da? Du kannst dich ja kaum auf den Beinen halten.«

Er schweigt. Darf sie nicht zu sehr provozieren, wenn er dieser Hölle heil entkommen will.

Dieses Schweigen, diese Niederlage zaubert ein Lächeln auf die Lippen seiner Kerkermeisterin.

Sie zieht etwas aus der Tasche und schiebt den Arm durch die Gitterstäbe.

Eine Kette, an der ein Medaillon hängt.

»Erkennst du es?«, fragt sie.

Er tritt näher, und sie zuckt nicht einmal zurück. Eine Halskette mit einem goldenen Anhänger, den er sofort erkennt.

»Es ist deine Taufmedaille. Die, die du um den Hals trägst.«

Sie knöpft ihre Bluse auf, und man sieht ihren Anhänger. Er ist noch immer da. Sie dreht das Schmuckstück um, etwas ist in das Gold graviert.

Aurélia, 12.02.1978.

»Du erkennst sie doch, oder?«

Er hebt den Blick zu ihr.

»Nein, ich sehe nur, dass es dieselbe ist wie deine.«

»Ja, fast.«

»Wer ist Aurélia?«

Er sieht, dass sich ihr Gesichtsausdruck verändert. Aus ihren Augen sprüht Hass. Sie steckt das Schmuckstück wieder in die Tasche.

»Warum streitest du es immer noch ab, du Dreckskerl!«

»Was streite ich ab?«

»Dass du sie getötet hast. Ich weiß es!«

»Ich verstehe nicht, wovon du redest.«

»Ich weiß es!«, schreit sie.

Er tritt lieber einen Schritt vom Gitter zurück.

»Aber ich werde dich schon noch zu einem Geständnis bringen, du Mistkerl!«

»Hör zu, Lydia, ich versichere dir, dass du dich irrst. Ich habe in meinem ganzen Leben noch niemanden getötet!«

»Du wirst gestehen«, erklärt sie mit drohender Stimme. »Ich werde dich so lange quälen, bis du es zugibst. Und weißt du, ich habe alle Zeit der Welt. Was lange währt, wird endlich gut. So heißt es doch, oder?«

»Beruhige dich, Lydia. Wir können miteinander reden, okay? Wer ist Aurélia?«

»Schnauze!«, befiehlt sie. »Du weißt genau, wer sie ist, denn du hast sie getötet.«

Er seufzt. Lehnt sich wieder an die Wand.

»Du bist überrascht, stimmt's? Du hättest nicht gedacht, dass ich ihn finden würde, was?«

»Was?«

»Den Anhänger, natürlich! Ich muss zugeben, dass du ihn gut versteckt hast. Aber …«

»Ich? Aber ich habe das Ding in meinem ganzen Leben noch nicht gesehen.«

»Du lügst. Von mir aus kannst du aller Welt etwas vormachen mit deinem ›Ich-bin-ein-guter-Bulle‹-Gehabe, aber mir nicht.«

Er setzt sich wieder auf die Decke. Stimmt, er kann sich kaum auf den Beinen halten.

»Ich weiß, wer du bist! Wozu du fähig bist. Zu welchen Gräueltaten.«

»Du redest Unsinn! Du spinnst!«

»Wie ist es, wenn man entlarvt wird, Hauptkommissar Lorand?«

»Du bist verrückt! Total verrückt, du Ärmste!«

»Du bist nur ein Mörder! Ein Kindermörder!«

Er schließt die Augen. Es wird immer schlimmer.

»Und ein Vergewaltiger.«

»Ist das alles?! Hast du nichts vergessen?«

»Denn du hast sie auch vergewaltigt, stimmt's?«

»Ich kenne sie nicht. Ich weiß nicht einmal, wovon du sprichst! Ich habe nie in meinem Leben jemanden vergewaltigt. Das hatte ich nie nötig!«

»Wo ist sie, Benoît?«

Es wird immer absurder. Er sieht sie mit bedauernder Miene an.

»Lydia, ich sehe, dass du leidest. Doch du bist auf

dem Holzweg. Du suchst einen Mörder, aber ich bin keiner. Ich bin unschuldig.«

»Du wirst es gestehen. Alles. Das garantiere ich dir. Und du wirst um Verzeihung bitten. Das ist nur eine Frage der Zeit. Weißt du, ich verstehe, wie schwierig es ist, zuzugeben, dass man zum Schlimmsten fähig ist, Ben. Es ist schwer, mit seiner eigenen Feigheit konfrontiert zu sein.«

KAPITEL 8

Sonntag, 19. Dezember

Es schneit noch immer. Träge fallende Flocken.

Es ist früh, aber Lydia ist nicht mehr müde. Sie streckt sich und setzt einen Fuß auf den Vorleger. Zusammen mit ihr steigt der Alptraum aus dem warmen Bett.

Sie bleibt vor dem Fenster mit den beschlagenen Scheiben stehen. Der Garten ist traurig. Er ist immer traurig, seit …

Mechanisch vollzieht sie das morgendliche Ritual: Kaffee, Frühstück, Zigarette, Dusche.

Dabei ist es kein gewöhnlicher Sonntag. Es ist der erste, den sie zusammen mit ihrem Mörder verbringen wird. Darauf freut sie sich schon, plant die Folter des Tages. Denn gestern hatte er eine Verschnaufpause. Sie muss darauf achten, ihn nicht zu schnell zugrunde zu richten.

Aber heute fühlt sie sich bereit. Bereit, den nächsthöheren Gang einzulegen.

Die Hände in ihrer Wolljacke verborgen, tritt sie kurz auf die Außentreppe. Wenige Flocken, die letzten bevor es schöner wird, fallen vor ihre Füße. Es herrscht fast absolute Stille, alles ist gedämpft.

Im Flur stößt sie mit ihrem Spiegelbild zusammen.

»Sieh mich nicht so an«, murmelt sie. »Was hast du mir vorzuwerfen, hm?«

Sie presst die Lippen zusammen.

»Nein, keine Sorge. Heute töte ich ihn nicht! Es ist noch zu früh. Er wird lange leiden, da kannst du dich drauf verlassen. Er wird dich auf Knien um Verzeihung bitten, auch da kannst du mir vertrauen.«

Mit geübter Hand kämmt sie sich.

»Zunächst wird er gestehen. Und mich zu dir führen. Und dort wird er sterben. Auf die Art, die du wünschst. Kommst du mit runter?«

Mit einem strahlenden Lächeln macht sie sich auf den Weg zum Keller.

Lydia schleicht sich leise heran. Benoît schläft noch. In seine Decke gewickelt, liegt er mit dem Rücken zu ihr. Sie beobachtet ihn eine Weile. Nicht der geringste Zweifel beschleicht sie. Und auch keine Reue. Sie empfindet nur Hass. Die Last der vielen Jahre. Der langen ruhelosen Nächte. Sie säuselt mit sanfter Stimme:

»Siehst du, da ist er! Uns völlig ausgeliefert!«

Sie greift nach dem Revolver und lässt den Lauf über die Gitterstäbe gleiten. Benoît erwacht mit einem dramatischen Satz. Der erste Anblick des Tages: eine auf ihn gerichtete Waffe.

Vorsichtig setzt er sich auf. Sein Gesicht ist gezeichnet von der Woche in diesem Verlies. Sein Blick ruht auf dem Revolver, wandert dann zu den bernsteinfarbenen Augen derjenigen, die ihn hält.

»Guten Tag, Benoît. Wie ich sehe, hast du gut geschlafen.«

Er antwortet nicht. Einer Knarre antwortet man nicht.

»Ich habe die ganze Nacht an dich gedacht«, fährt sie fort. »Weißt du, heute ist Sonntag.«

»Und? Gehen wir in die Kirche?!«

»Warum, glaubst du an Gott?«

»Nein«, gesteht Benoît.

»Ich auch nicht. Wie hätte Gott Monster wie dich erschaffen können?«

Er flüchtet sich in Schweigen und wartet stoisch ab.

»Nein, wir gehen nicht zur Messe, sondern zur Beichte! Wir beide haben uns so viel zu sagen. Das heißt, du bist derjenige, der mir etwas zu gestehen hat. Nicht wahr, Ben?«

»Nun, ich kann dir gestehen, dass ich Hunger habe. Und dass ich es leid bin, hier zu sein! Ansonsten …«

»Aber das ist mir egal. Ich will, dass du mir vom 6. Januar erzählst. Vom 6. Januar 1990 natürlich.«

»1990? Na, sag mal, das ist aber schon lange her!«

»Gewiss, doch es gibt Sachen, die man nicht vergisst, auch nach fünfzehn Jahren nicht.«

»Ich weiß nicht, wovon du sprichst.«

»Du bist ein hervorragender Schauspieler, Benoît! Es wundert mich gar nicht, dass du deiner Frau seit Ewigkeiten etwas vormachen kannst. Deine Art, den Unschuldigen zu mimen, würde jeden neutralen Zuschauer überzeugen. Aber nicht mich. Nicht mich!«

»Ich wirke unschuldig, weil ich unschuldig *bin*! Ist dir das jemals in den Sinn gekommen?!«

»Deine Lügen langweilen mich, Ben.«

Lydia tritt zurück zu ihrem Stuhl. Im Schutz des Schattens zündet sie sich eine Zigarette an.

»Hast du vielleicht auch eine für mich?«, wagt sich Benoît vor.

»Also, ich erkläre dir, wie die Sache abläuft: Du bist in Polizeigewahrsam.«

Er lächelt traurig.

»Ich weise dich darauf hin, dass Polizeigewahrsam maximal achtundvierzig Stunden dauern darf. Wir haben die gesetzliche Frist schon lange überschritten!«

»Na gut, sagen wir, du bist *ab jetzt* in Gewahrsam.«

»Gut, dann habe ich also auch das Recht auf einen Anwalt? Und einen Arzt! Nicht zu vergessen zwei Mahlzeiten am Tag!«

»Du hast gar keine Rechte, nur damit das klar ist.«

Er sagt nichts. Sitzt immer noch auf der kakifarbenen Wolldecke.

»Gut, vielleicht stimmt es letztlich. Sagen wir, der Polizeigewahrsam ist beendet. Es gibt genügend Beweise gegen dich, um direkt mit dem Prozess zu beginnen.«

»Wo sind die Richter?!«

»Keine Richter! Geschworene! Für Mord ist das Schwurgericht zuständig, Ben! Kennst du dich nicht mit dem Rechtssystem aus, oder was?«

»Also gut. Wo sind die *Geschworenen*?«

»Vor dir.«

»Verstehe.«

»Bist du bereit? Angeklagter, stehen Sie auf!«

Er antwortet ihr mit einem Handzeichen. Nicht sehr anständig. Im Dämmerlicht sieht er den Lauf des Revolvers schimmern.

»Angeklagter, stehen Sie auf!«, befiehlt Lydia erneut.

Schließlich gehorcht er. Verschränkt die Hände im

Rücken und lehnt sich an die Wand. Eine perfekte Zielscheibe.

»Erste Frage, Monsieur Benoît Lorand: Warum hast du Aurélia Hénaudin ermordet?«

»Ich habe Aurélia Hénaudin nicht ermordet. Ich habe niemanden ermordet.«

»Falsche Antwort, Ben. Hast du sie vergewaltigt, bevor du sie umgebracht hast?«

»Nein. Weder vergewaltigt noch getötet.«

»Wie erklärst du dann, dass ich ihre Taufmedaille bei dir gefunden habe?«

»Unmöglich.«

»Dabei war sie sorgfältig in dem Schuppen hinter deinem Haus versteckt. Der, in dem du das Gerümpel lagerst. Weißt du, was ich meine?«

Er ist eine Weile sprachlos. Offensichtlich verblüfft.

»Dort habe ich sie in einer Metalldose gefunden. Übrigens genau an der Stelle, wo man mir gesagt hat, dass ich sie finden würde.«

»Wer? Wer hat dir das gesagt?!«

»Das spielt keine Rolle. Wichtig ist, dass sich Aurélias Anhänger in deinem Besitz befand. Sie hat ihn bei ihrem Verschwinden getragen, das heißt, dass du schuldig bist.«

Er löst sich von der Wand, verschränkt die Arme, beginnt, hinter dem Gitter auf und ab zu gehen.

»Das ist doch verrückt!«

»Verrückt? Ich habe einen eindeutigen Beweis, Ben. Dagegen kannst du nicht argumentieren! Übrigens habe ich in dieser Dose nicht nur das gefunden. Es gab auch andere Gegenstände. Ich nehme an, du hast sie den noch warmen Körpern all deiner Opfer entrissen.«

»All meiner Opfer?«

Sie nimmt eine Plastiktüte aus dem Regal und zieht die besagten Beweisstücke heraus. Kommentiert sie kalt.

»Ein Mädchenslip, sechs Jahre. Ein paar Kinderohrringe. Eine Puppe, ein Anhänger mit graviertem Namen … William. Vergewaltigst du auch kleine Jungen, Ben? Ich dachte, du machst dich nur an Mädchen ran.«

Sie lauert auf seine Reaktion. Im Moment spielt er den Erstaunten. Damit hat sie gerechnet. Sie beobachtet seit Monaten, wie er lügt und wie geschickt er es versteht, sein Umfeld hinters Licht zu führen.

»Ich kann mich nicht um all diese kleinen Seelen kümmern, die du getötet hast. Doch indem ich Aurélia räche, räche ich auch sie. Aber kommen wir wieder zu dem, was mich am meisten interessiert. Du hast also Aurélia entführt, und dann? Hast du sie an einen entlegenen Ort gebracht und …«

»Ich habe nichts von all dem getan«, ruft Benoît wütend. »Absolut nichts! Ich habe all diese Sachen nie gesehen! Du kannst sie nicht bei mir gefunden haben!«

»Du hast sie an einen entlegenen Ort gebracht und sie dann, wie ich vermute, missbraucht. Wie kann man ein elfjähriges Mädchen vergewaltigen, Ben?«

Er erstarrt in absolutem Grauen. Wie betäubt.

»Ich weiß es nicht«, murmelt er. »Weil ich es nicht getan habe.«

»Du streitest es ab, das ist normal. Doch du musst dein Verbrechen eingestehen.«

»Ich bin unschuldig!«

»Ich erinnere dich daran, dass Aurélias Medaillon in deinem Garten war. In dem Schuppen, den nur du benutzt.«

»Okay, nehmen wir an, du hast all diese Sachen bei mir gefunden. Dann ruf doch die Polizei! Die sollen mich festnehmen!«

Sie lacht auf.

»Komm schon, Ben! Das Verbrechen ist lange verjährt!«

»Stimmt nicht!«, brüllt er. »Artikel 7 des Strafgesetzbuches, Frau Richterin! Sie sollten mal wieder die Klassiker studieren. Die Verjährungsfrist für die in Artikel 706-47 aufgeführten Verbrechen, also Mord oder Totschlag eines oder einer Minderjährigen in Verbindung mit Vergewaltigung, Folter oder anderen Gewalttaten, tritt erst zwanzig Jahre nach der Volljährigkeit des Opfers ein, Frau Richterin! Das Verbrechen ist also nicht verjährt. Aurélia ist im Februar 1978 geboren, stimmt's? Das heißt, dass die Verjährungszeit erst ab 1996 beginnt. Die Justiz kann also den Schuldigen bis zum Jahr 2016 verurteilen! 2016, Frau Richterin!«

»Du lügst schon wieder!«

»Nein, informier dich, meine Schöne. Das Gesetz ist im letzten Jahr geändert worden. Bitte, überprüf es doch.«

Die Anklage schweigt etwas verwirrt. Die Verteidigung ebenfalls. Dann tritt Benoît an das Gitter.

»Also, Lydia, worauf wartest du, warum rufst du nicht die Polizei an?«

»Du gehörst zu ihnen. Sie werden dich laufen lassen.«

»Wenn ich schuldig bin, werden sie mich verurteilen!«

»Du bist schuldig. Aber ich werde über dich richten und dich verurteilen.«

Sie erhebt sich. Legt den Revolver auf den Stuhl.

»Die Verhandlung wird unterbrochen.«

* * *

Jérémy ist eben eingeschlafen. Der traditionelle Mittagsschlaf.

Gaëlle betrachtet ihn eine Weile. Wie sehr er schon seinem Vater ähnelt. Er wird später auch so hübsch sein, ein Herzensbrecher.

Wie sein Vater.

Schade, dass sie kein Mädchen zur Welt gebracht hat...

Auf Zehenspitzen schleicht sie aus dem Zimmer, zieht sich in die Küche zurück. Sie setzt sich vor ihre Tasse Kaffee und rührt mechanisch darin herum.

Bis der Ton der Klingel sie aufschreckt.

Um gegen die Kälte anzukämpfen, tritt Djamila vor der Tür von einem Fuß auf den anderen. Gaëlle öffnet ihr, bleibt auf der Schwelle stehen. Ohne ein Lächeln.

»Hallo, störe ich nicht?«

»Komm rein.«

Sie geht wieder in die Küche. Noch eine Tasse Kaffee.

»Ich wollte nur nachfragen, ob du etwas brauchst«, beginnt die Beamtin. Gaëlle zuckt die Schultern.

»Nein, es geht.«

»Sind Benoîts Eltern angekommen?«

»Ja, gestern. Aber ich wollte nicht, dass sie bleiben.«

»Ach ja?«

»Ich bin lieber allein. Sie sind in der Gegend, bei Benoîts Tante. Sie kommen einmal am Tag vorbei.«

»Und deine Eltern?«

Gaëlle bedenkt sie mit einem bitteren Lächeln.

»Das Jugendamt, meinst du?«

Djamila verschluckt sich an ihrem Kaffee. Entschuldigt sich und kommt sich erbärmlich vor. »Das hat Benoît nie erzählt …«

»Ich will auch nicht, dass alle es wissen. Außerdem standet ihr beide euch doch auch nicht besonders nahe, oder?«

»Nein, nicht besonders.«

»Gibt es etwas Neues?«

»Darf ich rauchen?«

»Lieber nicht«, entgegnet Gaëlle. »Wegen dem Kleinen. Er hat Asthma.«

»Okay, entschuldige. Was die Ermittlungen angeht, so verfolgen wir eine Spur. Wir sind hinter einem Typen her, den dein Mann vor drei Jahren festgenommen hat und der allerlei Drohungen gegen ihn ausgesprochen hat. Er heißt José Duprat und ist vor einem Monat aus dem Knast gekommen.«

»Wo ist er?«

»Das wissen wir leider nicht. Aber wir finden ihn. Es ist nur eine Frage von Tagen.«

»Benoît ist seit fast einer Woche verschwunden …«

»Ich weiß. Wir vergessen ihn nicht, glaub mir. Er fehlt auch uns!«

»Das denke ich mir. Er ist ein guter Polizist.«

»Hervorragend«, bestätigt Fashani.

»Und auch ein guter Liebhaber. Stimmt's, Djamila?«

Die Hand der Ermittlerin umklammert die Tasse. Sie sitzt mit offenem Mund und leicht drolligem Gesichtsausdruck da. Sie unternimmt einen grotesken Versuch, es abzustreiten.

»Ich versichere dir, dass …«

»Sei still!«, befiehlt ihr Gaëlle mit eisiger Stimme. »Du brauchst es gar nicht zu versuchen. Ich weiß, dass Benoît mit dir geschlafen hat. Ich weiß nicht, wann und wo, und auch nicht, wie oft. Es ist mir auch scheißegal.«

»Nur ein Mal«, behauptet Djamila. »Es, es tut mir leid, normalerweise mach ich so etwas nicht, ich …«

Gaëlle tritt ans Fenster und wendet ihrer Rivalin den Rücken zu.

»Ich weiß, dass Benoît mich betrügt.«

»Ach. Und, und weiß er, dass du es weißt?«

»Nein, natürlich nicht. Du solltest jetzt gehen.«

»Ja. Ich entschuldige mich für …«

»Behalt deine Entschuldigungen für dich«, unterbricht sie Gaëlle. »Finde meinen Mann, das ist alles, was ich von dir verlange. Tu deine Arbeit.«

»Ich gehe. Aber eigentlich bin ich gekommen, um dich um Erlaubnis zu bitten. Wir müssen uns kurz Benoîts Sachen ansehen. Vor allem sein Arbeitszimmer.«

»Ich weiß nicht, was euch das bringen sollte.«

»Man weiß ja nie. Vielleicht …«

»Okay, kein Problem.«

Djamila macht sich auf den Rückweg. Während sie zum Tor eilt, spürt sie Gaëlles Blick wie einen Stachel in ihrem Rücken. Sie hat sie unterschätzt.

Gaëlle schenkt sich noch einen Kaffee ein. Und zündet sich eine Zigarette an.

Ja, sie weiß es.

Ja, sie leidet darunter.

Aber im Moment geht es besser. Im Moment ist sie fast schmerzlos.

* * *

Die Verhandlung wurde vor Kurzem wieder aufgenommen.

Doch die Anklage ist stumm geblieben.

Im Dämmerlicht begnügt sich Lydia damit, die müde Gestalt des Angeklagten zu beobachten, der sich verzweifelt an die Gitterstäbe seiner Box klammert.

»Lydia. Ich möchte dir einen Handel vorschlagen.«

»Mit Dreckskerlen deines Kalibers verhandele ich nicht!«

»Hör mir bitte zu! Ich habe von dieser Vermisstenmeldung gehört. Der Name hat mir anfangs nichts gesagt, aber jetzt erinnere ich mich daran. Es war in der Nähe von Osselle, oder? Wenn du mich freilässt, gebe ich dir mein Wort, dass ich dich nicht anzeige, weil du mich eingesperrt hast. Und dass ich dir helfe, den Schuldigen zu finden. Den wahren Schuldigen. Ich werde mein Möglichstes tun, das schwöre ich. Beim Leben meines Sohnes.«

»Ist dir dein Sohn so unwichtig? Dein Wort hat doch keinen Wert! Hältst du mich für blöd, oder was? Glaubst du wirklich, ich würde dieses Gitter öffnen und dich rauslassen? Damit du dich auf mich stürzt und mich tötest, ein weiteres Mal?«

»Wie, *ein weiteres Mal*? Ich dachte, Aurélia wäre …«

»Schnauze!«

Er seufzt gedehnt. Sie schlägt die Beine übereinander, zündet sich eine Zigarette an.

»Das führt doch alles zu nichts, Lydia. Ich bin nicht der Schuldige.«

»Doch.«

Erneutes Schweigen.

»Wer hat dir gesagt, dass das Medaillon in meinem Garten versteckt war?«

»Keine Ahnung.«

»*Keine Ahnung*? Der Heilige Geist vielleicht? Oder hörst du Stimmen?!«

»Die Person, die dich denunziert hat, ist anonym geblieben.«

»Ein Brief? Du hast einen anonymen Brief bekommen?«

Lydia nickt.

»Und es ist dir nicht in den Sinn gekommen, dass mir da vielleicht jemand etwas anhängen will?«

»Ich weiß, dass du ein professioneller Lügner bist, aber da geht deine Fantasie doch etwas mit dir durch, Ben. Außerdem gibt es ja nicht nur das Amulett.«

»Aha? Was denn noch?«

»1990 hast du, genau wie heute, bereits in der Nähe des Ortes gewohnt, an dem Aurélia verschwunden ist. Wir waren fast Nachbarn. Höchstens ein paar Dutzend Kilometer voneinander entfernt. Unterbrich mich bitte, wenn ich mich irre.«

»Na und?! Nur weil ich fünfzig Kilometer vom Ort des Geschehens entfernt gewohnt habe, habe ich doch nicht …«

»Sei still! Alle Beweise sprechen gegen dich! Du verlierst deine Zeit! Du solltest dich lieber schuldig bekennen! Die Verteidigung muss ihre Strategie ändern!!«

»Die Anklage sollte sich ebenfalls ein paar Fragen stellen! Findest du es nicht seltsam, einen Brief zu bekommen, fünfzehn Jahre nach dem Verbrechen?«

»Nein. Denn diese Person kennt dich, das ist offensichtlich. Sie hat dein wahres Gesicht erkannt. Das Gesicht eines Mörders. Und sie wollte, dass Gerechtigkeit geübt wird. Sie wollte mir helfen. Aurélia hat nur noch mich, also war es normal, dass der Brief zu mir kam.«

Lorand versetzt dem Gitter einen kräftigen Fußtritt, doch das erzittert kaum.

»Ganz ruhig, Hauptkommissar!«

»Das ist doch alles Unsinn!«, brüllt er. »Du bist verrückt! Das hast du dir alles ausgedacht! Den Brief, den Anhänger, alles.«

»Du vergisst, dass du hier der Lügner bist.«

Erneut ein heftiger Tritt gegen das Gitter und ein wütender Schrei, der von den Wänden des Gefängnisses widerhallt. Lydia erbebt leicht.

»Du stehst ja kurz vor dem Nervenzusammenbruch, Ben.«

»Schnauze!«

Sie fängt an zu lachen und macht sich auf den Weg zur Treppe.

»Ich bin kein Mörder!«, ruft Benoît. »Aber ich schwöre, dass ich dich umbringen werde! Ich erwürge dich! Schlage dir deine hübsche kleine Visage ein!«

»Schöne Albträume, Hauptkommissar! Bis morgen.«

KAPITEL 9

Dienstag, 21. Dezember

»Mach dir keine Sorgen, ich gebe nicht nach. Ich übergebe ihn nicht der Polizei. Er wird kein Dolce Vita im Knast erleben, das verspreche ich dir! Er wird uns nicht entwischen.«

Lydia frisiert sich vor dem kleinen Spiegel im Badezimmer. Ihre Locken mit dem flammenden Schimmer sind heute wie elektrisch aufgeladen, kaum zu bändigen.

»Nein, ich versichere dir, ich ziehe das durch. Und bald hole ich dich.«

Sie legt Bürste und Kamm beiseite. Wirft einen letzten Blick auf ihr Spiegelbild.

»Du bist sehr hübsch.«

Du auch.

Sie bewundert noch eine Weile ihre strahlende Erscheinung.

»Kommst du mit mir hinunter? Unser Feind hat seit Samstagabend nichts zu essen gekriegt. Der Magen muss ihm schon in den Kniekehlen hängen. Außerdem: Ich war gestern einkaufen. Ich habe eine kleine Überraschung für ihn, du wirst sehen!«

Es ist zehn Uhr morgens. Am Vortag hat sie sich nicht zum Gericht begeben, hat es vorgezogen, den Angeklagten in seinem eigenen, einsamen Saft schmoren zu lassen.

Sie sieht ihn wie ein braves Hündchen auf seiner Decke sitzen und bedenkt ihn zur Begrüßung mit einem grausamen Lächeln.

»Ich habe gerade ein ausgiebiges Frühstück zu mir genommen!«, beginnt sie. »Einen köstlichen Kaffee, frisches Brot mit Butter und Konfitüre …«

»Dreckstück!«

»Ah! Wie ich sehe, hast du die Sprache wiedergefunden, Ben! Das ist gut. Hast du nachgedacht?«

»Ich habe Hunger.«

»Das weiß ich, aber es interessiert mich leider nicht! Hast du nachgedacht? Ich verspreche dir, wenn du gestehst, bringe ich dir etwas zu essen.«

»Leck mich am Arsch!«

»Du bist so unflätig heute Morgen! Wo ist dein gutes Benehmen geblieben, Ben?«

»Ich hab's in die Kloschüssel geworfen und runtergespült!«

»Verstehe! Du hättest dich stattdessen rasieren sollen, dich ein bisschen für deine Richterin zurechtmachen!«

Er steht auf, sie weicht drei Schritte zurück.

»Du siehst grauenhaft aus, lieber Benoît. Willst du dich sehen?«

Sie beginnt, in einem Karton herumzuwühlen.

»Wo hab ich sie nur hingetan?«, schimpft sie.

»Was suchst du?«, fragt Lorand. »Deine Hirnzellen?!«

»Ach, da ist sie ja!«

Sie kommt mit einer alten Polaroidkamera auf ihn zu.

»Los, lächeln Sie, Hauptkommissar! Für die Nachwelt.«

Der Blitz blendet ihn, mit schmerzverzerrtem Gesicht wendet er den Kopf ab.

»Fertig! In wenigen Minuten kannst du sehen, wie du nach einer Woche Gefangenschaft aussiehst. Wie sehr du dich verändert hast! Noch ein paar Tage und du bist ein totales Wrack ...«

Sie wedelt mit dem Foto in der Luft, damit es schneller trocknet, während er sich wieder hinsetzt. Sie stellt zufrieden fest, dass es ihm immer schwererfällt, sich auf den Beinen zu halten.

»Hier, schau!«

Sie wirft das Bild zwischen den Gitterstäben hindurch. Doch er würdigt es keines Blickes.

»Möchtest du deine Visage nicht mal sehen, Ben?«

»Du kannst mich mal.«

»Gut, wenn wir dann mal die Höflichkeiten einstellen und uns ernsthaft unterhalten wollen? Bist du bereit, mit mir zu sprechen und – wie heißt es bei euch Bullen noch mal? – alles auf den Tisch zu packen? Lustiger Ausdruck! Vor allem, wenn man seit mehreren Tagen nichts zum Auf-den-Tisch-Packen, das heißt zum Essen, hat, stimmt's, Ben?«

Er starrt auf das Kellerfenster. Er kocht vor Zorn, sie kann ihn wie eine Magnetströmung spüren.

»Muss ich dir vielleicht mit einer Lampe ins Gesicht leuchten?«

»Du musst etwas ganz anderes – nämlich zu einem Psychiater. Und zwar dringend!«

»Da bin ich schon, weißt du. Einmal die Woche.«

»Das kann dann ja nur ein Scharlatan sein!! Such dir einen anderen!«

»Einmal die Woche. Seit bald fünfzehn Jahren.«

Ihre Stimme hat sich geändert. Purer Hass schwingt darin mit. Gefährlicher Hass.

Das hat Benoît begriffen. Er dreht den Kopf, ist erstaunt, sie die Treppe hinaufgehen zu sehen.

»Was ist los, Lydia, *Chérie*? Hast du Angst? Gibst du schon auf?«

»Ich komme zurück, *Chéri*! Ich habe eine Überraschung für dich! Etwas, das dir helfen wird. Etwas Wirksames, um die Zunge zu lösen, du wirst sehen!«

Er beginnt, in seiner Zelle auf und ab zu laufen.

Ich hätte nicht derart rüde sein sollen!

Ja, das hätte er besser nicht. Die Absätze kehren zu ihm zurück. Er sieht ihre rassigen Beine. Sieht, dass sie etwas in der rechten Hand hält. Sein Profiblick erkennt sofort die Gefahr. Er weicht bis zur Wand zurück.

»Mach keinen Blödsinn!«, haucht er.

Sie hält die Waffe in seine Richtung, zögert nicht eine Sekunde.

Er schützt sein Gesicht mit den Armen, eine lächerliche Abwehr. Eine Ladung Strom zusammen mit einer Portion Reizgas trifft ihn direkt am Kopf, sodass er brüllend zusammenbricht.

»Ich werde dir schon noch gute Manieren beibringen, Ben.«

Er stöhnt, krümmt sich vor Schmerzen, die Hände aufs Gesicht gepresst. Er hört den Schlüssel im Schloss, die Absätze ganz in seiner Nähe, doch er sieht nichts mehr. Kann sich nicht einmal mehr bewegen.

»Praktisch, dieses Ding, was? Und es sieht aus, als täte es richtig weh. Ist der letzte Schrei in Sachen Selbstverteidigung! Das Teil hat mich fünfhundert Euro gekostet, aber ich bereue den Kauf nicht! Es scheint mir besser zu sein als die Knarre. Noch ein bisschen mehr Stoff, Hauptkommissar?«

Er bekommt einen zweiten Elektroschock, diesmal in die Bauchgegend, seine Muskeln verkrampfen sich schmerzhaft, er schreit noch lauter. Sie packt ihn an den Händen, zerrt ihn mit unglaublicher Kraft zum Gitter und kettet ihn wieder daran fest. Noch immer am Boden liegend, die Gelenke in den Handschellen, beginnt er herzzerreißend zu wimmern.

Sie setzt sich auf die Decke, dicht neben ihn. Beobachtet schweigend, wie er leidet. Lächelt dabei.

Seine geschlossenen Augen tränen von dem Spray, er keucht wie ein Asthmatiker im Endstadium.

Sie zündet sich zum Zeitvertreib eine Zigarette an. Streicht über die Waffe, die neben ihr liegt.

Nach etwa einer Viertelstunde kommt er wieder etwas zu sich. Seine Lider öffnen sich nur mit Mühe. Aus seinen blutunterlaufenen Augen strömen noch immer die Tränen.

»Geht's dir besser, Ben? Das war schrecklich, was?«

Er schnieft, will mit der Hand sein Gesicht abwischen, bis er bemerkt, dass er wieder angekettet ist. Er versucht, sich an den Armen hochzuziehen, und schließlich gelingt es ihm, sich am Gitter zusammenzukauern.

»Gut. Jetzt bist du bestimmt etwas kooperativer! Beschreib mir doch mal, wie du Aurélia misshandelt hast.«

Er trocknet seine brennende Wange an der Schulter und fixiert seine Peinigerin mit glühenden Augen.

»Da gibt es nichts zu erzählen«, murmelt er. »Ich habe sie nie gesehen.«

Sie greift nach ihrem Elektroschocker, nähert sich ihm.

»Willst du noch eine Ladung, du Mistkerl?«

»Nein! Ich schwöre, ich …«

Dritter Elektroschock. Mitten auf die Brust.

Lydias Schreie vermischen sich mit seinen.

Sie schimpft, befiehlt. Fordert. Immer und immer wieder.

In Benoîts Kopf, inmitten des Lärms, gibt es nur eine Gewissheit: Wenn ich gestehe, bin ich tot.

Beim fünften Elektroschock verliert er das Bewusstsein.

* * *

Sie hat nicht lockergelassen. Einen guten Teil des Tages. Ohne Ergebnis. Er ist widerstandsfähiger, als sie vermutet hatte. Dabei hat sie alles versucht. Die Elektroschocks an Körper und Kopf. Schläge auch. Er konnte sich nicht verteidigen. Es war so leicht, ihm Schmerzen zuzufügen.

Aber er hat nicht gestanden.

Wie hat er das alles ertragen können? Unglaublich …

Das reicht für heute. Morgen wird er zweifellos reden. Sie schließt die Tür, löscht das Licht. Verschwindet im Finstern.

Benoît wacht auf. Im Dunkeln seiner Gruft bleibt er mehrere Minuten reglos liegen. Die Schmerzen sind grauenhaft. Augen und Gesichtshaut stehen in Flammen. Überall am Körper Hämatome.

Er stellt fest, dass er nicht angebunden ist. Aber der Oberkörper entblößt.

Übrigens ist es wahrscheinlich die Kälte, die ihn aus seiner Lethargie gerissen hat.

Er schleppt sich zum Waschbecken, spritzt sich lange kaltes Wasser ins Gesicht. Dann sucht er tastend nach seiner Decke. Sie hat sie natürlich mitgenommen.

Er sinkt an der Wand in sich zusammen, die Arme um seinen schmerzenden Bauch geschlungen. Er zittert und hat zugleich das Gefühl, Fieber zu haben.

Und dieser ewige Hunger, der seine Eingeweide quält.

Gaëlle, ich fürchte, ich werde dich nie wiedersehen.

* * *

Mittwoch, 22. Dezember

Es muss gegen Mittag sein, Sonnenstrahlen dringen in das Verlies.

Benoît starrt noch immer auf das Polaroidfoto.

Ich bin innerhalb weniger Tage um zehn Jahre gealtert.

Er zerreißt es, wirft die Schnipsel ins Klo. Betätigt die Spülung.

Er hat natürlich nicht geschlafen, hat sich gezwungen, auf und ab zu gehen, gegen die Kälte anzukämpfen. Die ganze Nacht.

Es geht ihm etwas besser, er hat die Elektroschock-Behandlung vom Vortag letztlich ganz gut überstanden.

Frei verkäufliche Waffe zur Selbstverteidigung. Weil – theoretisch – nicht tödlich.

Trotzdem hat er gelesen, dass politische Gefangene in China mit diesem Teufelsding stundenlang gefoltert werden, bis zum bitteren Ende …

Außerdem glaubt er sich zu erinnern, dass sie der »elektrischen Dusche« ein paar Schläge hinzugefügt hat. Fußtritte, Fausthiebe sogar. Eine Furie. Eine Mörderin.

Dabei ist in zwei Tagen Weihnachten.

Er weiß es. Er hat das Zeitgefühl immer noch nicht verloren. Das wenigstens hofft er. Wenn er einen Kalender hätte, um es zu überprüfen, würde ihn das beruhigen.

Aber er hat keinen Kalender. Keine Uhr. Kein Essen. Keine menschliche Wärme.

Und kaum noch Hoffnung.

* * *

Gaëlle steht in der Tür. An den Rahmen gelehnt, beobachtet sie die drei Polizeibeamten, die dabei sind, alles auf den Kopf zu stellen. Sie weiß, dass die hier nichts entdecken werden. Lässt es aber zu.

Sie haben die Schubladen inspiziert, die Schränke, den Laptop ihres Ehemanns. Vergebens.

Es ist sechzehn Uhr, als sie schließlich aufgeben.

»Das Chaos tut mir leid, Gaëlle«, entschuldigt sich Éric Thoraize. »Ich helfe dir beim Aufräumen, wenn du willst.«

»Nicht nötig, mach dir keine Sorgen.«

»Wir haben leider nichts Außergewöhnliches gefunden«, räumt Fabre ein.

»Das habe ich mir schon gedacht. Wissen Sie, das hier

ist auch mein Zuhause! Wenn es etwas gäbe, hätte ich es wohl bemerkt.«

»Natürlich. Aber wir mussten es trotzdem überprüfen.«

»Mir scheint, Sie verlieren Ihre Zeit. Und der Exknastbruder, der Benoît bedroht hat – wie weit sind Sie mit dem?«

»Wir haben eine Spur«, bestätigt Djamila. »Wir haben seine Freundin gefunden. Wir hören ihr Telefon ab, beschatten sie Tag und Nacht. Sie müsste uns schnell zu ihm führen.«

»Schnell?«, wiederholt Gaëlle mit schneidender Stimme. »Seit nunmehr zehn Tagen gibt es kein Lebenszeichen von Benoît«

»Wir tun unser Bestes, das versichere ich Ihnen«, erwidert Auguste Fabre.

Sie kehren ins Erdgeschoss zurück.

»Wo ist dein Sohn?«, fragt Éric plötzlich.

»Bei Bens Eltern. Mir war lieber, dass er bei der Durchsuchung nicht im Haus ist.«

»Das kann ich verstehen.«

»Darf ich mich für einen kurzen Moment unter vier Augen mit Ihnen unterhalten?«, fragt Fabre unvermittelt.

»Wenn Sie wollen.«

»Gut, wir warten im Wagen auf Sie«, sagt Djamila kurz angebunden.

Fabre und Gaëlle lassen sich im Wohnzimmer nieder, während die beiden anderen das Haus verlassen. Sie bietet ihm nichts an. Weder ein Getränk noch ein Lächeln.

»Madame Lorand, ich meine, verstanden zu haben, dass Sie auf dem Laufenden waren, was ... was die Seitensprünge Ihres Mannes betrifft. Stimmt das?«

Gaëlle lacht gezwungen.

»Wie ich sehe, hat Miss Maroc den Mund nicht halten können!«

»Sagen wir, dass sie mir von Ihrem Gespräch neulich berichtet hat.«

»Und alle Polizeibeamten des Kommissariats sind auf dem Laufenden, dass mein Mann mich betrügt?«

»Nein, ich versichere Ihnen …«

»Ach, hören Sie auf, mich für dumm zu verkaufen. Also, was soll ich Ihnen sagen?«

»Was Sie genau wissen.«

»Ich weiß, dass Benoît mich betrogen hat. Das weiß ich. *Genau.*«

»Nur mit Djamila Fashani oder …«

»Nein, nicht nur mit ihr. Glauben Sie, ich wäre naiv? Denken Sie, während all dieser Jahre hätte ich nichts bemerkt? Frauen haben einen sechsten Sinn, Hauptkommissar. Wussten Sie das nicht?«

»Warum haben Sie Ihren Mann dann nicht verlassen?«

»Sind Sie Polizist oder Sexologe?!«

»Hören Sie, Madame Lorand, ich kann verstehen, dass Ihnen dieses Gespräch unangenehm ist, aber es nützt nichts, aggressiv zu werden. Begnügen Sie sich damit, mir zu antworten.«

»Ich habe mich nicht von Benoît scheiden lassen, weil ich ihn liebe. So einfach ist das.«

»Obwohl …«

»Ja, obwohl. Die Mädchen, mit denen er schläft, bedeuten ihm nichts. Aber er kann nicht anders, es ist wie eine Krankheit. Eine unheilbare Krankheit.«

»Und Sie … Sind Sie nicht eifersüchtig?«

Sie seufzt.

»Nicht allzu sehr. Ich habe etwas, was die anderen nicht haben und niemals haben werden.«

»Was?«

»Seine Liebe, Hauptkommissar. Das hat keine von ihnen gehabt. Keine außer mir. Und, wissen Sie, ich glaube, er tut das, weil er Angst hat.«

»Angst?!«

»Ja, das ist eine Art von Schwäche. Angst, in seinem eigenen Leben eingesperrt zu sein, Angst vor der Zukunft, vor dem Alter. Ich weiß nicht genau. Aber ich glaube sogar, dass wir ohne das nicht glücklich sein könnten. Wenn er mir immer treu gewesen wäre.«

Fabre vermag der Logik nicht recht zu folgen, ist verunsichert ob dieser außergewöhnlichen Argumentation.

»Aber hatten Sie wirklich nie den Wunsch, ihn zu verlassen oder sich zu rächen?«

»Wenn Sie durch Ihre albernen Fragen versuchen herauszufinden, ob ich mich meines untreuen Mannes entledigt habe, so sollten Sie wissen, dass Sie auch hier wieder Ihre Zeit verschwenden. Nein, ich habe Benoît nicht umgebracht! Und ich wünsche mir nur eines: dass Sie ihn finden. Und zwar lebend.«

»Verstanden, Madame Lorand. Gut, dann will ich mal gehen.«

Er steuert auf die Haustür zu, dreht sich aber ein letztes Mal um.

»Was haben Sie am Montag, den 13. Dezember, zwischen halb sieben und Mitternacht gemacht?«

Gaëlle öffnet die Tür, Eiseskälte schlägt ihnen entgegen.

»Zwischen fünf und halb sieben war ich in meinem Aquagymnastikkurs. Anschließend habe ich Jérémy von seiner Tagesmutter abgeholt. Und dann habe ich hier auf meinen Mann gewartet. Sonst noch etwas?«

»Nein, ich danke Ihnen.«

»Auf Wiedersehen, Hauptkommissar.«

* * *

Sie fragt sich, wie. Und warum.

Warum ein scheinbar ausgeglichener Mann an einem Januartag 1990 ein Kind von elf Jahren umgebracht hat.

Sie mustert sein schlafendes Gesicht. Sucht darin ein Zeichen des Bösen. Schon seit Monaten beobachtet sie ihn. Verfolgt seine Spur. Monate, in deren Verlauf sie ihn kennengelernt hat. Ein wenig. In denen sie ihn mit allerlei Hinterlist seine Frau hat betrügen sehen. Und Übeltäter aller Art jagen. Vielleicht, um sich von seiner Schuld freizukaufen.

Aber ganz egal. Diese Zeiten sind vorbei.

Er ist fortan an seinem Platz, am Boden, in diesem elenden Verlies, in dem er krepieren wird.

Sie versetzt dem Gitter einen heftigen Fußtritt. Er wacht mit einem Schreckensschrei auf.

»Nun, Ben, wie geht es dir heute so?«

Er setzt sich auf, zieht die Beine an, nimmt eine Abwehrhaltung ein.

Sofort schmerzt wieder der Hunger in seinen Eingeweiden, nagt die Kälte an ihm.

Die Ballerina macht einige grazile Schritte hinter den

Gitterstäben. Um ihren kleinen Galgenvogel noch mehr zu ermüden.

»Mir hat die gestrige Sitzung gut gefallen. Ich liebe diese Waffe! Sie nennen sie ›elektrische Faust‹. Der Name passt, findest du nicht?«

Er fährt mit der Hand über seinen Dreitagebart.

»Sie drehen sie den armen wehrlosen Frauen an! Scheinen sich wie warme Semmeln zu verkaufen. Viele Mädchen haben Schiss und spazieren mit diesem Ding in der Handtasche durch die Gegend. Denn es ist die einzige Waffe, die das Ziel auch auf Entfernung erreicht.«

Stumm wie ein Grab begnügt sich Benoît damit, seine Kerkermeisterin mit seinen geröteten Augen zu fixieren. Gerötet und dunkel umrandet.

»Möchtest du, dass ich noch mal anfange?«

»Nein.«

Seine Stimme ist zittrig und schwach. Die einer Maschine, die ins Stocken gerät.

»Nein? Dann wirst du mir jetzt endlich erzählen, was ich wissen will, oder?«

»Ich kann dir nicht sagen, was du gern hören möchtest. Weil ich dich dann belügen müsste.«

Sie bleibt stehen, wirft ihm einen vernichtenden Blick zu.

»Mich belügen? Aber das tust du doch die ganze Zeit schon!«, faucht sie ihn an. »Du lügst, sobald du den Mund aufmachst! Belügst mich wie alle anderen. Du badest in einer Lügenflut, du watest darin wie im Schlamm oder in der Scheiße!«

Ohne es zu bemerken, hat sie zu schreien begonnen

»Du hast recht«, murmelt er. »Ich bin ein Lügner. Ich

habe meine Frau so oft belogen. Ja, sogar meinen Sohn. *Papa ist im Einsatz, er kommt später nach Hause, mein Kleiner.* Ja, du hast recht, ich lüge, sobald ich den Mund aufmache.«

»Schön, das zu hören!«, frohlockt Lydia.

»Aber nicht, was dich betrifft«, schwört Benoît. »Ich kann nicht etwas zugeben, was ich nicht getan habe. Das kann ich einfach nicht. Tut mir leid.«

»Tut dir leid! Du elender Saukerl!«

Er wünschte, er könnte verschwinden – durch die Wand oder durch die Gitterstäbe, um diesem wilden Blick zu entkommen.

»Du bist erbärmlich, Ben!«

»Zweifellos. Aber ich bin kein Mörder.«

»Versuchst du, mich gnädig zu stimmen mit deinem Dackelblick? Glaubst du, ich werde deinem Charme erliegen wie all diese Weiber, die du aufs Kreuz gelegt hast?«

»Nein. Du bist etwas ganz anderes.«

»Schmeicheleien funktionieren bei mir auch nicht, Ben! Sorry, mich interessiert nur die Wahrheit. Die Wahrheit und die Rache.«

»Ich bin unschuldig.«

»Ich hab's nicht eilig. Ich hab alle Zeit der Welt. Tage und Tage, Wochen, Monate, wenn es sein muss!«

Monate ... Er schaudert, legt schützend die Arme um die angewinkelten Beine.

»So lange werde ich nicht durchhalten.«

»Keine Sorge! Ich werde alles tun, damit du am Leben bleibst! Ich will dein Geständnis hören. Aber selbst wenn du dich weigerst zu reden, ist meine Mission erfüllt: Du musst büßen. Du leidest. Und wirst es noch eine Ewigkeit tun.«

»Ich bin unschuldig, verdammt!«, stöhnt er.

»Dieses Wort hat in deinem Mund keinen Platz! *Sie* war unschuldig! Nicht du!«

Er legt die Stirn auf die Knie.

»Du wirst unter unendlichen Qualen sterben, Benoît Lorand. Weil du nichts anderes verdient hast.«

Eine erstickte Stimme antwortet ihr.

»Nein, das verdiene ich nicht. Das verdiene ich nicht!«

»Wenn du gestehst, wenn du mir sagst, wo sie ist, dann verspreche ich dir, dein Ende zu beschleunigen.«

Gruseliger Vorschlag. Er legt beide Hände fest über den Kopf, wie um sich vor einer Lawine zu schützen.

»Du hast jetzt nur noch eine Wahl: den langsamen oder den schnellen Tod. Die Entscheidung liegt bei dir, Ben.«

KAPITEL 10

Donnerstag, 23. Dezember, 10 Uhr

Er ist ein zäher Typ. Einer von den ganz Harten.

Djamila läuft sich im Verhörraum vor José Duprat, der gerade erst aus dem Gefängnis entlassen wurde und schon wieder im Kommissariat sitzt, die Kreppsohlen auf dem Linoleum in Parkettoptik ab. Sie haben ihn heute Morgen um sechs Uhr mitten in Besançon in den Armen seiner Dulcinea geschnappt. Das war ein brutales Erwachen!

Jetzt lümmelt er hier auf dem Stuhl herum, an den seine linke Hand mit einer Handschelle angekettet ist.

»Was hast du in Besançon verloren? Du weißt doch, dass du dich hier nicht aufhalten darfst?«

»Ich hab ne schnelle Nummer geschoben, Oberkommissar! Irgendwas dagegen?! Ist das vom Strafgesetzbuch her verboten?«

»Ach prima, willst wohl den ganz Schlauen markieren!«

»Ich will meinen Anwalt sprechen!«, verlangt Duprat.

»Der kommt zu gegebener Zeit.«

»Ja sicher! Bestimmt haben Sie ihn noch nicht einmal angerufen!«

»Tut mir echt leid, aber wir haben Probleme, ihn zu

erreichen!«, behauptet Fashani mit einem hämischen Grinsen. »Also gut, ich möchte von dir wissen, was du am Montag, den 13. Dezember, zwischen achtzehn Uhr und Mitternacht gemacht hast.«

»Dazu habe ich nichts zu sagen!«

»Es wäre aber besser für dich, wenn du dich dazu äußerst.«

»Was genau wirft man mir vor, wenn ich fragen darf?«

»Erinnerst du dich an Hauptkommissar Benoît Lorand?«

Das Gesicht des Beschuldigten verzieht sich.

»Schwer zu vergessen, dieses Riesenarschloch!«

»Erinnerst du dich, ihm gegenüber Drohungen ausgesprochen zu haben, als er dich geschnappt hat?«

José zuckt die Achseln.

»Ach wissen Sie, ich war genervt. Und wenn ich sauer bin, sage ich alles Mögliche! Aber warum fragen Sie das?«

Plötzlich lächelt er. Seine Ochsenaugen glänzen in einem Anflug von Scharfblick.

»Jetzt sag bloß nicht, den hat man umgelegt! Echt? Haben sie ihn allegemacht? Genial! Ein Bulle weniger!«

Djamila verpasst ihm eine Ohrfeige, die ihn fast vom Stuhl fegt. Er ist überrascht, bleibt jedoch gelassen.

»Du hast Glück, dass du eine Frau bist.«

»Schnauze!«

»Musst dich schon entscheiden! Soll ich nun reden oder nicht?!«

»Also, was hast du am Dreizehnten gemacht?«

»Nun, ich muss gestehen, dass ich mich nicht mehr daran erinnern kann. Warte mal, bestimmt war ich mit einer hübschen Mieze zusammen!«

»Ich verliere gleich die Geduld, Duprat.«

»Vor allem verlierst du deine Zeit, Schätzchen! Denn weißt du, auch wenn ich entzückt bin zu hören, dass jemand so schlau war, diesen Scheißkerl kaltzumachen, war ich es leider nicht! Gefallen hätte mir das schon, das kann ich dir versichern. Aber ich kann damit nicht dienen!«

»Warum hasst du ihn so?«

»Soll ich dir das wirklich sagen, Schönheit? Dieser Typ ist ein dreckiges Arschloch. Und zwar nicht nur, weil er ein Bulle ist! Sondern weil er absolut hässliche Mittel verwendet hat, um mich zu schnappen!«

»Was für Mittel?«, fragt Djamila, während sie sich eine Zigarette anzündet.

»Haste für mich nicht auch eine?«

»Vergiss es. Was für Mittel?«

»Er ist mein Kumpel geworden. Hat so getan, als wollte er mit mir arbeiten. Er wirkte sympathisch, ich hab's ihm echt abgenommen. Und dann ...«

»Also hast du tatsächlich davon geträumt, ihn umzubringen?«

»Ich muss zugeben, ich hätte es ihm gern heimgezahlt.«

»Und genau das hast du gemacht!«

»Hey! Langsam! Ich habe Ihren Freund nicht angefasst!«

»Weißt du, José, ich habe eine schlechte Nachricht für dich. Lorand ist nicht tot, er ist nur verschwunden.«

Duprat lächelt noch immer und lässt eine erstaunliche Sammlung Plomben erkennen.

»Verschwunden? Seit dem Dreizehnten? Und du glaubst, er ist auf die Bahamas abgehauen?! Wenn ihr ihn seit dem Dreizehnten nicht mehr gesehen habt, ist er meiner Meinung nach krepiert. Jemand hat mit ihm abgerechnet, und nun vermodert er in irgendeiner Grube oder dient den Fischen im Doubs als Nahrung!!«

Djamila seufzt.

»Wenn du gestehst, wird man das wohlwollend berücksichtigen.«

»Hör auf mit dem Geschwafel, Schätzchen! Ihr habt nichts gegen mich in der Hand! Überhaupt nichts!«

Die Polizistin kneift die Lippen zusammen. Sie würde ihm gerne noch eine scheuern.

»Also, kommt jetzt mein Anwalt, ja oder nein?«

* * *

»Bald ist Weihnachten. Und Jérémy muss ohne seinen Papa auskommen. Weißt du, ich kann dir einen Finger oder ein Ohr abschneiden und ihm unter den Weihnachtsbaum legen. Was hältst du davon, Ben?«

Inzwischen bereitet ihm das Denken Mühe.

Er weiß nur, dass er seit nunmehr zehn Tagen hier vor sich hin vegetiert. Und in diesen zehn Tagen hat er zwei Bissen Brot und zwei Tassen Kaffee mit Zucker zu sich genommen. Nachdem er dieses schreckliche Gefühl jetzt kennt, schwört er sich, für die Welthungerhilfe zu spenden, falls er auf wundersame Weise lebend aus dieser Hölle herauskommt.

»Nun, Benoît? Möchtest du, dass wir deinem Sohn ein kleines Geschenk schicken?«

»Ich würde ihn einfach nur gerne in die Arme nehmen«, sagt er mit schwacher Stimme.

»Du wirst ihn nie mehr in die Arme nehmen. Du wirst ihn nie wiedersehen!«

Benoît möchte weinen, aber er reißt sich zusammen. Es muss jetzt Mittagszeit sein, zumindest vermutet er das, denn heute fehlt die Sonne, die ihm sonst als Uhr dient. Nur Regen und ein graues Licht, das seine Netzhaut zerfrisst.

Am Vorabend hat sie ihn nicht angerührt. Nur mit Worten gequält. Und heute Nachmittag?

Die Angst, die ständig präsent ist, die in seinen Eingeweiden nistet, streckt ihre monströsen Tentakel aus.

Lydia umklammert die Gitterstäbe und starrt ihn weiterhin an.

»Ich wette, du hast schon eine Ewigkeit nicht mehr geduscht!«

»Es ist mir zu kalt«, rechtfertigt sich Benoît.

»Memme!«, spottet die junge Frau. »Ich habe dich für robuster gehalten! Glaubst du, ich will einen stinkenden Köter in meinem Keller halten?!«

Er presst die Lippen zusammen.

»Also, du wirst dich waschen, und zwar dalli!«

»Gibst du mir meine Klamotten wieder, wenn ich dusche?«

Er hat sich an Tauschgeschäfte gewöhnt. Sie lächelt, geht zurück und setzt sich auf ihren Stuhl.

»Abgemacht! Du bekommst sogar saubere Kleidung, wenn du dich dazu noch rasierst!«

»Okay.«

Er rührt sich nicht, wartet darauf, dass sie sich zurückzieht. Aber sie scheint nicht bereit zu sein, ihm ein bisschen Intimität zuzugestehen.

»Bekomme ich warmes Wasser?«

»Du träumst wohl! Das Leben ist hart, Hauptkommissar!«

»Das kalte Wasser bringt mich um!«

»Bist du ein Mann oder nicht?«

Selbst daran beginnt er zu zweifeln. Sie rührt sich noch immer nicht. Er versteht, dass sie nicht gehen wird, solange sie nicht bekommt, was sie will.

»Du willst mich also anstarren?«

Er hat es ohne Feindseligkeit gesagt, einfach als Frage. Sie antwortet mit Schweigen.

»Du bist wirklich gestört!«

»Aber warum? Du bist hübsch anzusehen. Es wäre ein Fehler, mir das entgehen zu lassen!«

Er seufzt, steht auf. In seinem Kopf dreht sich alles, wie jedes Mal, wenn er seine Stellung verändert. Ein heftiger Schwindel, der ihn zwingt, sich an der Wand festzuhalten.

»Stimmt was nicht, Ben?«, fragt Lydia ironisch. »Fühlst du dich nicht wohl? Du wirst doch nicht ohnmächtig werden?«

Es gelingt ihm schließlich, sich aufrecht zu halten. Er zwingt sich, seine morgendliche Wasserration zu trinken. Die ihn seit zehn Tagen am Leben hält. Lydia lässt sich nicht die kleinste Kleinigkeit entgehen.

»Wirklich sexy, diese blauen Flecken überall.«

Am liebsten würde er sie in die Luft jagen. Sie in kleine Stücke zerreißen. Noch nie hat er so großen Hass in sich gespürt. Er zieht seine Hose aus, seine Unterhose, steigt in die Duschwanne und versucht zu vergessen, dass er einer strengen Beobachtung unterliegt.

Als das eiskalte Wasser auf ihn herabprasselt, kann er einen Schrei nicht zurückhalten. Er muss sich beeilen. Bloß nicht trödeln und sich den Tod holen.

Innerhalb von drei Minuten hat er geduscht und sich abgetrocknet. Rekordzeit.

»Also«, fragt er, während er sich das Handtuch um die Hüften schlingt. »Hat dir die Vorstellung gefallen? War es ein Augenschmaus?!«

Sie zuckt die Achseln.

»Nicht schlecht. Wenn auch etwas zu schnell vorbei.«

»Bekomme ich jetzt meine Klamotten?«, bittet er und unterdrückt ein Zähneklappern.

Sie wühlt in seiner Sporttasche. Wirft ihm nur das Nötigste zwischen den Stäben hindurch. Eine Jeans, bei der sie vorher jede Tasche überprüft hat, ein Hemd und was er sonst noch braucht. Er zieht sich im Eiltempo an.

»Das waren die letzten sauberen Sachen. Ich muss dir etwas kaufen. Das ist eine gute Idee für ein Weihnachtsgeschenk!«

»Zu freundlich!«, knurrt Benoît.

Völlig verrückt ist die! Unheilbar. An der hätte selbst Sigmund Freud sich die Zähne ausgebissen!

Er versucht, sich durch Gehen aufzuwärmen. Hofft, dass sie ihm einen Pullover genehmigen wird. Aber mehr bekommt er nicht.

»Gut, wie wäre es, wenn wir beide uns etwas unterhalten?«, schlägt sie vor. »Ich habe Aurélia versprochen, dass sie bis Weihnachten dein Geständnis haben wird. Ich möchte sie nicht enttäuschen!«

Er bleibt stehen.

»Ich dachte, sie ist tot.«

Lydia lässt sich auf ihren Stuhl fallen, zündet eine Zigarette an. Er bemerkt, dass ihre Finger leicht zittern. Es ist das erste Mal, dass ihre Hände sie verraten.

Er selbst zittert von Kopf bis Fuß. Schnell geht er wieder weiter.

»Ja und? Selbst wenn sie nicht mehr da ist ...«

»Sprichst du mit einer Toten?«, fragt er zynisch. »Weißt du, was das bedeutet?«

»Schnauze!«, befiehlt Lydia. »Schnauze, sonst ...«

Er entschließt sich, lieber den Mund zu halten. Unnötig, ihren Zorn noch mehr anzustacheln. Plötzlich hat er keine Kraft mehr, seine Runden fortzusetzen, kehrt auf seine schmutzige Decke zurück und wartet voller Resignation auf die Fortsetzung seines Martyriums.

»Das ist alles deine Schuld«, klagt ihn die teuflische Stimme an. »Deinetwegen bin ich gezwungen, mich mit einer Verschwundenen auseinanderzusetzen.«

»Nein, Lydia. Ich kann überhaupt nichts dafür. Du täuschst dich, von Anfang an.«

»Sie war so hübsch ...«

»Ebenso hübsch wie du, vermute ich. Weil sie deine Schwester war!«

Für einen Moment ist sie aus der Fassung gebracht.

»Sie ist doch deine Schwester?«, fährt Benoît fort. »Ich wüsste nicht, was sie sonst sein sollte. Wenn ich an das Geburtsdatum auf dem Medaillon denke. Der Altersunterschied zwischen euch war gering, oder?«

Lydia bleibt nun stumm. Sie begnügt sich damit, den verständnisvollen Mörder mit tiefer Abscheu zu betrachten.

»Oder du hast diese ganze Geschichte erfunden? Wahrscheinlich bist du einfach nur verrückt, und diese

Aurélia hat es nie gegeben. Ich erinnere mich zwar daran, dass vor fünfzehn Jahren ein Mädchen verschwunden ist, nicht aber an ihren Vornamen. Wie auch immer, das Ganze ist bestimmt nur eine Wahnvorstellung deines kranken Gehirns! Du solltest dir helfen lassen, Lydia.«

Er wagt es, sich ihrem Blick zu stellen. Diesen blitzenden Augen, die an eine Wildkatze erinnern. Oder eine Löwin. Die genau in diesem Moment Feuer zu fangen scheinen.

Plötzlich beginnt sie zu schreien. Benoît verkrampft sich, hält den Atem an. Das Blut in seinen Adern wird noch kälter, während sie beginnt, mit Füßen und Fäusten auf die Stäbe einzuschlagen. Er richtet sich rasch auf und entfernt sich so weit wie möglich von diesem brodelnden Vulkan.

Es dauert zwei oder drei Minuten. Schließlich hört es auf. Erschöpft lehnt sich Lydia gegen das Treppengeländer.

Eine merkwürdige Stille breitet sich im Keller aus. Benoît steht wie versteinert an der Wand, sein Mund ist halb geöffnet.

»Das wirst du mir bezahlen«, stößt sie hervor. »Du wirst es teuer bezahlen!«

»Lydia. Das wollte ich nicht, ich schwöre es! Entschuldige. Ich wollte nur, dass du mit mir sprichst. Dass du mir sagst, was du empfindest!«

»Das hast du ja soeben gesehen, was ich empfinde! Bist du zufrieden?«

»Okay, beruhige dich. Beruhige dich, bitte.«

Plötzlich ergreift sie die Flucht.

* * *

»Wenn er es war, wird er niemals reden«, seufzt Djamila. »Er ist nicht der Typ, der schwach wird.«

»Er ist auch nicht der Typ, der einen Polizisten umlegt«, fügt Fabre hinzu. »Das habe ich im Gefühl.«

»Er ist aber im Moment unsere einzige Spur!«, erinnert Fashani mit schneidender Stimme.

Da ist nichts zu machen, sie erträgt diesen Typen einfach nicht. Kriminaloberrat Moretti verdreht die Augen angesichts dieser kindischen Querelen.

»Das weiß ich auch«, antwortet der Pariser. »Aber ...«

»Er hat Todesdrohungen gegenüber Hauptkommissar Lorand ausgestoßen, oder?«, schaltet sich Moretti ein. »Und er ist eine Woche vor dessen Verschwinden aus dem Gefängnis entlassen worden! Das sind schon einige Faktoren, die in seine Richtung deuten. Haben Sie seine Wohnung durchsucht?«

»Natürlich«, erwidert Djamila. »Aber gefunden haben wir nichts.«

»Quetschen Sie seine Freundin aus!«, befiehlt der Chef. »Wenn dieser Mistkerl Lorand wirklich umgelegt hat, wird er damit geprahlt haben! Also, vielleicht spuckt sie etwas aus!«

»Okay, Chef«, sagt Djamila. »Ich kümmere mich heute Nachmittag um das Mädchen. Fabre, Sie lösen mich bei Duprat ab.«

»Zu Befehl, *Oberkommissarin*!!«

Sie wirft ihm einen vernichtenden Blick zu, bevor sie sich zurückzieht. Sie kann den Gedanken nicht ertragen, dass dieser Eindringling von jetzt an die Ermittlungen leiten soll. Allerdings brüstet er sich wenigstens nicht damit oder nutzt es aus, das muss sie wohl oder übel zugeben.

Djamila verlässt das Kommissariat für die Mittagspause. Nachdem sie stundenlang im Verhörzimmer eingesperrt war, möchte sie nun frische Luft schnappen, frei atmen.

Es ist schrecklich, eingesperrt zu sein, denkt sie.

Sie hat einen energischen Schritt, rennt fast. Schon immer ist sie gern gelaufen, um den Kopf freizubekommen. Sie kann kilometerlang laufen, ohne sich dessen überhaupt bewusst zu werden. Sehr sportlich, diese Djamila.

Sie ist bereits an der Avenue de la Gare d'Eau vorbei, geht immer noch weiter, die Hände in den Taschen vergraben. Rechts von ihr folgt der Doubs ruhig seinem uralten Verlauf. Sie hat das merkwürdige Gefühl, schneller zu sein als der Fluss. Sie wirft einen Blick auf die Île des Grands Bouez, erreicht die Brücke, die hinüberführt.

Letztlich hat sie keinen richtigen Hunger, daher beschließt sie, ihren Gang auf dem Chemin de Mazagran fortzusetzen, der, im tröstlichen Schutz des Fort de Chaudanne, auf der anderen Seite des Flusses verläuft. Es ist derselbe Weg, den sie beinahe jeden Abend nach der Arbeit beim Joggen nimmt. Sie schätzt diese grüne Oase mitten in der Stadt. Dieser Stadt, die sie liebt, obgleich sie nicht hier geboren ist. Vielleicht weil sie hier ihre stärksten Gefühle erlebt hat.

Sie erinnert sich noch an den Tag, als sie angekommen ist, um die Stelle als Oberkommissarin anzutreten. Den Tag, an dem sie Lorand zum ersten Mal begegnet ist.

Erschöpft setzt sie sich auf eine Bank. Angesichts dieses zu stillen Wassers gelingt es ihr nicht mehr, den Strom der Erinnerungen einzudämmen. Sie erinnert sich an alles. Benoîts Lächeln taucht plötzlich vor ihrem geistigen Auge auf. Anfangs hat er nichts gemacht. Hat sich kollegial verhalten, ein angenehmer Vorgesetzter, zuvorkommend. Nicht machohaft, nicht frauenfeindlich, nicht rassistisch.

Nein, anfangs hat er gar nichts gemacht. Nichts, damit sie sich verliebt. Er war einfach er selbst. Und das reichte vollkommen aus …

Erst nach einem Jahr fing er an, sie anders anzusehen.

Als hätte er sie die ganze Zeit schmoren lassen, um sie verrückt zu machen. Verrückt nach ihm.

Als hätte er eine Frucht reifen lassen, um sie dann mühelos zu ernten.

Als hätte er seine Beute erschöpft, um sie mit einem einfachen Biss töten zu können.

Eine Nacht, dann zwei, dann drei. Heiß.

Das Feuer ist noch da, in ihrem Bauch und in ihrem Herzen.

Die falschen Hoffnungen, die Versprechungen auf Raten.

Das Ende, knallhart.

Der Fall, ungedämpft.

Sie hat es eingestanden. Ihre Schwäche, ihre blinde Leidenschaft. Hat ihn angefleht, dass es weitergehen möge.

Sie erinnert sich.

Wie er gelacht hat. Sich schamlos über ihre Liebe lustig gemacht hat, die sie ihm auf einem Silbertablett dargeboten hat. Wie er auf ihr, die vor ihm auf die Knie fiel, ohne Gewissensbisse herumgetrampelt ist.

Djamila ballt die Hände zu Fäusten. Ein Passant sieht

zu ihr hinüber. Sie weint. Mit einer abrupten Geste wischt sie sich die Tränen ab.

Die Wunde in ihrer Seele und ihrem Körper ist noch nicht verheilt. Sie blutet noch. Benoît fehlt ihr. Er wird ihr immer fehlen. Dennoch hasst sie ihn. Mit einer bis dahin nicht gekannten Inbrunst.

Sie geht hinunter an den Fluss, folgt mit dem Blick einem Touristenboot, schweift ab zu einem trägen Frachtkahn. Noch ein paar Tränen, die in den Fluss tropfen. Dann macht sich Djamila wieder auf den Weg.

Sie hatte sich geschworen, ihn dafür bezahlen zu lassen …

* * *

Zart streichelt sie seine Schläfe. Fährt sanft hinunter über seinen Hals, seine Schulter, seinen Arm.

Durch den Stoff fühlt sie voller Entzücken das Zittern des gehetzten Tiers im Todeskampf. Sie fährt mit den Fingern unter sein Hemd, spürt seinen Herzschlag. Viel zu schnell.

Angst oder Schmerz? Sicher beides.

Wird er weinen? Flehen? Bereuen?

Am besten wäre, er würde gestehen.

Für den Augenblick begnügt sie sich damit, ihn wie ein verwundetes Tier klagen zu hören.

Lydia kniet neben Benoît. Dieser liegt auf der Seite, die Handgelenke in Handschellen auf dem Rücken. Er ist dabei, die vier aufeinanderfolgenden Elektroschocks zu verdauen, die er kassiert hat. Dabei blieb er vom Reizgas noch verschont. Sie hat es nicht gebraucht, hat ihn aus allernächster Nähe getroffen, als er unvorsichtigerweise ans Gitter gelehnt schlief. Blitzartiges Erwachen garantiert.

»Nenn mich nie mehr eine Verrückte, Ben. Sag nie wieder, dass ich diese Geschichte erfunden hätte. Hast du das verstanden?«

Er hat nicht mehr die Kraft zu antworten.

Sie zieht ihn an den Haaren, legt ihren Mund auf sein Ohr.

»Hast du das verstanden?«

Ein verzerrtes Ja entweicht dem gemarterten Körper. Sie lächelt, zufrieden. Lässt den Kopf auf den Beton zurückfallen.

»Das ist gut, Ben. Sehr gut! Erzähle mir von Aurélia, bitte.«

Dieses *Bitte* hat etwas Bedrohliches. Sie fährt fort, ihr stummes und gelähmtes Opfer zu liebkosen, berührt seine rasierte Wange.

»Morgen ist Heiligabend, Ben. Du wirst sehen, wie schmerzlich es ist, Weihnachten fern von den Menschen zu verbringen, die einem lieb sind. Du wirst durchmachen, was ich seit fünfzehn langen Jahren durchmache.«

Sie streckt die Beine aus, hilft Benoît, seinen Nacken daraufzulegen. Er öffnet die Augen, blickt in ihre. Schließt sie sofort wieder.

»Ich sehe, du hast keine Lust, zu reden, Benoît. Also ruh dich aus.«

Sie beugt sich hinunter, küsst seine gerunzelte Stirn.

»Ich komme morgen wieder.«

Sie steht auf, er liegt erneut flach auf dem Boden.

Noch immer regungslos. Sie schließt die Tür wieder ab, betrachtet ihn noch einen Moment durch das Gitter. Dann geht sie langsam die Stufen hinauf. Im Wohnzimmer schenkt sie sich etwas Hochprozentiges ein und lässt sich anschließend in das alte Sofa sinken.

Direkt gegenüber von Aurélia.

KAPITEL 11

Freitag, 24. Dezember

Lydia ist zu früh dran, wie immer. Da sie keine Lust hat, in dem überheizten Zimmer zu warten, bummelt sie lieber durch die Innenstadt, die sich festlich geschmückt hat.

An diesem Vormittag sind viele Menschen auf den Straßen unterwegs. Auf der Jagd nach Geschenken. Eine verschwenderische Fülle an Geld, Essen, Glitzerzeug, die Lydia etwas anwidert.

Doch sie haben Glück, jemanden zu haben, dem sie Geschenke machen können. Ich habe niemanden.

Trotzdem öffnet sie die Tür einer Confiserie, die einen ausgezeichneten Ruf besitzt. Eine Viertelstunde später verlässt sie das Geschäft mit einer kleinen Schachtel in der Hand.

Nun lenkt sie ihre Schritte langsam zur Praxis von Nina Waldeck, die den Termin wegen des Feiertags am Samstag auf den Freitag vorverlegt hat. Sie muss noch eine Weile warten; zum Glück ist sie allein in dem kleinen Raum, in dem einige Grünpflanzen in der künstlichen Wärme gut gedeihen. Zerstreut blättert sie eine Frauenzeitschrift durch, mit den Gedanken ist sie ganz woanders. Auf jeder Seite erscheint ihr dieselbe Vision, dasselbe Bild. Benoîts Gesicht, das ihr seit Monaten nicht aus dem Kopf geht. Seit sie es weiß.

Die Psychiaterin geleitet den vorherigen Patienten hinaus, wünscht ihm frohe Weihnachten, dann erscheint sie in der Tür.

»Guten Tag, Lydia. Fangen wir an?«

»Fangen wir an.«

Sie schütteln sich die Hand. Lydia nimmt auf ihrem Sessel Platz.

»Wie geht es Ihnen heute Morgen?«

»Gut. Ich habe hier etwas für Sie …«

Mit einem schüchternen Klein-Mädchen-Lächeln stellt sie die goldfarbene Schachtel auf den Schreibtisch.

»Danke, Lydia. Das ist nett. Eine kleine Aufmerksamkeit, das berührt mich sehr.«

»Es ist nichts Besonderes. Ein bisschen Schokolade. Mögen Sie das überhaupt?«

Waldeck nickt. Schaltet dann in den Zuhörmodus. Die Schleusen werden sich öffnen, wie jede Woche. Traumata, Wahnvorstellungen, Psychosen jeglicher Art werden ihre Räume durchfluten.

Aber Lydia sagt heute nichts. Sie hat sich die Hände mit dem Papiertaschentuch abgewischt, fixiert jetzt die Lithografie, die sie auswendig kennt. Ein kleiner Fischerhafen bei Sonnenuntergang.

»Möchten Sie sich hinlegen?«, fragt Nina.

Lydia verneint mit einer Kopfbewegung. Waldeck beschließt, das Gespräch zu beginnen. Selbst den Staudamm zu sprengen, der die vielen Kubikmeter schrecklicher Gedanken zurückhält.

»Was haben Sie denn für heute Abend geplant?«

»Heute Abend?«

»Für den Heiligabend, meine ich.«

Nina greift zu ihrem Stift, nimmt sich innerlich zurück. »Ich weiß nicht …«

»Ein gutes Essen?«

»Vielleicht.«

»Werden Sie allein sein? Oder haben Sie Ihre Eltern angerufen?«

Das Gesicht der Patientin verhärtet sich. Ihre zusammengepressten Kiefer zeichnen sich durch ihre schneeweiße Haut ab.

»Nein, ich bin nicht allein.«

»Umso besser! Mit wem verbringen Sie denn diesen Abend?«

»Mit einem Mann …«

»Ihr neuer Freund?«

»Ja, genau. Ich will mich ihm heute Abend komplett widmen! Wir werden viel Spaß haben, da bin ich sicher!«

Nina kann nicht umhin zu lachen. Lydia entspannt sich.

»Hübsches Programm!«, kommentiert die Psychiaterin. »Ich hoffe, der glückliche Auserwählte ist den Anforderungen gewachsen!«

»Er wird keine Wahl haben. Er muss einfach nur alles mir überlassen!«

»Sehr gut! Und Ihr Traum? Den Sie mir letzte Woche erzählt haben. Haben Sie den immer noch?«

»Ja. Jede Nacht.«

»Und?«

»Ich habe jede Nacht von ihm geträumt.«

Heute muss Waldeck ihr alles aus der Nase ziehen.

»Erzählen Sie mir etwas mehr.«

»Ich habe ihn weitergefoltert. Auf alle möglichen Arten.«

Wieder unterdrückt Nina ein Lächeln. Sie kritzelt einen Satz auf das Blatt Papier.

»Erzählen Sie.«

»Er hat gelitten, wissen Sie. Aber er hat noch nicht gestanden. Es dürfte jetzt aber nicht mehr lange dauern. Von Nacht zu Nacht wird er schwächer.«

»Es wäre gut, das Kapitel abzuschließen, Lydia. Aus diesem Traum aufzutauchen. Ihn loszuwerden.«

Lydias Augen glänzen hell.

»Sie haben recht, Frau Doktor.«

* * *

Kommissariat von Besançon, 12.15 Uhr

Es herrscht keine Festtagsstimmung. Dennoch hat der Chef Wert darauf gelegt, die Tradition aufrechtzuerhalten. Im großen Saal ist ein Büfett aufgebaut. In Uniform oder in Zivil haben sich diejenigen, die keinen Urlaub haben, darum versammelt.

Gewöhnlich sagt Moretti ein paar Worte, bevor die Champagnerkorken knallen. Der *Big Boss* räuspert sich. Stille kehrt ein. Sie lastet schwerer als in den Vorjahren.

»Ich werde euch nicht mit einer langen Rede nerven, keine Sorge! Ich möchte euch zu eurer Arbeit gratulieren, die ihr alle im zurückliegenden Jahr geleistet habt. Aber heute fehlt einer. Einer, der uns allen lieb ist. Das

Verschwinden von Hauptkommissar Lorand ist für uns alle und vor allem für seine Angehörigen, an die wir täglich denken, eine schreckliche Prüfung. Ich will jedoch die Hoffnung nicht aufgeben. Er ist ein intelligenter und mutiger Mann. Ein sehr begabter Polizist. Ich bin sicher, dass er noch am Leben ist. Ich weiß nicht, was er durchmacht, aber … Aber er ist irgendwo am Leben. Und nächstes Jahr an Weihnachten wird er wieder hier in unserer Mitte sein. Er wird wieder da sein.«

Er macht eine Pause, niemand rührt sich oder spricht.

»Also, trinken wir ein Glas«, fügt er abschließend an.

Djamila isst ein kleines Lachs-Kanapee, während Éric Thoraize, von heftigen Gefühlen überwältigt, eilig den Raum verlässt.

* * *

Die Dunkelheit senkt sich auf ihn nieder. Nimmt in unfassbarer Geschwindigkeit den gesamten Kerker ein.

Benoît treibt auf einem finsteren Fluss, in bedrückender Stille, die nur von Lydias Absätzen im Erdgeschoss, über seinem Kopf, unterbrochen wird.

Er hat sie heute Morgen kurz gesehen. Als sie in der Dämmerung gekommen ist, um ihm die Handschellen abzunehmen. Sie hat den Käfig nicht betreten, hat ihn nur aufgefordert, ans Gitter zu kommen. Dann ist sie wieder gegangen.

Seither irrt er durch immerwährendes Packeis. Wird von eisigen Kiefern gepackt, die seinen geschwächten Körper in Stücke reißen.

Er hat ein wenig geschlafen. Vielleicht lange.

Keine Anhaltspunkte mehr, die Zeit zu strukturieren, sie scheint stehen geblieben zu sein. Es kommt ihm vor, als sei ständig Nacht, wie in jenen fernen Gefilden, die monatelang von der Sonne vergessen werden.

Die Tür knarrt. Seine Muskeln spannen sich an. Er senkt die Augenlider, als ihn das Licht trifft. Dabei ist es so schwach.

»Hallo, Ben.«

Seine blauen Augen wenden sich langsam der Stimme zu. Der einzigen, die er seit so vielen Tagen hört. Die ihn seit so vielen Tagen bedrängt.

»Du siehst sehr müde aus, Hauptkommissar.«

Er nimmt einen anderen, aber vertrauten Geruch wahr. Sein Jagdinstinkt erwacht. Sein gesamter Körper ist in Alarmbereitschaft.

»Heute ist ein besonderer Tag«, erklärt Lydia mit sanfter Stimme. »Heute ist Heiligabend. Also werden wir Weihnachten feiern. Einverstanden, Benoît?«

Er hat sich noch immer nicht bewegt. Vergraben unter einer dicken Schneeschicht.

»Man nennt das die Weihnachtspause!«, fährt sie lächelnd fort. »Selbst im schlimmsten Krieg muss man sie einhalten.«

Er richtet sich mühsam ein wenig auf. Sie nimmt ein Tablett vom Stuhl, stellt es vor dem Gitter auf dem Boden ab.

»Nun streng dich mal etwas an. Ich bin gekommen, um mein Dessert mit dir zu teilen!«

Endlich gelingt es ihm, sich aufzurappeln, aber er zögert noch. Eine Falle?

»Na komm schon, Ben! Hab keine Angst. Ich habe

heute Abend keine Lust auf Gewalt. Ich bin nicht bewaffnet, schau!«

Er lehnt noch an der Wand, starrt ungläubig auf das Tablett. Mit drei Schritten ist er schließlich am Gitter. Er setzt sich wieder, sie ebenfalls. Sie sind nur wenige Zentimeter voneinander entfernt.

»Was ist los? Hast du Angst, dass ich dich vergifte?«

Sie vertauscht die Teller. Gibt ihm den, von dem sie bereits genascht hat.

»Na los, iss.«

Er lässt sich nicht länger bitten. Erstickt beinahe an dem ersten Löffel.

»Schmeckt es dir? Es ist ein Schokoladenkuchen! Der einzige, der mir einigermaßen gelingt. Weißt du, ich bin keine besonders gute Köchin.«

Er versucht, sich Zeit zu lassen. Jeden Bissen zu genießen, auch wenn er am liebsten den ganzen Teller verschlingen würde. Dann leert er sein Champagnerglas.

Lydia lässt ihn nicht aus den Augen.

Benoît kehrt ins Leben zurück, kommt unglaublich schnell wieder zu Kräften. Er lehnt sich an die Wand des Käfigs. Sie reicht ihm eine Zigarette, die sie angesteckt hat. Unglaublich …

Er zieht daran wie ein Kranker. Ein Weihnachten, das er nie vergessen wird!

»Komm, nachdem heute ein Festtag ist, kriegst du sogar einen heißen Kaffee. Möchtest du?«

Er begnügt sich mit einem Kopfnicken.

»Ich bin gleich wieder da«, sagt sie und nimmt das Tablett. »Ich brauche zwei Minuten.«

Er genießt seine Zigarette, genießt das Gefühl, einen

vollen Magen zu haben. Oder beinahe. Ein so unerhörtes wie unerwartetes Glück. Der Geruch des Arabica kitzelt seine Nase. Sie ist bereits zurück, er drückt die Kippe aus.

Sie reicht ihm eine Tasse, legt ihm zwei Stück Zucker in die hohle Hand.

»Danke«, murmelt er. »Vielen Dank.«

»Siehst du, so schlimm bin ich gar nicht.«

Er leert die Tasse in einem Zug. Sein Gesicht verzieht sich zu einer Grimasse. Widerlich. Aber heiß.

Die Hitze entzückt seine Eingeweide, lässt das Eis ein wenig schmelzen. Die Minuten verstreichen, unwirklich. Er spürt, dass ihn die bernsteinfarbenen Augen nicht loslassen, fühlt sich begehrt. Ihr plötzlich so nah.

»Warum hast du so ein Gesicht gezogen, als du meinen Kaffee getrunken hast?«, fragt Lydia plötzlich. »Hast du dich verbrannt?«

»Nein.«

»War er nicht gut?«

»Ein bisschen ... bitter«, sagt er.

»Ja, das ist das Problem bei Strychnin.«

KAPITEL 12

»Strychnin?«, wiederholt Benoît entsetzt.

»Ja, *Chéri*. Weißt du, das Zeug, das in Rattengift enthalten ist.«

Er zieht sich an dem Gitter hoch. Starrt sie weiter fassungslos an.

»Du ... Du hast ...«

»In deinen Kaffee, ja.«

Lydia lächelt. Sie sieht, wie sich seine Augen vor Grauen weiten. Dann blickt sie auf ihre Uhr.

»Jetzt müsste es bald anfangen. Die Wirkung setzt im Allgemeinen zehn Minuten nach der Einnahme ein.«

Benoîts Gehirn ist vor Angst gelähmt, vermag nicht zu reagieren. Benommen begnügt er sich damit, sie entgeistert anzustarren. Dann rennt er zur Toilette, versucht, das Gift zu erbrechen. Vergeblich. Sein Magen weigert sich, das bisschen, was er bekommen hat, wieder herzugeben.

»Lieber nicht, Ben. Je mehr du dich aufregst, desto schneller wirkt das Gift.«

Er klammert sich wieder an das Gitter.

»Das hast du doch nicht getan?!«, schreit er verzweifelt. »Lydia!«

»Aber natürlich! Was glaubst du, warum der Kaffee so bitter war? Mein armer Ben, wie naiv du doch manchmal bist. *Die Weihnachtspause!!* Hast du das etwa geglaubt?«

Er schwankt, hält sich an den Stäben fest. Er ringt nach Luft – im Moment noch mehr vor Entsetzen als wegen der Wirkung des Gifts.

»Willst du wissen, was jetzt passiert?«, fragt Lydia in scherzhaftem Ton.

»Das ist unmöglich. Ganz unmöglich.«

»Zunächst schärfen sich die Sinne. Alle Wahrnehmungen werden intensiver. Der Blick, das Gehör … Jedes Geräusch wird dir unendlich laut erscheinen, das Licht dich blenden. Eine völlig neue Sinneserfahrung!«

Die Schlange wiegt sich graziös auf der anderen Seite der eisernen Grenze und setzt entzückt ihre makabere Aufzählung fort.

»Dann kommen die Muskelkrämpfe. Es fängt am Kopf an, das Gesicht, der Nacken, und weitet sich auf alle Muskeln aus – vor allem das Rückenmark ist betroffen. Die Pupillen ziehen sich zusammen, und du bekommst kalte Schweißausbrüche. Und auch heftige Zuckungen. Die Anfälle werden immer häufiger, bis sie gar nicht mehr aufhören.«

Sie betrachtet ihn eine Weile. Er regt sich nicht mehr.

»Dir wird furchtbar kalt werden. Das Gefühl, von innen heraus zu erfrieren. Es reicht, dass ich mit dir spreche oder dich einfach nur berühre, um einen Anfall auszulösen. Aber du wirst nie das Bewusstsein verlieren. Du bleibst bis zum bitteren Ende bei Sinnen. Weißt du, ich habe dieses Gift ausgewählt, weil es zu einem besonders schmerzhaften Tod führt. Bei der Dosis, die ich dir in den Kaffee getan habe, dürfte die Qual zwischen sechs und zwölf Stunden andauern.«

Unvermittelt stürzt er in ihre Richtung, schlägt gegen die Gitterstäbe, die er vielleicht vergessen hat. Er stößt eine Flut verzweifelter Flüche aus, die im gegnerischen Lager nur Heiterkeit auslösen. Er tritt mit den Füßen aus, schlägt mit den Fäusten um sich und brüllt, dass die Wände erzittern. Bis er aufhört. Urplötzlich. Er legt die Hand auf den Bauch, sackt zusammen und sinkt auf die Knie. Dann auf alle viere. Wie ein Hund.

Den Schlüssel in der Hand, wartet Lydia ab, bevor sie den Käfig betritt. Er könnte noch gefährlich sein. Doch seine Arme geben nach, bis er schließlich flach am Boden liegt.

»Offenbar geht es los!«, frohlockt sie.

Benoîts Gesicht verzerrt sich, der Nacken spannt sich an, der Atem geht noch schneller. Lydia ist der Meinung, dass sie jetzt gefahrlos die Höhle des Mörders betreten kann. Sie öffnet die Tür, hält aber noch Abstand, den Elektroschocker in der Hand. Für alle Fälle. Und tatsächlich springt Benoît auf und stürzt in einem Anfall von blinder Wut direkt auf sie zu. Doch seine Beine versagen den Dienst, und er schlägt der Länge nach hin. Genau vor ihre Füße.

»Du verschwendest deine Kräfte, Benoît. Der Kampf ist sinnlos …«

Mit schwacher Stimme bringt er erneut eine Flut von Beleidigungen vor. Die Zähne zusammengebissenen, die Fäuste geballt, liegt er auf dem Rücken, zittert am ganzen Leib. Die Augen sind weit geöffnet. Riesengroß.

»Ich habe über die Auswirkungen gelesen, aber sie in der Realität zu sehen, ist noch viel eindrucksvoller …«

Er rollt sich auf die Seite, zieht die Beine an und beginnt zu wimmern.

Es folgt der erste Anfall, der seine gesamte Muskulatur lähmt. Er bäumt sich auf und schreit vor Schmerzen. Es dauert mehrere Minuten. Eine Ewigkeit. Dann entspannt er sich wieder, rollt sich zusammen. Bleiben nur die albernen Zuckungen und das tragische Wimmern. Mit den verkrampften Händen versucht er, seine Augen zu schützen.

»Grauenvoll, was, Ben?«

Sie beugt sich über ihn, spricht sehr leise.

»Sag mir, dass du es bereust. Dass du bereust, mein Leben und das ihre zerstört zu haben. Hörst du mich, Ben?«

Er hört sie so laut, dass er den Eindruck hat, sie würde ihm mit einem Megafon ins Ohr schreien. Das löst einen erneuten Anfall aus, den Lydia noch befeuert, indem sie um ihn herumläuft und mit ihren Absätzen direkt neben seinen Ohren auf den Boden trommelt.

»Jedes Geräusch, Ben. Selbst das unbedeutendste! Jede Bewegung vor deinen Augen, die du nicht schließen kannst. Es reicht, dass ich mit den Fingern schnipse. Die Nerven liegen blank. Jetzt verstehe ich plötzlich diesen Ausdruck!«

Sein Kiefer ist vollständig gelähmt, sodass er nicht einmal mehr schreien kann. Seine Wirbelsäule verbiegt sich in die falsche Richtung. Nach einer Weile weicht Lydia vorsichtig zurück, drückt sich an das Gitter. Es ist schwerer zu ertragen, als sie es sich vorgestellt hatte. Doch eine vertraute Stimme befiehlt ihr, weiterzumachen.

Gib nicht auf! Nicht jetzt! Wie kannst du Mitleid mit diesem Monster empfinden?

Verzeih mir.

Du musst es tun. Tu es für mich …

Ja. Für dich.

Benoît überlebt die zweite Attacke. Seine Zähne klappern heftig. Eisiger Schweiß perlt auf seiner Haut, sein Blut scheint zu gefrieren. Sie wendet sich erneut an ihn, diesmal fast flüsternd:

»Ich habe hier das Gegengift. Es liegt in meiner Macht, dem allen ein Ende zu setzen. Unter der Bedingung, dass du gestehst, Benoît.«

Der dritte Anfall. Noch schlimmer als die vorhergehenden. Sie weiß, dass er sie noch immer hört. Nur sie hört. Es kommt ihr vor, als würde er gleich in Stücke zerspringen wie eine Kristallskulptur.

»Gesteh, Ben! Gestehe, und ich verabreiche dir das Gegengift!«

Sie schweigt, um ihm Erleichterung zu verschaffen. Wartet, bis es endlich vorbei ist. Sie sieht, dass er zu sprechen versucht, und nähert ihr Ohr den violett verfärbten Lippen. Doch nur ein schwaches Röcheln kommt aus dem Mund der zappelnden Marionette. Sie verliert die Geduld, packt ihn bei den Schultern. Dieser Kontakt löst den vierten Schub aus.

»Gesteh! Gesteh, du Dreckskerl!«

Schließlich muss sie den Mann, der fast so starr ist wie eine Leiche und beinahe vor ihren Augen erstickt, loslassen.

Wieder eine Remission.

Ja, er will ihr etwas sagen, vermag aber seine Gesichtsmuskulatur nicht mehr zu beherrschen. Daran hätte sie denken müssen. Selbst wenn er wollte, könnte er in diesem Zustand nicht mehr sprechen. Sie hätte ihm das Gegengift vorschlagen müssen, solange er sich noch artikulieren konnte. Wie blöd von ihr!

Sie stößt einen Wutschrei aus und versetzt dem Gitter einen heftigen Fußtritt. Der Lärm trifft direkt Benoîts Gehirn. Der fünfte Anfall. Sein Gesicht verfärbt sich, wird fast ebenso blau wie seine Augen. Lydia geht aus dem Käfig und schlägt die Tür hinter sich zu.

»Ich lasse dich krepieren, du Schwein! Mistkerl!«

Nur seine Fersen und sein Schädel berühren den Boden. Alles andere bäumt sich auf. Der Tod spielt mit ihm, biegt ihn in alle Richtungen.

Wenn ich jetzt nicht eingreife, stirbt er. Und wird mir nie sagen, wo du bist.

Sie nimmt die Spritze, die sie zusammen mit dem Kaffee nach unten gebracht hat, und kehrt zu ihrem Prügelknaben zurück. Ohne zu zögern, sticht sie die Nadel in seinen Oberschenkel. Jetzt muss sie ihn zwingen, die Pillen zu schlucken. Doch zuerst muss sie warten, bis sich seine Kehle genügend entspannt hat, um etwas anderes aufzunehmen als einen Hauch von Luft. Sie wartet unendliche Minuten, in denen sein Herz jederzeit stehen bleiben kann. In denen er durch die Lähmung der Atemwege ersticken kann. Verdammtes Gift! Lydia hat schon Zweifel an der Wirksamkeit des Gegenmittels, als er sich endlich entspannt. Hände und Arme bleiben verkrampft, doch sein Rücken liegt wieder auf dem Beton. Sie fasst ihn unter den Achseln, und unter unendlicher Anstrengung gelingt es ihr, ihn an das Gitter zu lehnen. Sie zwingt ihn, die drei Pillen mit einem Glas Wasser zu schlucken, von dem er die Hälfte wieder ausspuckt. Knapp entgeht er einer sechsten Attacke, die sein Herz bestimmt nicht ausgehalten hätte. Schnell schaltet sie das Licht aus und vermeidet jegliches Geräusch. Sie legt die Decke um seine Schultern. Wärme, Ruhe und Stille. Drei Mittel, um sein Leben zu retten.

Reglos bleibt sie neben ihm sitzen. Schließlich verliert er das Bewusstsein.

Ohne sein furchtbares Geheimnis offenbart zu haben.

KAPITEL 13

Samstag, 25. Dezember

Sie hat die ganze Nacht über Benoît gewacht. Hat ihm, als er sich gegen Mitternacht erneut verkrampfte, eine zweite Spritze verabreicht, die ihn in ein lebensrettendes Koma versetzt hat, aus dem er noch nicht erwacht ist.

Lydia ist traurig. Der Morgen graut über ihrer verwirrten Seele, überrascht sie beide in ihrer schmerzlichen Verbundenheit. Sein Kopf ruht in ihrem Schoß; ihre Hand auf seiner Stirn.

»Ich konnte ihn nicht töten, ehe er mir gesagt hat, wo ich dich finde«, entschuldigt sie sich leise. »Jetzt brauche ich ihm bestimmt nur damit zu drohen, es noch einmal zu tun, damit er alles zugibt.«

Stundenlang lauscht sie seinem Delirium, hofft auf ein Geständnis. Doch er sagt nichts anderes, als immer wieder den Namen seiner Frau. Lüftet nicht den Schleier, der über diesem verdammten 6. Januar ruht. Jenem kalten Tag, an dem ihr Schicksal einen anderen Lauf genommen hat.

Als das Tageslicht den Keller ganz erhellt, öffnet Benoît die Augen. Über ihm die Decke, wie am ersten Morgen. Er versucht, den Kopf zu bewegen, die Finger, ein Bein.

Unmöglich. Nichts will mehr den Befehlen seines in glühende Nebel getauchten Gehirns gehorchen. Ist er tot?

Schlimmer ... Lebendig begraben. Dieser Albtraum, der ihn seit seiner Kindheit quält: in einem verplombten Sarg aufzuwachen. Eine Vorsehung letztendlich.

Lydia taucht in seinem Gesichtsfeld auf, beugt sich über sein Leid. Er erkennt die bernsteinfarbenen Augen, die rote Mähne, das hellhäutige Gesicht.

»Erinnerst du dich an mich?«, murmelt sie.

Ja, er erinnert sich. Wenn sie bei ihm ist, bedeutet das, dass die Tür des Käfigs offen steht. Dass er eine Chance hat zu fliehen, wieder zu Gaëlle und Jérémy zu kommen. Unter übermenschlicher Anstrengung hebt er im Zeitlupentempo den rechten Arm und umschließt ihren zarten Hals. Versucht zuzudrücken. Aber er hat keine Kraft mehr. Der Arm fällt zurück auf seine Brust.

»Das ist sinnlos, Ben ... Du kannst dich nicht mehr bewegen. Wegen des Gegengifts ... Ich lasse dich jetzt, damit du dich ausruhst. Ich komme später wieder.«

Sie zieht die Decke über seinen gefühllosen Körper.

»Ich komme wieder, um zu hören, was du mir zu sagen hast. Wenn du wieder sprechen kannst ...«

Sie schließt die Tür, Benoîts Herz blutet vor Schmerz.

»Ach, übrigens ... frohe Weihnachten, Ben!«

* * *

In seinem Zustand zwischen Bewusstsein und Bewusstlosigkeit bemerkt Benoît nicht, wie die Stunden vergehen. Erst als hinter dem Kellerfenster die Dämmerung aufzieht, erwacht er vollständig.

Er braucht eine gute Viertelstunde, um sich aufzusetzen und an das Gitter zu lehnen. Und eine weitere, um ganz aufzustehen. Noch eine, um das Waschbecken zu erreichen. Und einen halben Liter Wasser zu trinken, ehe er zu seiner guten alten Decke zurückkehrt. Trotz der hochdosierten krampflösenden Mittel ist sein Körper nichts als ein schmerzgeplagtes Stück Holz. Seine Eingeweide brennen, und der Gleichgewichtssinn ist gestört.

Er erinnert sich an alles, auch daran, dass er nicht gestanden hat.

Wenn ich gestehe, bin ich tot.

Das Licht geht an, und Lydia erfüllt das Kellerloch mit ihrer blendenden Erscheinung. Er vermag sie nicht hässlich zu finden, da ist nichts zu machen, ihr Körper verhüllt perfekt ihre eigentliche Grausamkeit. Wie jene giftigen Pflanzen mit dem betörenden Duft …

»Geht es dir besser, Ben?«

Natürlich bleibt sie auf der anderen Seite. Dabei hätte er nicht mal die Kraft, auch nur einer Fliege etwas zuleide zu tun. Sie drängt sich ans Gitter, dicht an ihn heran.

»Ich denke, jetzt bist du bereit zu gestehen, nicht wahr?«

»Ich bin unschuldig.«

Die erneute Lüge macht sie kurz sprachlos. Ein bisschen hat sie zwar damit gerechnet, doch dann steigt erneut Zorn in ihr auf.

»Soll ich wieder anfangen? Soll ich dich zwingen, noch etwas Strychnin zu schlucken?«

»Nein. Ich will, dass die Sache jetzt ein Ende hat. Ich will nach Hause!«

Sie antwortet mit einem hämischen Lächeln.

»Du kommst nie mehr nach Hause zurück, du Mistkerl! Merk dir das ein für alle Mal! Du bist ein Mörder! Ein Vergewaltiger und ein Mörder!«

»Nein!«

Er fängt plötzlich an zu weinen. Erst lautlos. Dann bricht er in regelrechtes Schluchzen aus.

Sie schweigt, um jede Sekunde dieses unerwarteten Schauspiels auszukosten.

»Weine nur, Ben. Das ist das Einzige, was dir bleibt!«

Die Gewissensbisse und das Zögern der letzten Nacht sind vergessen. Sie hat sich wieder bis an die Zähne bewaffnet.

»Du bist kein Mann!«, schreit sie. »Du bist nur ein Stück Scheiße! Ein Schwächling, ein Feigling. Nichts als ein Stück Scheiße!«

Unter dem grausamen Blick seiner engelhaften Peinigerin bricht er förmlich zusammen.

»Wo ist denn nun der Superbulle?«, höhnt Lydia. »Wo ist er denn unser Hauptkommissar Lorand, der sich für einen Helden hielt?«

Verschwunden. Bei lebendigem Leib begraben.

* * *

Sonntag, 26. Dezember, 3 Uhr nachts

»Wir haben hier gewohnt, als Aurélia entführt wurde.«

In einer Ecke seines Käfigs zusammengekauert, hat Benoît keine andere Wahl als zuzuhören. Seiner Wächterin zu lauschen, die den unwiderstehlichen Drang verspürt, ihm mitten in der Nacht ihr Leben zu erzählen.

»Es ist das Haus unserer Familie. In dem ich aufgewachsen bin. Meine Eltern haben es wenige Monate nach Aurélias Verschwinden verlassen. Wir sind in die Stadt gezogen – nach Besançon. Sie haben es hier nicht mehr ausgehalten, verstehst du das?«

»Ja, ich verstehe.«

»Also sind wir weggezogen. Jetzt sehe ich meine Eltern kaum noch. Sie und ich, wir mögen uns nicht mehr. Sie halten mich für krank. Glauben, dass Aurélias Tod mich hat verrückt werden lassen. Sie wollten sie vergessen, ihre Trauerarbeit leisten, wie sie es nennen! Aber man kann nicht einfach vergessen, dazu hat man kein Recht. Aurélia war oft traurig. Ich habe nie verstanden warum. So als hätte sie gewusst, was sie erwartet. Als hätte sie seit ihrer Geburt geahnt, dass sie jung sterben würde.«

Lydia zündet sich eine Zigarette an, der Schein der Feuerzeugflamme zerreißt kurz die vollständige Dunkelheit, die in dem Verlies herrscht. Benoît hat gerade Zeit, den rötlichen Schimmer ihres Haars, das helle Oval ihres Gesichts wahrzunehmen. Dann breitet sich wieder die schwere Finsternis aus.

»Glaubst du, dass man so etwas von Geburt an wissen kann?«

»Ich … vielleicht. Ich habe oft geträumt, dass ich lebendig begraben würde. Dieser Albtraum hat mich immer wieder gequält.«

»Tatsächlich? Das würde also bedeuten, dass es ein Schicksal gibt, und vielleicht kannte Aurélia das ihre. Vielleicht hat sie nur darauf gewartet, dich zu treffen, damit es sich erfüllt.«

»Nicht ich habe sie getötet«, wiederholt Ben überdrüssig. »Ich bin unschuldig, Lydia!«

Sie scheint ihn nicht einmal zu hören, setzt ihren Rückblick fort, so als würde sie mit sich selbst sprechen.

»Wir waren immer zusammen. Man nannte uns die Unzertrennlichen! Aber an jenem Tag … An jenem Tag haben wir uns gestritten. Das ist sonst fast nie vorgekommen, weißt du. Wir waren beide auf der Straße. Wie oft zu dieser Zeit. Es war ein Mittwochnachmittag, und wir wollten zu einer Freundin gehen. Und dann … und das alles nur wegen eines Jungen! Wir hatten uns in denselben verliebt, kannst du dir das vorstellen?«

Er lächelt in die Dunkelheit. Ohne genau zu wissen warum, berührt ihn diese Geschichte. Dieser jungen Frau, die ihn töten wird, gelingt es, in sein Inneres vorzudringen und seine Seele anzurühren. Vor allem, wenn die Erinnerungen ihrer Stimme einen kindlichen Klang verleihen.

»Also haben wir uns getrennt. Aurélia ist weitergegangen zu dieser Freundin, und ich bin umgekehrt, wollte zurück nach Hause …«

Plötzlich wird ihm bewusst, dass sie weint. Sein Herz zieht sich zusammen. Dabei müsste er sich eigentlich freuen, dass sie jetzt diejenige ist, die heult.

»Wenn ich bei ihr geblieben wäre, würde sie jetzt vielleicht noch leben! Vielleicht hättest du es nicht gewagt, uns beide anzugreifen. Antworte, Ben!«

»Ich denke, wenn du bei ihr geblieben wärst, hätte derjenige, der sie ermordet hat, auch dich getötet.«

»Das wäre besser gewesen.«

»Das darfst du nicht sagen!«

»Doch! Wenn man der Hälfte seines Selbst beraubt wird, ist das noch schlimmer als der Tod, glaube mir. Ja, es wäre mir lieber gewesen, wenn du uns beide umgebracht hättest.«

»Ich habe sie nicht getötet!«

Er spricht ins Leere.

»Als ich abends gesehen habe, dass sie nicht nach Hause gekommen ist, hatte ich solche Angst, es war furchtbar! So als würde eine Explosion meinen Körper zerfetzen. Ein unbekannter, unerträglicher Schmerz. Als ob man mich in zwei Teile schneiden würde. Also wollte ich daran glauben. Ich habe mich gezwungen, wieder Hoffnung zu schöpfen. Monatelang habe ich darauf gewartet, dass sie durch die Tür tritt, wieder da ist. Ich habe noch lange nach allen anderen daran geglaubt, weißt du? Und eines Tages ist sie zurückgekehrt ...«

In der Dunkelheit reißt Ben die Augen auf.

»Zurückgekehrt?«, wiederholt er.

»Ja, eines Nachts habe ich sie in meinem Zimmer gesehen. Sie stand am Fußende meines Bettes. Sie hat mit mir gesprochen, mir gesagt, dass sie mir verzeiht, dass ich sie auf der Straße allein gelassen habe.«

»Das war ein Traum, Lydia.«

»Nein, ich habe nicht geschlafen. Übrigens ist sie noch immer da. Auch sie sieht dich an, sieht dich durch meine Augen. Und richtet über dich.«

»Willst du damit sagen, dass sie in dir ist?«

»In mir, ja. Und um mich herum. Ständig. Sie ist ich, ich bin sie.«

Ihm wird der Schmerz bewusst, der sie schon so lange quält. Der Abgrund des Wahnsinns, in den sie gestürzt ist, als sie noch ein Kind war. Benoît fragt sich, warum er ihr zuhört, warum er Mitleid mit ihrem traurigen Schicksal hat. Er, der in ihre Klauen geraten, Gefangener ihres tödlichen Wahnsinns geworden ist.

Aber sie zu verstehen, ist vielleicht seine letzte Chance, lebendig aus dieser düsteren Höhle herauszukommen, in die er nun selbst abgestürzt ist.

»Wer war die Ältere?«, fragt er plötzlich. »Aurélia oder du?«

Er hört, dass sie die Betonstufen hinaufgeht.

»Ich bin müde, ich gehe schlafen.«

»Du hast mir nicht geantwortet«, beharrt Benoît.

»Weil die Frage idiotisch ist, Ben.«

»Ich wüsste nicht warum.«

»Aurélia und ich, das ist gleich.«

* * *

Was wollte sie damit sagen, *Aurélia und ich, das ist gleich*?

Benoît zermartert sich das benebelte Hirn, versteht aber noch immer nicht. Ein schüchterner Sonnenstrahl streift sein Bein. Es muss Mittag sein.

Gibt es Aurélia wirklich? Vielleicht werde ich langsam selbst verrückt.

Eine andere wichtige Frage quält ihn nun schon seit Tagen: Wer? Wer versucht, ihm die Schuld in die Schuhe zu schieben? Wer hat das Medaillon in seinem Schuppen versteckt? Vielleicht niemand. Vielleicht hat sich Lydia alles nur eingebildet. Vielleicht ist sie so verrückt, dass sie die ganze Geschichte von dem Mord, von der verschwundenen Schwester, von dem Schmuckstück erfunden hat.

Sie ist zufällig auf ihn gestoßen. Weil er ihr gefallen hat. Weil er sympathisch wirkt. Ein echter Leckerbissen für eine Psychopathin.

Ja, so war es sicher. Lydias kranker Geist hat diese Geschichte erdacht, um einen Grund zu haben, ihn in diesem Käfig einzusperren. Er hat schon Serienkiller erlebt, die Märchen erfinden, um ihre Morde zu rechtfertigen …

Diesen mysteriösen anonymen Briefschreiber gibt es nicht. Denn niemand würde ihm ernsthaft ein solches Ende wünschen. Ein solches Leid.

Nein, niemand.

KAPITEL 14

Montag, 27. Dezember, 16 Uhr

Er spürt nicht einmal mehr Hunger und Kälte.

Man gewöhnt sich an alles. Oder zumindest fast.

Benoît versinkt langsam in einem schlickigen Sumpf. Je mehr man sich bewegt, desto schneller versinkt man. Also rührt er sich möglichst gar nicht mehr.

Seine Muskeln sind ohnehin noch geschwächt von der *unbekannten Sinneserfahrung*, die seine charmante Kerkermeisterin ihm hat zukommen lassen!

In den letzten vierundzwanzig Stunden haben sich seine Aktivitäten darauf beschränkt zu trinken, zu pinkeln und – Gott sei Dank warm – zu duschen.

Von Zeit zu Zeit auch zu weinen.

Aber vor allem nachzudenken.

Immer wieder den Film seines kurzen Lebens abzuspulen, dessen Epilog schon geschrieben scheint.

Er hat seine Kindheit Revue passieren lassen, seine Jugend und seine Laufbahn als Ermittler.

Und die Frauen. All die Frauen, mit denen er seine Nächte verbracht hat. Er hat ihre Gesichter nicht vergessen und auch nicht ihre Vornamen oder ihre besondere Schönheit – das zumindest ist er ihnen schuldig. Er fragt sich sogar, ob er sie nicht in gewisser Weise alle geliebt hat.

Seine Erinnerungen haben ihn bei der Hand genommen und auf Wege geführt, die er von der Karte seines Lebens schon ausradiert geglaubt hatte. Verborgene Schätze in den Nischen seines Gehirns, versteckt hinter Türen, die man nur selten öffnet. Bilder aus der Vergangenheit, die in irgendeiner Ecke herumliegen und die man für immer verloren wähnte. Und dann, eines Tages, wenn sich der Tod bedrohlich nähert, lässt man sie wieder aufleben. Idyllische Gravuren aus einer vergangenen Zeit, zu der man sich unsterblich glaubte. Als man die Ewigkeit noch vor sich hatte und der Tod so fern schien, dass er weder Geruch noch Farbe noch Konsistenz hatte.

Die zärtliche und bedingungslose Liebe einer Mutter oder Großmutter. Die beruhigende Präsenz eines Vaters, eines älteren Bruders. Die sorglosen Spiele, erste Gefühlsregungen, die Anziehungskraft des Unerlaubten, faszinierende Entdeckungen.

Ja, Benoît hat sich an alles erinnert. Hat all die Worte noch einmal gehört, die Düfte eingesogen, die Gesichter vor sich gesehen, die nichts von ihrer Schönheit oder Hässlichkeit verloren haben. Jeder Kummer, jede Sorge, jede Freude, jede vergossene Träne.

Er hat seine erste Begegnung mit Gaëlle erneut erlebt, den außergewöhnlichen Augenblick, als sich ihre Blicke zum ersten Mal trafen. Als er gespürt hat, dass sie die Richtige war. Für immer und ewig.

Nein, nicht für immer und ewig. All das kann von einer Sekunde auf die andere aufhören. Ein flüchtiges Auftauchen im Licht der Scheinwerfer, bevor alles wieder hinter die Kulissen zurückkehrt. Und dann? Wohin gehen all diese Erinnerungen? Sie lösen sich im Nichts auf, verschwinden als Rauch, verrotten im Inneren der verwesenden Leiche, die sie sorgfältig gehortet hatte. Für nichts und wieder nichts.

Letztlich würde er lieber ohne Erinnerungen sterben, ohne Vergangenheit und Bindungen. Ohne die Last all jener Träume, die nie in Erfüllung gehen werden, der Schuldgefühle, die ihn quälen.

Gaëlle, ich hätte dir zeigen müssen, wie wichtig du für mich warst.

Jérémy, ich hätte dich öfter in die Arme schließen sollen. Mehr von dir lernen und dir mehr beibringen sollen.

Maman, ich hätte dir einfach nur sagen sollen, dass ich dich liebe. Wenigstens ein Mal.

Warum habe ich all diese einfachen Dinge nicht getan oder gesagt, solange ich eine Zukunft hatte? Solange das Wort morgen noch einen Sinn hatte …

Benoît wischt sich die Tränen ab, starrt ins Dämmerlicht, das ihn verschlingt, ihn auslöscht, ihn auflöst wie eine starke Säure. Diese Finsternis, die ihn von allen Seiten umschließt, ohne dass er sich ihr entziehen könnte.

Doch die Erinnerungen sind jetzt seine einzige Zuflucht. Dazu sind sie also nütze. Die Erinnerungen und die Hoffnung – so verrückt sie auch sein mag –, wieder hier herauszukommen und dann immer wieder *Ich liebe dich* zu schreien, bis ihm die Stimme versagt.

Lydia ist gestern nicht zurückgekommen, um ihn weiterzuquälen. Pause zwischen zwei barbarischen Akten.

So als wolle sie ihn vor dem nächsten Angriff wieder etwas zu Kräften kommen lassen. Sie war nur einmal kurz unten gewesen. Um ihn anzusehen. Oder sich zu überzeugen, dass er noch lebt. Und um ihm den anonymen Brief zu zeigen: aus Zeitungsartikeln ausgeschnittene und zusammengeklebte Worte.

Sie hat ihn also tatsächlich erhalten. Wenn sie ihn nicht selbst gebastelt hat. Der Wahnsinn geht mitunter seltsame Wege …

Automatisch streicht Benoît mit den Fingerspitzen über eine der Wunden auf seinem Oberkörper. Sie hat sich entzündet und schmerzt.

Tag und Nacht mit der in den Körper eingebrannten Angst zu leben, das ist jetzt sein Los. Das Los all derer, die der Willkür eines anderen ausgeliefert sind.

Er weiß, dass sie zurückkommen wird. Er hat sich ein wenig erholt, kann wieder etwas aushalten, also wird sie ihn erneut foltern. Bis er gesteht.

Wie zur Bestätigung seiner Befürchtungen kündigen Schritte die nächste Runde an. Sein Blutdruck schnellt sprunghaft in die Höhe, seine Muskeln spannen sich an.

Ohne Eile steigt sie die Treppe hinab. Taucht am Gitter auf.

»Hallo, Ben. Wie fühlst du dich?«

Sie spricht ins Leere, doch das spielt keine Rolle, Selbstgespräche sind normal für sie.

»Hast du nachgedacht? Bist du bereit zu gestehen?«

Er atmet tief durch. *Wenn ich gestehe, bin ich tot.*

»Ich bin unschuldig, Lydia, unschuldig!«

»Wie du willst«, antwortet sie mit einem resignierten Seufzer. »Ich muss sagen, du bist stärker, als ich gedacht hätte. Viel widerstandsfähiger, als ich vermutet habe. Aber wir haben alle einen Schwachpunkt, und ich glaube, ich habe deine Achillesferse gefunden.«

Das Blut schießt mit erhöhter Geschwindigkeit durch seinen Körper, dennoch gibt er sich ungerührt.

»Ich bin gestern etwas spazieren gegangen«, fährt sie fort. »Es war kalt, aber nicht unangenehm. Frische Luft tut gut, erinnerst du dich?«

Kaum noch. Das Gefühl von frischem Wind auf seinen Wangen kann er sich fast nicht mehr vorstellen.

Sie zieht etwas aus der Tasche, wirft es in den Käfig. Es ist eine Fotografie, die durch die Luft wirbelt und neben ihm landet. Er streckt den Arm aus und greift danach. Sein Herz droht zu zerplatzen.

»Stimmt, deine Frau ist wirklich hübsch. Und dein Sohn, echt süß! Ich dachte, es würde dich freuen zu erfahren, dass sie auch ohne dich glücklich sind. Siehst du, gestern sind sie am Doubs spazieren gegangen.«

»Du bist ihnen gefolgt? Warum?«

»Ich weiß nicht. Ich habe mir gesagt, dass sie vielleicht die Lösung sind.«

Sie setzt sich auf den Stuhl. Benoît erhebt sich im Zeitlupentempo.

»In deiner Manteltasche habe ich Schlüssel gefunden. Ich nehme an, der zu deinem Haus ist auch dabei. Also gehe ich heute Nacht zu dir. Statte deiner kleinen Familie einen Besuch ab. Natürlich nicht mit leeren Händen! Ich dachte mir, ich nehme den Elektroschocker und deine Waffe mit.«

Sie zündet sich eine Zigarette an.

»Bevor ich sie töte, foltere ich sie.«

Benoît ringt nach Luft. Sein Gehirn steht in Flammen, ein Lavastrom rinnt durch seine Adern.

»Außer natürlich, du sagst mir das, was ich hören will«.

Wenn ich nicht gestehe, sind sie tot.

Doch die Worte kommen nicht.

»Ich werde mich vor allem um deinen Sohn kümmern. Ich bringe dir ein Stückchen als Erinnerung mit. Was willst du? Eine Hand? Oder …«

Benoît stürzt zum Gitter. So heftig hat er sich seit Langem nicht bewegt. Er hat doch noch Energie. Unglaubliche Energie.

»Wenn du meine Frau oder meinen Sohn anrührst, schicke ich dich in die Hölle!«, brüllt er.

»Nur zu, Ben«, sagt sie lachend. »Versuch doch, die Gitterstäbe aufzubrechen. Na los, zeig mir mal, was du draufhast!«

Sie tritt die Kippe auf dem Boden aus.

»Bald wird es dunkel, aber ich warte, bis sie schlafen. Das ist praktischer! Soll ich ihnen etwas von dir ausrichten?«

Nach seinem Gewaltausbruch ist Benoît jetzt k.o. Unfähig zu reagieren.

Lydia beginnt, die Treppe hinaufzusteigen.

»Bist du sicher? Keine Nachricht? Dabei hast du behauptet, sie so sehr zu lieben.«

»Warte!«, fleht er. »Warte!«

Sie geht langsam weiter.

»Ich war es!«, schreit er plötzlich.

Sie bleibt stehen, wendet den Kopf zu ihm.

»Ich habe deine Schwester getötet!«

Lydias Gesichtsausdruck schwankt zwischen Erleichterung und Hass. Sie kehrt um und baut sich vor den Gitterstäben auf.

»Ich will, dass du mir alles erzählst. Alles. Sonst …«

Er weicht ein wenig zurück. Lehnt sich an die Wand. Kehrt zu seinem Platz auf der Decke zurück.

»Sie stand am Straßenrand. Es war fast Nacht. Ich bin zu schnell gefahren. Ich habe sie erst im letzten Moment gesehen, ich konnte nicht mehr ausweichen.«

Verblüffung bei seinem Gegenüber angesichts solcher Unverfrorenheit. Dann Wut, die wie ein Geysir aus ihr hervorbricht.

»Du machst dich über mich lustig, du Schwein!«

»Nein, ganz bestimmt nicht.«

»Du willst mir weismachen, es wäre ein Unfall gewesen? Ja?«

»Ich schwöre dir, dass ...«

»Schnauze! Du lügst! Du lügst schon wieder! Wenn es ein Unfall gewesen wäre, hättest du nicht die Taufmedaille behalten! Und all die anderen Sachen, die ich bei dir gefunden habe! Deine Jagdtrophäen!«

Er schließt die Augen.

»Nachdem du weiterhin lügst, hole ich deinen Sohn und schneide ihm vor deinen Augen den Bauch auf. Hörst du mich, Ben?! Willst du das?«

Lydia ist hysterisch, hat fast Schaum vor dem Mund.

»Tu das nicht, ich bitte dich.«

»Ich gebe dir zehn Sekunden, um mir die Wahrheit zu sagen! Zehn Sekunden, nicht eine mehr!«

Ihm ist klar, dass sie nicht blufft. Sie ist von Anfang an zu allem bereit gewesen.

»Okay. Es war kein Unfall. Ich ... ich habe deine Schwester am Straßenrand gesehen. Ich habe angehalten ...«

Es ist so schwer für Lydia zu ertragen, dass sie

schwankt. Dabei wartet sie schon so lange auf diesen Moment. Also setzt sie sich wieder.

»Ich habe ihr gesagt, es wäre unvorsichtig, nachts an einem so verlassenen Ort allein herumzulaufen. Ich habe ihr angeboten, sie nach Hause zu bringen. Sie ist ohne Misstrauen eingestiegen. Sie war … Sie war hübsch. Genauso hübsch wie du. Ich weiß nicht, was in mich gefahren ist. Ich bin in einen Waldweg gebogen und habe etwa zweihundert Meter von der Straße entfernt angehalten.«

Die ersten Tränen laufen aus Lydias Augen, ihre Lippen zittern.

»Sprich weiter«, befiehlt sie leise. »Sprich weiter, verdammt!«

»Ich habe sie gezwungen …«

Benoît hält inne, die Worte wollen ihm nicht mehr über die Lippen kommen. Er wendet den Kopf ab, um dem glühenden Blick seiner Richterin zu entgehen. Doch er hat keine Wahl. Er muss Stufe für Stufe das Schafott erklimmen.

»Ich habe sie vergewaltigt«, stößt er hervor. »Und dann … dann habe ich sie umgebracht.«

»Wie?«

»Ich habe sie erwürgt … Du kannst mich töten, wenn du willst, aber bitte tu ihnen nichts an! Sie können nichts dafür.«

Lydia tritt dicht an das Gitter.

»Wo ist sie? Wo ist Aurélias Leiche?«

Benoîts Geist gerät ins Schleudern.

Er muss eine Antwort finden, die sie zufriedenstellt. Plötzlich kommt ihm mitten in der Katastrophe eine rettende Idee.

»Ich habe sie im Wald begraben.«

»Wo?«

»Ich erinnere mich nicht mehr genau. Es ist nicht leicht zu erklären.«

»Rede, sonst …«

»Ich könnte dich hinführen, aber …«

»Sag mir, wo sie ist!«

»Irgendwo im Wald von Chaux. In der Nähe von Éclans. Aber ich weiß nicht ganz genau, wo«, versichert Benoît. »Ich müsste vor Ort sein!«

»Du Dreckskerl willst wohl wirklich, dass ich mich um deinen Sohn kümmere?«

Ihre Stimme hat nichts Menschliches mehr.

»Lydia, glaub mir, bitte! Wie soll ich dir erklären, wo ich sie begraben habe! Das war vor fünfzehn Jahren! Nachts, mitten im Wald. Bring mich hin. Wenn ich dort bin, finde ich es vielleicht wieder.«

»Du willst fliehen, nicht wahr?«

»Nein. Ich habe nicht einmal mehr die Kraft zu gehen, wie sollte ich da fliehen?«

Auch sie hat Mühe, sich auf den Beinen zu halten. Nicht einmal der Hass vermag sie mehr zu stützen. Sie lässt sich auf die unterste Treppenstufe sinken. Bleibt dort – den Mund leicht geöffnet, die verschränkten Hände zwischen den Beinen – endlose Minuten sitzen. Im Grauen erstarrt. In der gnadenlosen Wahrheit.

Dann greift sie nach etwas. Im Halbdunkel erahnt Benoît eine Eisenstange. Wie eine Furie macht sie sich daran, alles um sich herum zu demolieren. Sie schlägt und stößt in einem Anfall von Wahnsinn unkontrollierte Schreie aus. Benoît flüchtet sich in eine Ecke des Käfigs und beobachtet ängstlich, wie der wütende Drache Feuer speit. Gleich kommt er dran, das weiß er. Er denkt an Gaëlle und an Jérémy, die jetzt gerettet sind.

Lydia hebt die Waffe auf, die im Eifer des Gefechts zu Boden gefallen ist.

»Komm her«, murmelt sie.

»Ich habe dir alles gesagt!«, erinnert er sie.

»Komm her, du Drecksack! Oder ich puste dir das Hirn aus dem Schädel!«

Benoît schielt auf den Lauf des Revolvers, der auf seine Stirn gerichtet ist. Dann gehorcht er.

»Dreh dich um!«

»Lydia ...«

Sie hat den Finger am Abzug. Fängt an, ihn herunterzudrücken.

»Dreh dich um!«

Er gehorcht. Sie legt ihm Handschellen an.

Verdammt, jetzt kriege ich alles ab.

Lydia geht nach oben. Doch jegliche Hoffnung ist vergebens: Sie holt nur den Schlüssel. Benoît bereitet sich auf die geballte Ladung an Gewalt vor, die unweigerlich auf ihn niedergehen wird.

Und eine Minute später ist sie auch schon zurück, betritt das feindliche Gebiet. Die Eisenstange in der Hand.

Nein, diesmal ist es weder seine Dienstwaffe noch das Messer und auch kein Elektroschocker. Es hat ihm an Vorstellungskraft gemangelt.

»Lydia, wenn du mich damit schlägst, sterbe ich. Weißt du, ich bin nicht mehr wirklich in der Lage ...«

»Na und? Krepier doch!«

»Dann wirst du aber Aurélia nie finden. Nur ich kann dich zu ihr führen! Nur ich kann dir den Ort zeigen.«

Lydia senkt die Eisenstange. Benoît ist verwundert. Die Kapitulation erscheint ihm zu einfach, um glaubwürdig zu sein.

»Du denkst, dass du fliehen kannst, ja?«

»Fliehen? Du brauchst mir ja bloß die Handschellen …«

»Handschellen hindern dich nicht am Laufen!«

»Vielleicht. Aber zwei Wochen der Folter schon. Ich bin erschöpft, ich kann nicht mehr. Wenn du mich also endgültig fertigmachen willst – bitte sehr! Dann ist endlich Schluss!«

Er hat mit harter Stimme gesprochen. Ebenso hart wie die Eisenstange, die sie in der Hand hält. Hat alles auf eine Karte gesetzt.

»Okay. Wir fahren zusammen hin.«

»Ich tue alles, um mich zu erinnern.«

»Das wäre in der Tat besser für dich. Wir warten, bis es Nacht ist, um keine unliebsamen Begegnungen zu riskieren.«

Sie wendet sich ab, er stößt einen Seufzer der Erleichterung aus. Dabei hat er nur einen Aufschub erwirkt.

Er lässt sich am Gitter hinabgleiten, erreicht im Zeitlupentempo den Boden. Langsam schöpft er wieder Hoffnung. Wenn sie bereit ist, ihn in den Wald zu bringen, findet er vielleicht eine Möglichkeit zu verschwinden. Aber Lydia ist alles andere als blöd. Und Benoît ist alles andere als in Hochform.

Plötzlich und ohne jegliche Vorwarnung hat er wieder furchtbaren Hunger. Er versucht, an etwas anderes zu denken, versucht, sein Gehirn anzustrengen, das trotz der Umstände noch immer funktionsfähig ist. Ein Datum geht ihm ständig im Kopf herum – das des Mordes. Der 6. Januar 1990.

Seit Lydia es erwähnt hat, denkt er pausenlos darüber nach. Ganz einfach, weil es nicht irgendein Datum ist. Aber ob nun vor Erschöpfung, Nahrungsmangel oder Angst, er vermag sich nicht zu erinnern, warum ihn diese Zahlenfolge nicht loslässt.

Er hat sie noch vor gar nicht langer Zeit vor Augen gehabt. Aber wo? Benoît beginnt zu zittern. In diesem widerwärtigen, abstoßenden Loch sinkt die Temperatur schnell. Diese Nacht ist seine letzte Chance. Oder seine letzte Nacht. Dabei ist er unschuldig.

Wer hat ihn bloß diesem Monster zum Fraß vorgeworfen?

KAPITEL 15

Er wartet geduldig auf die Stunde des Aufbruchs.

Seine letzte Chance, sich aus dieser Hölle zu befreien.

Er friert, hofft, dass Lydia ihm wenigstens seinen Mantel geben wird. Dabei ist er nicht inaktiv. Seit sie wieder nach oben gegangen ist, übt er, sich zu bewegen: Beugen und Strecken der Beine. Da er nicht die Freiheit hat umherzugehen, wärmt er seine starren Muskeln im Sitzen auf, so gut er kann. Wenn er heute Abend scheitert, bedeutet das das Aus. Die Endstation seines kurzen Lebens. Das Schwinden der Erinnerungen, die ihm plötzlich so wertvoll sind.

Schließlich kreuzt Lydia mitten in der Nacht auf. Sie ist warm angezogen.

»Wir gehen!«, verkündet sie mit wenig freundlicher Stimme.

Benoît hockt an den Gitterstäben, als wäre er völlig kraftlos. Doch in Wirklichkeit hat er die Kraft der Hoffnung. Oder der Verzweiflung.

»Mir ist schwindelig …«

»Ach ja? Wenn du wüsstest, wie egal mir das ist! Steh auf!«

»Ich schaffe es nicht.«

»Soll ich dir helfen?«, fragt sie und fuchtelt mit dem Revolver herum.

»Könntest … Könntest du mir bitte etwas zu essen und zu trinken geben?«

»Du träumst wohl! Los, hoch!«

»Hör zu, Lydia, ich kann nicht laufen. Und du kannst mich nicht tragen! Gib mir etwas. Ich glaube, sonst werde ich ohnmächtig.«

Sie zögert.

»Okay, ich hole dir etwas zu essen, dann gehen wir.«

»Danke.«

Sie verschwindet in der Dunkelheit und kommt fünf Minuten später mit einem Becher Tee und ein paar Keksen zurück. Ein Traum!

Sie macht ihn los, und er betrachtet argwöhnisch die Tasse. Schlechte Erinnerungen …

»Ich habe kein Strychnin hineingetan«, erklärt sie mit galligem Lächeln. »Du kannst ihn trinken.«

Er kostet mit gespitzten Lippen. Kein bitterer Geschmack, er kippt den Rest in einem Zug herunter. Dann stürzt er sich auf seine schmale Kost.

»Beeil dich!«, befiehlt Lydia.

Er schluckt den dritten und letzten Bissen herunter, sie wirft ihm seinen Mantel und seine Schuhe zu. Er zieht sich an und tritt dann brav ans Gitter, damit sie ihm die Handschellen anlegen kann.

Komisches Gefühl, diesen Käfig zu verlassen …

Er steigt vor ihr die Stufen hinauf, geht durch die Tür, die er seit Tagen knarren hört. Dann weiter über einen schmalen Gang, der ebenso dunkel ist wie der Keller. Der Lauf der Waffe bohrt sich zwischen seine Schulterblätter.

»Wie hast du es geschafft, mich da runterzutragen?«, wundert er sich plötzlich.

»Ich hab dich nicht getragen. Du bist selbst gelaufen!«

»Selbst?!«

»Ja! GHB bewirkt doch wirklich Wunder, was? Du hast ganz brav alles getan, was ich dir gesagt habe. Nur auf der Treppe hat's dich einmal hingehauen. Dann hast du dich einsperren lassen, ohne zu protestieren!«

Wieder ein paar Stufen und sie erreichen eine Art Vorratsraum. Dann geht es durch die Küche ins Wohnzimmer. Benoît erkennt es wieder. Der Ort, an dem er in die Falle getappt ist wie ein Idiot.

Plötzlich bleibt er stehen. Sein Blick ist auf ein Foto gefallen, das auf einer alten, wackligen Kommode steht. Genau gegenüber vom Sofa.

»Was ist los, Benoît? Macht es dir etwas aus, Aurélia zu sehen?«

Daran hätte er früher denken müssen, es war doch sonnenklar!

»War dir nicht bewusst, dass wir Zwillinge sind? Du enttäuschst mich, Ben. Los, vorwärts.«

Auf der Außentreppe schlagen ihm Kälte und Wind entgegen. Lydias Wagen steht direkt vor dem Haus. Sie öffnet die Beifahrertür, und Benoît, noch immer von seiner eigenen Waffe in Schach gehalten, steigt ein. Zu seiner großen Verwunderung nimmt sie auf der Rückbank Platz. Was hat sie denn nun schon wieder vor?

Sie legt ihm ein Band um den Hals und zieht seinen Nacken damit an die Kopfstütze.

»Du erwürgst mich, verdammt noch mal!«

»Solange du noch Luft bekommst. So kann ich sicher sein, dass du dich ruhig verhältst!«

Sie macht einen festen Knoten und setzt sich dann ans Steuer.

»Du hättest mir meinen Pullover geben können, ich friere mich tot!«

»Schnauze! Sonst ziehe ich das Band fester zu.«

Sie fährt an.

Aufbruch zu einer nächtlichen Spazierfahrt, die nichts Romantisches hat. Glücklicherweise ist Vollmond.

Ein Geschenk des Himmels, vielleicht ein Zeichen ...

* * *

Sie fahren ein paar Kilometer, bis sie in der Nähe von Éclans sind. Benoît hat Mühe zu atmen, ist Gefangener des Würgebands.

Auch ein merkwürdiges Gefühl: die Außenwelt wiederzusehen, und sei es nur durch die Windschutzscheibe und unter Lebensgefahr. Schon wie ein Hauch von Freiheit ...

»Wohin geht es jetzt?«, fragt Lydia scharf.

Er versucht zu antworten.

»Noch ein bisschen ... ein bisschen weiter. Ein Weg auf der rechten Seite ...«

Sie fährt langsam, um die Abzweigung nicht zu verpassen.

Benoît kennt den Ort gut. Als Kind hat er hier gespielt, ist später manchmal zum Joggen wieder hergekommen. Heute Nacht muss es eher ein Sprint werden.

»Hier?«, fragt Lydia und bremst.

»Ja …«

Der Wagen biegt in den Feldweg ein. Der Wald ist mitten in der Nacht eindrucksvoll. Aber die Fahrerin noch mehr. Angespanntes Profil, die Augen einer Raubkatze, die das Dunkel absuchen, Entschlossenheit. Benoît spricht sich Mut zu.

»Halt an!«

Sie bremst, wendet den Kopf zu ihm.

»Ist es hier?«

»Ja.«

»Hast du sie hier getötet?«, beharrt sie.

»Ja.«

Sie parkt an der Seite und schaltet den Motor aus. Ein furchtbares Schweigen breitet sich aus. Lydia betrachtet den Schauplatz des Dramas im grellen Scheinwerferlicht. Nur Benoîts Röcheln stört die Stille der nächtlichen Andacht.

»Erzähl es mir.«

Er zuckt zusammen.

»Das habe ich doch schon!«

Sie drückt ihm den Lauf der Waffe an den Hals. Es wird immer schwieriger zu sprechen.

»Ich will alles wissen. Alles, was du mit ihr gemacht hast, du Dreckskerl!«

Die Waffe gleitet hinab zu seinem Schritt.

»Erzähl!«

»Was soll ich sagen?!«, stöhnt er.

»Alles!«

»Ich dachte, du wolltest ihre Leiche finden.«

»Später. Zunächst erzählst du mir alle Einzelheiten. Sonst mache ich einen Eunuchen aus dir, kapiert?«

Sie drückt fester auf die Waffe, Benoîts Gesicht verzerrt sich.

»Reg dich bitte nicht auf!«

Er versucht, regelmäßig zu atmen und sein Gehirn in Gang zu bringen, das inmitten von Eisbergen zu treiben scheint.

»Ich ... ich habe sie hierhergebracht. Dann habe ich sie gezwungen ... Ich habe sie vergewaltigt.«

»Wie?«

Er reißt die Augen auf

»Was heißt *wie*?«

»Ich will alles wissen, Ben. Hast du das noch immer nicht kapiert?«

Sie streicht mit dem Revolver über seinen Oberschenkel, bis herunter zum Knie und wieder zurück. Er schwitzt trotz der Minusgrade. Kalter Schweiß.

»Ich hab sie gevögelt, das ist doch wohl klar, oder?«

»Hast du sie gezwungen, widerliche Sachen zu machen?«

Immer schlimmer. Er hat Lust, sich zu übergeben.

»Nein, gar nichts. Das schwöre ich dir.«

»Wo hat es stattgefunden?«

»Auf dem Rücksitz.«

»Hat sie dich angefleht, sie zu verschonen?«

Da er nicht antwortet, verstärkt sie den Druck.

»Nein. Sie hatte nur Angst. Ich habe sie sehr schnell getötet!«

»Ich bin mir sicher, dass du lügst, du Schwein!«

»Aber nein! Ich habe sie erwürgt, sie ist gleich gestorben. Dann habe ich sie vergraben ... Nicht weit von hier.«

»Wie hast du das Loch ausgehoben?«

Was für eine bekloppte Frage! Bestimmt nicht mit einem Löffel!

»Ich … Mit einer Schaufel.«

»Einer Schaufel? Man fährt nicht mit einer Schaufel im Kofferraum spazieren. Also hattest du den Mord geplant …«

Eine scharfsinnige Bemerkung. Daran hätte ich auch denken können! Wie blöd ich bin!

»Ist es so? Aurélia war nicht dein erstes Opfer! Du warst ein Wiederholungstäter!«

Überleg, Ben!

»Nein. Als sie tot war, bin ich in Panik geraten. Ich habe sie in den Kofferraum gelegt und aus der Garage meines Vaters Werkzeug geholt. Dann bin ich hierher zurückgekommen, um sie zu begraben. Und jetzt habe ich dir alles gesagt.«

Doch die Waffe ist noch immer da, genau zwischen seinen Beinen.

»Du wirst krepieren, Dreckskerl! Und glaub mir, es wird nicht schnell und schmerzlos vor sich gehen!«

»Bitte, Lydia, ich habe jetzt alles gestanden. Du kannst mich der Polizei übergeben … Ich will nicht sterben!«

»Hat meine Schwester das auch gesagt? *Ich will nicht sterben.*«

»Dazu hatte sie keine Zeit. Alles ist sehr schnell gegangen. Ich habe nie begriffen, wie ich etwas so Grauenvolles tun konnte. Aber wenn du wüsstest, wie sehr ich es bereue! Jeden Tag, jede Nacht … Ich habe nie aufgehört, an sie zu denken.«

»Du lügst schon wieder, Ben!«

Er fängt an zu weinen. Braucht die Tränen nicht einmal vorzutäuschen.

»Jetzt zeigst du mir, wo sie liegt.«

»Ja, alles, was du willst. Aber man sieht nichts«, fügt er hinzu. »Wie sollen wir …«

»Keine Sorge, ich habe an alles gedacht.«

Sie holt eine Maglite aus dem Kofferraum und löst dann das Band, das seinen Hals umschließt.

»Steig aus!«

Er quält sich mühsam aus dem Wagen und wird von dem hellen Lichtstrahl geblendet.

»Du gehst vor. Führ mich. Und solltest du irgendetwas versuchen, dann schwöre ich dir, dass du es bereuen wirst.«

»Okay. Aber was hast du vor, wenn wir da sind? Du willst mich graben lassen, ja?«

»Hältst du mich für so dämlich? Dazu müsste ich deine Handschellen öffnen. Und das habe ich nicht vor! Im Moment will ich nur, dass du mich zu meiner Schwester bringst.«

Sie schließt den Wagen ab. Gefolgt von Lydia, stolpert Benoît in den Wald.

Den richtigen Ort wählen, irgendwo, wo er davonrennen kann. Aber zunächst die Augen an die Dunkelheit gewöhnen. Gut zehn Minuten laufen sie über einen schmalen Weg.

»Ist es noch weit?«, faucht Lydia.

»Ich habe Mühe, mich zu orientieren«, gibt Benoît vor. »Dabei bin ich sicher, dass es hier ist.«

»Beeil dich. Ich verliere langsam die Geduld!«

»Es ist in der Nähe, ganz bestimmt.«

Er geht noch etwas weiter. Bleibt dann plötzlich auf einer kleinen Lichtung neben einer stattlichen Esche stehen.

»Da vorne ist es. Bei dem Felsen.«

Lydia richtet den Strahl der Lampe auf einen großen Stein. Für den Bruchteil einer Sekunde lässt die Rührung sie die Gefahr vergessen. Benoît stürzt sich auf sie wie ein Bulldozer, versetzt ihr einen heftigen Stoß mit der Schulter, sodass sie zu Boden stürzt. Während sie sich aufrappelt, kickt er den Revolver mit einem Fußtritt weg. Er lässt ihr keine Zeit, die Waffe wieder an sich zu nehmen, sondern versetzt ihr einen kräftigen Kopfstoß und rennt dann davon. Gar nicht so einfach, zu laufen, wenn man die Hände auf dem Rücken gefesselt hat. Trotzdem bricht Benoît, angetrieben von seinem Überlebensinstinkt, alle Geschwindigkeitsrekorde. Er würde mit Leichtigkeit einen Hundertmeter-Champion schlagen.

Lydia ist schon wieder auf den Beinen. Sie hebt den Revolver und die Lampe auf. Dann macht sie sich mit blutigem Gesicht und hasserfüllten Augen an die Verfolgung des Flüchtigen.

* * *

Benoît bleibt stehen. Die Luft dringt nicht mehr in seine brennende Lunge vor.

Dabei rennt er erst seit ein paar Minuten. Aber schon hat er keine Kraft mehr. An den rauen Stamm einer Eiche gelehnt, versucht er, zu Atem zu kommen. Plötzlich spürt er ein Vibrieren an seiner Brust, dann eine Musik, die immer lauter wird.

Ein Handy. In der Innentasche seines Mantels!

Er versucht, sich des Ortungsgeräts zu entledigen. Aber wie soll er das machen, ohne seine Hände zu benutzen? Sie hat wirklich an alles gedacht. Ist ihre Intelligenz denn grenzenlos? Er sieht den Lichtstrahl, der sich ihm schwankend nähert.

»Verdammte Scheiße!«

Er nimmt seinen Marathon wieder auf, sein Herzschlag ist im roten Bereich. Die Kälte zerreißt seine Brust, Angst beherrscht seinen Kopf.

Der Schein der Maglite kriecht ihm nach. Die Schlange ist ihm auf den Fersen, sie wird nicht aufgeben.

Erneut klingelt das Handy. Es ist keine sanfte Melodie, eher ein heulender Sirenenton. Er wirft sich gegen einen Baumstamm, um das verfluchte Ding zum Schweigen zu bringen. Vergebens. Er läuft weiter, versucht, den Abstand zu vergrößern.

Und plötzlich trifft ihn das Licht mitten ins Gesicht.

Der ohrenbetäubende Lärm eines Schusses, der Schmerz, der ihn zu Boden gehen lässt, ein Schrei, der die Finsternis zerreißt.

Lydia tritt näher, beleuchtet den Ort des Geschehens. Benoît windet sich, vor Schmerzen gekrümmt, am Boden. Die Kugel hat ihn an der rechten Schulter getroffen. Er hat das Gefühl, der Arm würde ihm abgerissen.

»Steh auf! Los, du Dreckskerl, hoch! Sonst verpasse ich dir noch eine Kugel, diesmal ins Bein!«

Sie packt ihn beim Mantelkragen und zwingt ihn aufzustehen, bevor sie ihn gegen einen Baum drückt und ihm den Lauf der Waffe unters Kinn hält.

»Du hast also gedacht, du könntest dich aus dem

Staub machen, du Schwein? Scheint ja ganz schön wehzutun, die Verletzung. Aber für meinen Geschmack noch lange nicht genug. Wo ist Aurélia?«

»Ich habe keine Ahnung!«

Mit der Handfläche drückt sie auf die klaffende Wunde, und ihm entfährt ein weiterer Schrei.

»Wo ist sie?!«

»Ich weiß es nicht! Ich habe sie nicht umgebracht!«

Lydia versetzt der Wunde einen Fausthieb, er sackt vornüber.

»Ich habe gelogen, damit du meiner Frau und meinem Sohn nichts antust«, wimmert er. »Aber ich war es nicht! Ich war es nicht! Ich weiß nicht, wo sie ist …«

Sie spürt, dass er jeden Moment ohnmächtig wird.

»Das regeln wir zu Hause. Zurück zum Auto. Los! Los!«

Sie setzen sich wieder in Bewegung. Benoît spürt die Waffe zwischen seinen Wirbeln, stürzt mehrmals.

Er ruft um Hilfe. Hier, mitten in der Baumwüste.

Die Strafe folgt unmittelbar. Ein Schlag mit dem Kolben in den Rücken lässt ihn erneut zu Boden gehen. Lydia zwingt ihn, wieder aufzustehen. Seine Kräfte lassen mit jedem Schritt nach. Mit jedem Atemzug.

Aber das ist nicht das Schlimmste.

Das Schlimmste ist die erschreckende Gewissheit.

Jetzt weiß er, dass er sterben wird.

Wie ein Hund.

* * *

Lydia stößt ihn heftig in den Käfig. Benoît verliert das Gleichgewicht und landet auf den Knien. Der Racheengel ist immer noch da. Das geschwollene Gesicht hat einen boshaften Ausdruck. Die Hände halten eine Eisenstange.

»Diesen erbärmlichen Versuch wirst du bereuen, du Dreckskerl!«

»Ich bin unschuldig! Ich habe deine Schwester nicht ermordet! Wann begreifst du das endlich?!«

»Vor ein paar Stunden hast du das Gegenteil gestanden.«

»Ich wollte nur meine Frau und meinen Sohn retten!«

»Warum bist du so verbohrt? Ich weiß, dass du es warst. Und du hättest mich zu Aurélia führen sollen. Du hättest mich nicht angreifen oder fliehen dürfen! Die Lust auf so etwas werde ich dir austreiben, darauf kannst du dich verlassen!«

Ein Schlag in den Rücken wirft ihn zu Boden. Dann folgt eine Flut weiterer Hiebe und Beleidigungen. Fünfzehn Jahre unterdrückter Hass brechen aus Lydia heraus.

Benoît stellt sich tot; sie macht weiter. Bald wird er ihr nichts mehr vorspielen müssen.

* * *

Kilometer entfernt, mitten in der Stadt, gibt sich Kriminaloberrat Moretti ganz seinem Laster hin. In Gesellschaft von drei anderen unverbesserlichen, eingefleischten Spielern, die ebenso konzentriert sind wie er, versucht er, seine unstillbare Gewinnsucht zu befriedigen.

Doch das Glück ist ihm auch heute Abend nicht hold.

Schon seit einigen Stunden lebt er auf Pump. Und die Rechnung steigt unerbittlich weiter. Sein Blatt ist wertlos. Da kann er noch so ein guter Stratege sein, mit so schlechten Karten kann er keine Wunder vollbringen. Gegen drei Uhr früh gibt er schließlich auf.

Morgen wird er wieder aufbrausend und erschöpft sein, wie so oft. Und er wird seine schlechte Laune an seinen Untergebenen auslassen. Einer der Vorteile, wenn man der Boss ist!

Ehe er den Ort seines Scheiterns verlässt, frischt der Chef der privaten Runde sein Gedächtnis noch einmal auf. Die Rechnung ist saftig. Moretti verspricht, vor Ende der Woche zu bezahlen. Er schlägt den Kragen seiner Jacke hoch und verschwindet auf dem Weg zu seinem Wagen in der schützenden Nacht.

Er wird sich wieder Geld beschaffen müssen. Doch er weiß schon wo. Er hat eine lukrative Quelle gefunden. Ja, sie wird bezahlen. Alles, was er verlangt, bis sie keinen Cent mehr besitzt. Moretti ist beruhigt: Im Grunde ist er reich.

Weil sein Schweigen Gold wert ist …

KAPITEL 16

Dienstag, 28. Dezember, 4 Uhr

Der Tag hat die Dunkelheit in seinem Käfig noch nicht vertrieben. Kein tröstender Lichtstrahl in Sicht. Benoît lehnt reglos an der eisigen Wand und schwankt zwischen Widerstand und Aufgabe.

Lydia hat sich gründlich ausgetobt. Er hätte nie gedacht, dass er eines Tages einer Verrückten als Punchingball dienen würde. Bevor sie ihn allein gelassen hat, hat sie ihm die Handschellen abgenommen; also hat er sich zum Waschbecken geschleppt und mit dem Handtuch die Wunde verbunden.

Plötzlich fragt er sich: Wozu die Blutung stoppen? Wozu um jeden Preis überleben wollen? Warum hat er nicht das Blut und damit das Leben aus seiner Wunde rinnen lassen? Weil da diese uralte Angst ist, wie bei jedem Menschen, bei jedem Tier, tief verankert in den Genen.

»Holt mich hier raus, Jungs«, murmelt er. »Ich will nicht hier krepieren, verdammt noch mal!«

Gebt mich nicht auf!

Dann weint er wieder. Letztlich wäre es ihm lieber gewesen, wenn sie ihm eine Kugel in den Kopf gejagt hätte. Dann wäre es jetzt vorbei. Er müsste nicht mehr frieren, hätte keine Schmerzen, keinen Hunger mehr. Und keine Angst.

Er schließt die Augen und stellt sich zum Trost die schlafende Gaëlle vor. Bestimmt liegt sie auf dem Bauch, wie so oft. Er erinnert sich an die Nächte, in denen er spät nach Hause gekommen und unter die warme Decke geschlüpft ist, ohne sie zu wecken. Frisch aus den Armen einer anderen.

Doch er bereut keinen seiner Seitensprünge, keine seiner schamlosen Lügen. Und auch nicht das Leid, das er bereitet hat. Weil er das Vergnügen nicht bereuen kann. Zu verführen. Begehrt zu werden. Wie konnte Gaëlle von all dem nichts bemerken? War sie wirklich so naiv? Oder hat sie die Ahnungslose gespielt, um ihre Beziehung zu retten?

Plötzlich kommen ihm Zweifel, vergiften sein Blut und seinen schon halb toten Körper. Sein Geist driftet ab, gerät außer Kontrolle, verliert jegliche Orientierung. Es gibt keine Gewissheit mehr, an der er sich festhalten kann …

Denn jemand hat seinen Tod gewünscht. Und sich dafür einer gefährlichen Waffe bedient. Nicht einer Knarre, eines Messers oder eines Gifts. Nur einer jungen Frau, die durch fünfzehn Jahre des Zorns zerstört ist, durch Verlust und Schmerz. Die nur einen Auslöser gebraucht hat, um in einen tödlichen Wahnsinn zu verfallen. Ja, irgendjemand will ihm einen furchtbaren und grauenvollen Tod bescheren. Ohne sich selbst die Hände schmutzig zu machen. Ohne auch nur seinem Blick zu begegnen.

Jemand muss ihn wirklich abgrundtief hassen.

* * *

Das Morgengrauen hüllt den Wald in sein blasses Licht.

Ein Schatten huscht zwischen den noch schlafenden Bäumen hindurch. Heute ist ein besonderer Tag. Heute ist der Jahrestag der kleinen Géraldine. Der Jahrestag ihres Todes jedenfalls.

Die Gestalt kniet an dem improvisierten Grab nieder. Hier gibt es weder Marmor noch einen Stein. Nur einen Sarg aus feuchter Erde. Auf die der Mörder seine Opfergabe legt. Eine Blume. Nur eine einzige, wie immer, wie jedes Jahr.

Joachim streicht über den Boden, flüstert dem verschwundenen, vergrabenen kleinen Mädchen etwas zu. Erinnert es an die Liebe, die sie für wenige Stunden geteilt haben.

»Siehst du, ich habe dich nicht vergessen. Ich denke noch immer an dich.«

Er erhebt sich, fröstelt in der morgendlichen Kälte. Er betrachtet noch eine Weile das Grab, das nur er kennt. Dann entfernt er sich langsam, verschwindet im anbrechenden Tageslicht.

Bald wird er zweihundert Kilometer von hier entfernt, unweit von seiner Wohnung in der Nähe von Osselle, einer anderen unschuldigen Seele einen Besuch abstatten. Bald, am 6. Januar, wird er Aurélia gedenken.

* * *

Kommissariat von Besançon, 14 Uhr

Fabre, der nach einem verlängerten Wochenende bei seiner Familie am Bahnhof ankommt, fragt sich, warum er überhaupt hierher zurückgekehrt ist. Weil ein Polizist vermisst wird. Doch die Hoffnung, ihn lebendig wiederzufinden, sinkt mit jedem Tag. Aber zumindest seine Leiche wollen sie finden. Das sind sie ihm schuldig. Ihm und seiner Familie.

In dem kleinen Büro, das man ihm zugewiesen hat, denkt er nach. Versucht, den Fehler zu finden, den sie gemacht haben. Das Detail, das sie vernachlässigt haben. Er ist davon überzeugt, dass dieses Verschwinden nichts mit Lorands Beruf zu tun hat. Dass man in seinem Privatleben suchen muss. Aus Mangel an Beweisen haben sie übrigens auch José Duprat und seine Freundin freilassen müssen. Sie fangen also wieder bei null an.

Fabre schlägt die Akte auf, beschließt, sie noch einmal von vorne bis hinten durchzuarbeiten.

»Was zum Teufel ist uns nur entgangen?!«

Gaëlles Gesicht verfolgt ihn ständig. Die so oft betrogene und gedemütigte Ehefrau. Hätte er an ihrer Stelle nicht den Wunsch nach Rache gehabt?

Djamila taucht in der Tür zu seinem Kabuff auf.

»Guten Tag, Kommissarin Fashani.«

»Guten Tag. Wie ich sehe, sind Sie schon bei der Arbeit.«

Er mustert sie eine Weile nachdenklich. Der Schlüssel zu dieser Geschichte ist eine Frau. Das Verbrechen hat keine heimtückischen Motive. Nein. Es ist leidenschaftlicher Natur.

»Halten Sie Madame Lorand für fähig, sich ihres untreuen Ehemanns zu entledigen?«, fragt er plötzlich.

Offensichtlich verblüfft, nimmt Djamila ihm gegenüber Platz.

»Ich … ich muss zugeben, dass ich auch schon daran gedacht habe. Aber sie hat ein gutes Alibi.«

»Und wenn sie jemanden für diese Drecksarbeit bezahlt hätte?«

* * *

»Aufwachen, Ben.«

Als er die Augen öffnet, erahnt er durch einen Lichtschein hindurch ein Gesicht, das sich über ihn beugt.

»Gaëlle, bist du es?«, murmelt er hoffnungsvoll.

Lydia streichelt seine Stirn. Endlich lichtet sich der hartnäckige Nebel, und er erkennt sie. Stößt unwillkürlich einen Schrei aus.

»Ganz ruhig. Hab keine Angst!«

Er versucht, den Arm zu bewegen, stellt dann aber fest, dass seine Hände wieder einmal auf dem Rücken gefesselt sind. Er liegt in seinem Verlies, direkt an der Wand. Seine rechte Schulter schmerzt furchtbar und erinnert ihn plötzlich an die letzte Episode jener Hölle, zu der sein Leben jetzt geworden ist.

»Du warst bewusstlos, also bin ich reingekommen …«

»Was willst du jetzt mir anstellen?«, fragt er mit angstverzerrter Stimme.

»Im Moment will ich verhindern, dass du stirbst. Dann sehen wir weiter. Ich habe da ein paar Ideen!«

Sie hilft ihm, sich an die Wand zu lehnen; er betrachtet verblüfft das rot gefärbte Badetuch, das am Boden liegt. Hat er so viel Blut verloren? Und er lebt immer noch?

Lydia knöpft sein Hemd auf und löst den Stoff von der Wunde.

»Eine gute Idee, das Handtuch. Ich glaube, sonst wärst du schon tot.«

»Na und?«

»Und ich bestimme, wann du stirbst. Ich allein.«

»Dann hättest du nicht auf mich schießen sollen.«

»Und du hättest nicht fliehen sollen. Oder mich anlügen.«

»Ja, ich habe gelogen.«

»Schön, das zu hören. Wie ich sehe, wirst du langsam vernünftig.«

»Ich habe gelogen, als ich dir sagte, ich hätte Aurélia ermordet! Ich habe in meinem ganzen Leben noch nie jemanden vergewaltigt. Der einzige Tote, den ich auf dem Gewissen habe, ist ein Typ, den ich im Dienst erschossen habe. Es war Notwehr.«

Lydias Gesichtsausdruck verändert sich.

»Du hast Glück, dass du dem Tod so nahe bist. Aber sobald es dir besser geht, werde ich dir mit deinen Lügen das Maul stopfen, Ben!«

Sie nimmt eine Schüssel mit warmem Wasser und eine Kompresse und macht sich daran, die Wunde zu säubern.

»Die Kugel ist nicht wieder ausgetreten«, erklärt sie gleichgültig. »Aber das macht nichts, du behältst sie einfach als Erinnerung an mich ...«

Er schließt die Augen, beißt die Zähne zusammen. Sie desinfiziert die Wunde mit einem scharfen Mittel. Er versucht, sie mit den Beinen wegzustoßen, ist aber schnell erschöpft.

»Beweg dich nicht so viel.«

»Scher dich zum Teufel!«

»Schön brav. Sonst beruhige ich dich mit meinem kleinen Elektroschocker. Verstanden, Hauptkommissar?«

So hat sie ihn schon lange nicht mehr genannt. Es erinnert ihn daran, dass er in einem anderen Leben Polizist war. Sie deckt die Wunde mit einer Mullbinde ab und klebt ein wasserdichtes Pflaster darüber. Betrachtet dann das Ergebnis mit offensichtlicher Zufriedenheit.

»Ich glaube, ich hätte eine ausgezeichnete Krankenschwester abgegeben«, erklärt sie dann lächelnd.

»Wenn du so weitermachst, gibst du eine ausgezeichnete Mörderin ab. Und auch eine ausgezeichnete Gefangene. Die lebenslänglich absitzt.«

»Nun mal halblang, Hauptkommissar! Sie unterschätzen mich! Ich darf Sie daran erinnern, dass Ihre kleinen Freunde seit Tagen im Dunkeln tappen und Sie noch immer nicht gefunden haben!«

Er versucht, ihr einen Fußtritt zu verpassen, verfehlt aber sein Ziel.

»Sei doch kein Spielverderber, mein Junge!«

Mein Junge? Bald wird sie ihn *mein Kleiner* oder warum nicht *mein Liebling* nennen. Völlig verrückt!

»Weißt du, dass du so wirklich absolut sexy bist?«, sagt sie spöttisch.

Schamlos fährt sie mit dem Finger über die Narben der Einschnitte, streicht über die eindrucksvollen Hämatome bis hinauf zu der Wunde.

»All diese Narben, das ist wirklich unglaublich männlich! Schade, dass die treue Ehefrau das nicht sehen kann! Ich bin sicher, es würde ihr gefallen.«

»Du bist vollkommen wahnsinnig!«

»Ja, aber das ist deine Schuld, Ben. Das darfst du nie vergessen. Du hast mich verrückt gemacht.«

Sie gießt das rötliche Wasser aus der Schüssel ins Klo, verlässt den Käfig und geht hinauf. Da sie die Tür nicht abgeschlossen hat, weiß er, dass sie sehr schnell zurückkommen wird. Aber er hat nicht die Kraft, die Flucht auch nur zu versuchen.

Kurz darauf erscheint sie mit einem Tablett, das sie vor ihn hinstellt. Eine kleine Schüssel mit einer Tütensuppe, ein Plastiklöffel, ein Glas Wasser und ein paar Tabletten.

»Du hast sogar das Recht auf eine Mahlzeit!«, verkündet sie.

»Nennst du das eine *Mahlzeit*?«, knurrt Lorand.

»Wenn du es nicht willst, kann ich es wieder mitnehmen.«

Er zieht es vor zu schweigen. Sie verlässt den Käfig und schließt die Tür zweimal hinter sich ab.

»Und wie soll ich ohne meine Hände essen?«

»Komm her, dann mache ich dich los.«

Mit übermenschlicher Anstrengung bewegt er sich mit dem Rücken zum Gitter, wo sie ihm die verchromten Handschellen öffnet.

»Genieß dein Essen, Ben. Es könnte durchaus dein letztes sein!«

»Danke für den Rat!«

»Ich habe dir auch saubere Kleidung gekauft.«

Er lässt sich genau vor dem Tablett wieder auf die Decke sinken. Beobachtet seine Peinigerin, während diese die Sachen in den Käfig schiebt.

»Du kannst duschen, das Pflaster ist wasserfest.«

Eine ihrer Manien: Er soll duschen! Er soll leiden und krepieren – aber bitte schön sauber.

»Toll!«, brummt er.

»Guten Appetit, Ben!«

* * *

Kommissariat, 20 Uhr

»Der Staatsanwalt ist einverstanden«, verkündet Djamila, als sie Fabres Kabuff betritt.

»Sehr gut. In diesem Fall gehen wir morgen früh zu ihr.«

»Okay. Glauben Sie wirklich, dass sie es sein könnte?«

»Wissen Sie, Oberkommissarin, in meiner Laufbahn habe ich schon alles Mögliche erlebt. Ich glaube, mich wundert gar nichts mehr! Diese Frau hat gute Gründe, ihrem Mann Schlechtes zu wünschen.«

»Aber warum sollte sie sich in diesem Fall nicht einfach scheiden lassen?«

»Ich weiß nicht. Vielleicht weil sie Angst hat, Geld zu verlieren. Oder sich entehrt fühlen würde! Sich scheiden zu lassen ist ein Eingeständnis, dass die Beziehung gescheitert ist. Denken Sie doch mal nach; wenn man Lorands Leiche findet, wird man ihn sicher posthum befördern. Da er schon Hauptkommissar ist, würde er zum Kriminalrat ernannt. Rechnen Sie noch ein oder zwei Auszeichnungen dazu, dann ist Gaëlle bis zu ihrem Lebensende eine saftige Pension sicher! Und sie wäre die Witwe eines herausragenden Polizeibeamten, eines Helden.«

»Da haben Sie recht«, räumt Djamila ein.

»Na, so sehr habe ich das Verfallsdatum dann doch nicht überschritten!«, meint er lachend. »Zumindest nicht mein Gehirn!«

Sie lächelt verlegen.

»Entschuldigen Sie, ich bin manchmal etwas spontan. Etwas verletzend!«

»Schon vergessen!«, behauptet er.

»Ich hätte nie gedacht, dass Gaëlle zu so etwas fähig sein könnte.«

»Halt! Im Moment ist sie nur verdächtig. Wir wollen nicht voreilig sein. Unschuldsvermutung – sagt Ihnen das was?!«

»Ja, natürlich. Aber Ihre Annahmen klingen plausibel. Wenn ich es recht bedenke, als sie mir neulich gesagt hat, dass sie über Benoît und mich Bescheid wusste. Ich fand sie so kalt, so schroff. Ich hätte früher daran denken müssen.«

»Also, in gewisser Weise haben Sie mich ja auf die Spur gebracht.«

»Wirklich?«, wundert sich Djamila und zündet sich eine Zigarette an.

»Ja, als Sie mir von dem Gespräch mit Madame Lorand erzählt haben. Schließlich haben Sie mir das alles gesagt. Dass sie auffällig unberührt und kühl war.«

»Daran erinnere ich mich gar nicht. Aber wenn ich, ohne es zu wissen, zum Fortgang der Ermittlungen beigetragen habe, dann freut mich das natürlich.«

* * *

Er döst wieder auf seiner Decke wie ein Hund in seiner Hütte. Glücklicherweise hat der Schmerz, vermutlich durch die Medikamente, ein wenig nachgelassen.

Stimmt, sie will ihn am Leben halten. Bald wird sie ihm noch eine Infusion verabreichen!

Er hat etwas im Magen, hat kurz warm geduscht, bevor sie den Durchlauferhitzer abschaltet. Er könnte fast Schlaf finden. Fast. Wenn er nicht solche Angst hätte …

Nein, diese Nacht wird sie nicht zurückkommen, um ihn zu quälen. Er ist noch zu schwach. Das steht ihm erst morgen bevor.

Er versucht wieder, sich in Morpheus' Arme zu retten, schlummert, fantasiert. Er ist zu Hause, im Warmen bei den Seinen. Glücklich und zufrieden. Dabei hatte er früher andere Träume. Früher reichte es nicht aus, zu Hause bei seiner Familie zu sein, um sich glücklich zu fühlen. Früher … Doch jetzt ist das sein innigster Wunsch. Sein Nirwana. Plötzlich schlägt er die Augen auf. Sein Atem geht schneller. Endlich erinnert er sich wieder.

An den 6. Januar 1990.

KAPITEL 17

Mittwoch, 29. Dezember, Kommissariat, 10 Uhr

Mit der Miene eines Pitbulls, der mit der falschen Pfote aufgestanden ist, platzt Éric Thoraize in das Kabuff des Parisers.

»Können Sie mir erklären, was hier los ist?«, bellt er drauflos.

»Guten Morgen, Kommissar«, sagt Fabre mit ruhiger Stimme. »Woher dieser plötzliche Zorn?«

»Woher?! Ich habe soeben gesehen, wie Fashani Gaëlle Lorand in den Verhörraum geführt hat!«

»Ja und?«

»Warum haben Sie sie hergebracht?«

»Weil wir ihr Fragen stellen müssen, Kommissar.«

»Fragen? Was für Fragen?«

Fabre bewegt sich Richtung Kaffeemaschine. Doch Thoraize heftet sich, die Lefzen hochgezogen, die Zähne gefletscht, an seine Fersen.

»Wollen Sie etwas trinken?«, schlägt Fabre vor.

»Antworten Sie mir!«, insistiert Éric mit erhobener Stimme.

»Immer mit der Ruhe, Kommissar. Glauben Sie nicht, dass mir das Spaß macht. Aber Sie müssen wissen, dass es einige Verdachtsmomente gegen Madame Lorand gibt.«

»Verdachtsmomente?«, wiederholt Thoraize. »Was soll der Blödsinn?«

»Hören Sie, wir waren heute Morgen in ihrem Haus und haben sie befragt, aber sie hat sich geweigert, uns zu antworten. Deshalb hielt ich es für unerlässlich, sie mit ins Kommissariat zu nehmen. Wenn sie uns Dinge verschweigt, die das Verschwinden ihres Mannes betreffen, lässt sie sich hier sicher schneller überzeugen, damit rauszurücken, als bei sich zu Hause.«

»So ein Quatsch!«

»Wollen Sie mir meinen Beruf beibringen, Kommissar?! Regel Nummer eins ist, die Verdachtsperson aus ihrem gewohnten Umfeld zu holen, damit sie ihre gewohnten Orientierungspunkte verliert und verunsichert wird.«

»Dummes Zeug! Ich kenne Gaëlle seit Jahren, sie hat nichts mit Bens Verschwinden zu tun!«

»In diesem Fall wird sie schnell wieder zurück in ihrem Haus sein. Machen Sie sich da keine Sorgen.«

»Finden Sie nicht, dass sie so schon genug gelitten hat?«, fragt Thoraize empört.

»Ich mache nur meine Arbeit«, erklärt Fabre und steuert auf den Verhörraum zu.

»Was werfen Sie ihr vor? Und warum haben Sie mich nicht informiert?«

»Sie hatten gestern frei. Deshalb wollte ich heute mit Ihnen sprechen. Werfen Sie doch einen Blick in die Akte. Sie liegt auf meinem Schreibtisch. Fühlen Sie sich wie zu Hause!«

Fabre und Fashani betreten den Raum, der in ein Halbdunkel getaucht ist, was für Geständnisse förderlich sein soll. Die Verdächtige sitzt an einem kleinen Resopaltisch und fährt sie sofort energisch an, sobald sie die Tür hinter sich geschlossen haben.

»Dürfte ich wissen, warum Sie mich hierhergeführt haben? Und wer sich um Jérémy kümmert?«

»Einer meiner Männer hat ihn zu deinen Schwiegereltern gebracht«, erklärt Djamila. »Mach dir keine Sorgen.«

»Wir haben Ihnen ein paar Fragen zu stellen, Madame«, fügt Fabre hinzu. »Wie ich Ihnen heute Morgen bereits gesagt habe …«

»Was ist das für eine Art und Weise, um acht Uhr morgens bei mir hereinzuschneien und mich zu behandeln wie eine Kriminelle?!«, empört sich Gaëlle. »Können Sie sich nicht vorstellen, dass es momentan schon schwer genug für mich ist?«

»Genau das ist meine erste Frage, Madame Lorand. Das Verschwinden Ihres Ehemanns scheint Sie nicht über die Maßen zu berühren. Ihr Verhalten hat sich kaum verändert, und die Hilfe unseres Psychologen haben Sie abgelehnt …«

»Ich verbitte mir solche Unterstellungen!«, geht Gaëlle zum Gegenangriff über. »Was denken Sie denn? Dass ich unter Tränen zusammenklappe? Das ist nicht mein Stil! Ich erinnere Sie daran, dass Benoît noch nicht tot ist! Er ist verschwunden. Wenn Sie endlich Ihre Arbeit korrekt erledigen würden, dann hätten Sie ihn längst gefunden! Und außerdem habe ich Jérémy. Ich kann es mir nicht erlauben zusammenzubrechen. Ich muss weiter ein möglichst normales Leben führen, um ihn nicht noch mehr zu verstören.«

»Natürlich, Madame Lorand. Das verstehe ich.«

Djamila zündet sich eine Gauloise an und setzt sich auf die Tischkante.

»Was ich weniger gut verstehe, ist, wie eine charakterstarke Frau wie Sie es über Jahre akzeptiert haben kann, dass ihr Mann sie betrügt.«

»Das geht Sie nichts an. Was mischen Sie sich da überhaupt ein? Ich wüsste nicht, inwiefern unser Eheleben Ihnen bei Ihren Ermittlungen helfen kann!«

»Das sagst du!«, erwidert Djamila.

»Muss ich das so verstehen, dass Sie mich verdächtigen? Mich beschuldigen, meinen Mann umgebracht zu haben?«

Die beiden Ermittler mustern sie, ohne zu antworten. Gaëlle schüttelt den Kopf.

»Sie liegen wirklich so was von daneben!«

»Das werden wir überprüfen, Madame Lorand.«

»Bin ich in Polizeigewahrsam?«

»Noch nicht«, versichert Djamila. »Noch nicht.«

»Sie sind verrückt! Warum hätte ich Benoît umbringen sollen?«

»Vielleicht, weil er dich zu oft betrogen hat!«

»Ja und? Ich habe bereits erklärt, dass ich mich damit abfinden konnte.«

»Wie kann eine Frau akzeptieren, dass ihr Typ jedem Rock hinterherläuft?«, fährt Djamila fort.

Gaëlle springt von ihrem Stuhl auf, nähert sich gefährlich ihrer Rivalin.

»Sprichst du für dich, Miststück?!«

»He! Jetzt mal sachte!«, befiehlt Fabre. »Setzen Sie sich, Madame! Schön ruhig bleiben.«

»Wie, bitte schön, soll ich ruhig bleiben, wenn diese Schlampe mich so angeht?! Ich frage mich, was Benoît nur an ihr gefunden hat.«

Djamila packt Gaëlle am Jackenkragen.

»Es reicht!«, schreit der Hauptkommissar. »Wenn Sie sich nicht beherrschen können, schließe ich Sie vom Verhör aus, Djamila!«

Widerwillig lässt sie Gaëlle los.

»Auf alle Fälle beweist Ihre Reaktion gegenüber Frau Fashani, dass Sie mit den Seitensprüngen Ihres Ehemanns doch nicht immer so gut *zurechtkommen*!«

Gaëlle schweigt.

»Antworten Sie, Madame Lorand!«

Sie fixiert Djamila und erwidert mit eiskalter Stimme:

»Ich behaupte nicht, dass mich die chronische Untreue meines Mannes glücklich gemacht hat. Ich sage nur, dass ich ihm verziehen habe und weiterhin verzeihen werde. Weil ich ihn leidenschaftlich liebe und weiß, dass er an die dummen Kühe, die er auf einer Schreibtischkante oder in einem schäbigen Hotelzimmer gevögelt hat, keinen Gedanken mehr verschwendet. Mich aber liebt er. Er kann ohne mich nicht leben. Während er die Nutten, die er auf der Straße aufgelesen hat, vergisst, kaum dass er seinen Hosenstall zugemacht hat.«

Djamila ist kurz davor zu explodieren. Fabre stellt sich zwischen die beiden Xanthippen und lockert seinen Krawattenknoten ein wenig.

»Aber vielleicht schockiert Sie die Tatsache, dass eine Frau das bei ihrem Mann akzeptiert, Hauptkommissar? Vielleicht hat man mich festgenommen, weil man meine Art, einen Mann zu lieben, nicht erträgt?«

»Nein. Jeder führt sein Leben so, wie er möchte. Trotzdem ist es schon äußerst erstaunlich.«

»Das gebe ich zu. Aber als ich Benoît geheiratet habe, wusste ich, woran ich war. Mir war klar, dass er mir nicht lange treu bleiben würde. Keine Frau widersteht ihm, verstehen Sie? Er verfügt über außerordentlich virtuose Verführungskünste. Nicht wahr, Frau *Oberkommissar*?«

Djamila tritt ihre Kippe am Boden aus. »Du machst uns ganz schön was vor, Gaëlle! Glaubst du, wir nehmen dir diesen Zirkus ab? Dass du seine Untreue aus Liebe akzeptiert hast? Wenn dich dein Mann so vergöttert, müsste er sich nicht anderweitig umsehen! Oder aber er hat dieses Bedürfnis, weil du ihm nicht gibst, was er braucht!«

Ein durchdringender Blick von Fabre genügt, und sie verstummt.

»In dieser Hinsicht hatten wir keine Probleme, wenn Sie verstehen, was ich meine!«, versichert Gaëlle mit giftigem Lächeln.

»Madame Lorand, können Sie uns erklären, warum Sie am 9. Dezember dreitausend Euro von Ihrem Sparkonto abgehoben haben?«

Gaëlles Gesichtszüge erstarren, ihre rechte Hand umklammert die Stuhllehne.

»Dreitausend Euro in bar, das ist eine hübsche Summe«, fährt der Hauptkommissar fort.

Sie antwortet noch immer nicht. Djamila bohrt weiter nach.

»Der 9. Dezember, vier Tage nach Benoîts Verschwinden. Merkwürdig, oder? Was hast du damit bezahlt?«

»Das geht Sie nichts an. Ich kann mit meinem Geld machen, was ich will!«

»Es sei denn, es dient dazu, einen Auftragskiller zu bezahlen, Madame Lorand«, wirft Fabre ein.

Gaëlle starrt ihn fassungslos an.

»Einen Auftragskiller? Sie sind ja krank im Kopf!«

»Was ist mit dem Geld geschehen?«, beharrt Djamila mit erhobener Stimme. »Los, erklär uns das!«

»Kümmern Sie sich um Ihren eigenen Dreck!«

»Es wäre vernünftiger, Sie würden antworten, Madame Lorand.«

»Scheren Sie sich zum Teufel! Ich gehe jetzt nach Hause! Dieser Zirkus hat schon lange genug gedauert! Sie sollten besser Benoît suchen!«

»Genau das tun wir ja«, erinnert Fabre.

Gaëlle greift nach ihrer Handtasche und steuert auf die Tür zu, doch Djamila stellt sich ihr in den Weg.

»Sie verlassen das Kommissariat nicht, Madame Lorand. Die Tatsache, dass Sie nicht bereit sind, uns den Verwendungszweck dieser dreitausend Euro zu nennen, erschwert die Situation. Es ist neun Uhr zwanzig. Sie sind von jetzt an in Polizeigewahrsam. Sie können schweigen, einen Anwalt oder einen Angehörigen anrufen …«

»Saubande!«

»Nehmen Sie Ihre Schuhbänder ab, Ihren Gürtel und Ihren Schal«, fährt Fabre fort.

»Dazu haben Sie kein Recht!«

Djamila drängt sich an sie.

»Hier haben wir jedes Recht.«

Gaëlles Lippen zittern, ihre hellblauen Augen versprühen Gift.

»Wenn Benoît erfährt, was ihr mit mir gemacht habt, wird es euch noch leidtun, soviel ist sicher.«

* * *

Nach einem üppigen Mahl steigt Lydia wieder hinab in die Arena. Benoît liegt in seine Decke eingerollt der Wand zugedreht da. Sie macht sich einen Spaß daraus, die Eisenstange über die Metallstäbe gleiten zu lassen. Er schreckt hoch.

»Hallo, Ben. Ich sehe, dass du immer noch lebst, das ist gut!«

Er lehnt sich an die Wand, zieht die Beine an. Nicht ohne Genugtuung stellt sie fest, dass sein rechter Arm völlig gelähmt ist.

»Hast du gut geschlafen?«

»Lydia. Ich habe dir etwas Wichtiges zu sagen.«

»Ach ja? Ich brenne darauf zu erfahren, was das sein könnte!«

»Also. Ich kann dir beweisen, dass ich Aurélia nicht getötet habe.«

Lydia kneift die Lippen zusammen. Ihre Stirn legt sich in Falten. Sie zündet sich eine Zigarette an.

»Die Sache lässt sich schlecht an, Ben. Nimm dich in Acht: Meine gute Laune könnte augenblicklich verfliegen.«

»Hör zu, bitte! Seit Tagen schon zerbreche ich mir den Kopf, was dieses Datum betrifft. Das, an dem Aurélia verschwunden ist. Der 6. Januar 1990.«

»Und weiter?«, drängt sie ungeduldig.

»Ich wusste, dass mir dieses Datum irgendwas sagt,

aber ich konnte mich nicht erinnern, was es war. Und heute Nacht ist es mir dann eingefallen: Ich war während dieser Zeit gar nicht in der Gegend. Ich kann es dir beweisen.«

Lydia nähert sich dem Gitter.

»Du willst mich verschaukeln, stimmt's?«, fragt sie mit drohendem Unterton.

»Nein!«, schwört Lorand. »Ich war in der Woche in Courchevel!«

»Interessant! Und was hast du in den Bergen getrieben, mein lieber Ben? Ein bisschen Skifahren vielleicht?!«

»Ich war etwa zehn Tage dort wegen eines Ferienjobs. Den hatte mir ein Kumpel besorgt.«

»Ein Ferienjob, dass ich nicht lache! Soweit ich weiß, warst du 1990 Student an der Uni von Besançon.«

»Stimmt! Doch nach den Weihnachtsferien habe ich die Vorlesungen geschwänzt, um mir ein bisschen Kohle zu verdienen. Und ich habe die Rechnung der Pension aufbewahrt, in der ich gewohnt habe.«

»Du bist wirklich ein Sammler!«, höhnt Lydia. »Wer bewahrt denn bitte fünfzehn Jahre lang Hotelrechnungen auf?!«

»Das ... das liegt daran, dass mich dieser Ort an jemanden erinnert.«

»An wen?«

»Ein Mädchen ...«

»Das hätte ich mir denken können!! Ich wusste nicht, dass du so sentimental bist.«

»Ich war zwanzig Jahre alt und verliebt in diese Frau. Sie aber nicht in mich.«

»Oh! Der unwiderstehliche Hauptkommissar Lorand hat einen Korb bekommen.«

»Ja, sie hat mir den Laufpass gegeben, wenn du's genau wissen willst! Und ich war sehr unglücklich.«

»Also, Ben. Wann hörst du auf, mich für geisteskrank zu halten?«

Er seufzt.

»Lydia, du musst mir glauben! Du willst doch keinen Unschuldigen opfern, oder? Diese Rechnung ist in der Schreibtischschublade bei mir zu Hause. In einer kleinen Holzdose, zusammen mit anderen Erinnerungsstücken. Ich habe sie unlängst noch gesehen.«

Lydia fixiert ihn jetzt wie eine Löwin, jederzeit bereit, ihre Krallen auszufahren.

»Ist das wieder eine deiner Finten? Was heckst du Mistkerl schon wieder aus?«

»Gar nichts! Ich schwöre dir, dass diese Rechnung existiert und dass sie bei mir zu Hause herumliegt! Du könntest Gaëlle anrufen und sie bitten, sie dir auszuhändigen.«

Lydia bricht in Lachen aus.

»Das wird ja immer besser! Für wie blöd hältst du mich? Glaubst du etwa, ich rufe deine charmante Frau an und verabrede mich mit ihr in einem Teesalon, wo deine netten Kumpel mich schon erwarten?«

»Nein! Du musst sie nur von einer unterdrückten Nummer aus anrufen und ihr auftragen, diese Rechnung an einem Ort zu deponieren, den du bestimmst. Wenn du ihr sagst, dass ich deine Geisel bin, wird sie nichts versuchen, da bin ich mir sicher!«

»Meine Geisel? Du bist nicht meine Geisel, Ben! Du bist mein Gast, ich bitte dich!«

Er schließt die Augen.

»Oder sagen wir, du bist mein Sklave«, murmelt sie.

Unter Aufwendung aller Kräfte erhebt er sich und nähert sich auf gefährliche Weise der verbotenen Grenze.

»Lydia, ich flehe dich an, gib mir eine Chance. Ich hab deine Schwester nicht umgebracht!«

Sie stehen sich jetzt direkt gegenüber, nur wenige Zentimeter trennen sie.

»Deine Lügen gehen mir auf die Nerven, Ben. Du wirst hier langsam verrecken! Bis du mir sagst, wo du Aurélia verscharrt hast.«

Mit einem Mal explodiert Benoît.

»Ich hab deine Schwester nicht kaltgemacht!«, brüllt er. »Wann wachst du endlich auf, verdammt!«

Sie schnellt herum, greift nach dem Elektroschocker, der auf einem Regalbrett liegt. Doch Benoît weicht nicht zurück.

»Nur zu, töte mich, wenn dir danach ist! Doch ich werde dir niemals das liefern können, was du von mir erwartest. Du wirst niemals erfahren, wo deine Schwester ist, wenn du einen Unschuldigen massakrierst! Ich dachte, dir geht es um Gerechtigkeit, Lydia. Ich hab dich für intelligenter gehalten!«

Ein Elektroschock am Kopf lässt ihn verstummen. Er gleitet am Gitter hinab, gelähmt, völlig entkräftet. Sie greift nach seinem linken Handgelenk, kettet ihn an einen Metallstab. Er erwacht aus der Ohnmacht, als sie die Käfigtür öffnet.

»Du willst also spielen, ist es das?«

»Nein. Ich will, dass du mir glaubst. Ich will, dass ...«

Erneuter Elektroschock, diesmal auf die Brust.

»Jedes Mal, wenn du den Mund öffnest, um eine Lüge von dir zu geben, folgt die Strafe auf dem Fuße«, erklärt sie. »Nun, hast du noch was zu sagen?«

»Der Beweis meiner … meiner Unschuld … ist bei mir zu Hause … in meinem Schreibtisch.«

Dritter Elektroschock, er hat nicht einmal mehr die Kraft zu schreien. Braucht lange Minuten, um wieder sprechen zu können. Aber Lydia hat es nicht eilig.

»Alles lässt sich erlernen, Ben, alles. Und ich werde dir beibringen, die Wahrheit zu sagen.«

»Ich … bin unschuldig …«

Wütend verabreicht sie ihm eine vierte Ladung. Dann geht sie in die Hocke, um auf gleicher Höhe mit seinem Gesicht zu sein. Schweißtropfen rinnen die Stäbe hinab, er hängt an seinem gefesselten Handgelenk. Scheint ohnmächtig.

»Hörst du mich, Ben?«

Keine Antwort.

»Du wirst aufhören zu lügen, nicht wahr?«

Sie vernimmt ein Wort, wie ein Röcheln. *Unschuldig.*

»Du bist vielleicht ein Dickschädel, sag mal!«

Fünfter Elektroschock, der ihn endgültig lähmt.

Sie wartet, doch er kommt nicht wieder zu sich. Auf der Gebrauchsanweisung aber stand wortwörtlich:

Waffe zur Selbstverteidigung: nicht tödlich.

* * *

Kommissariat, 18.30 Uhr

Gaëlle hat zweifelsfrei gute Nerven. Fabre und Fashani haben seit dem frühen Morgen ihr gesamtes inquisitorisches Talent aufgeboten. Ohne Ergebnis.

Unmöglich, sie zum Reden zu bringen, aus ihr herauszubekommen, wofür die dreitausend Euro bestimmt waren.

Sie hat nicht einmal versucht zu lügen, hat sich nur darauf konzentriert, das Schweigen zu wahren. Nach einer guten Stunde in der Zelle des Polizeigewahrsams wartet sie erneut im Verhörraum. Doch es sind nicht ihre vorherigen Peiniger, die zur Tür hereinkommen.

Große Überraschung! Es ist Éric Thoraize, der in dem schäbigen Raum erscheint. Sie stürzt sich in seine Arme, klammert sich verzweifelt an ihn. Der Kommissar tröstet sie mit seiner ruhigen Art.

»Holst du mich hier raus?«, jammert Gaëlle.

Er schiebt sie sanft zurück und führt sie zu ihrem Stuhl.

»Gaëlle, Sie verdächtigen dich, jemanden bezahlt zu haben, um Benoît zu beseitigen …«

»Ich weiß! Aber das ist absurd! Du glaubst ihnen doch wohl nicht?!«

»Nein. Ich glaube nicht, dass du so etwas getan haben könntest. Aber in diesem Fall müsstest du einfach erklären, was du mit diesen dreitausend Euro angefangen hast. Und wenn das nachprüfbar ist, wirst du sofort freigelassen.«

Gaëlle verschanzt sich erneut hinter hartnäckigem Schweigen.

»Warum willst du es uns nicht verraten?«, fragt er mit sanfter Stimme.

Sie bedenkt ihn mit einem verächtlichen Blick.

»Haben sie dich hierhergeschickt, damit du die Drecksarbeit erledigst?! Ist es das? Meinst du nicht, du solltest dich lieber auf die Suche nach Ben machen?«

Er senkt den Blick.

»Ich tue nur meine Pflicht«, erklärt er. »Wir müssen wissen, was du mit diesem Geld gemacht hast.«

»Nein. Das ist allein meine Sache.«

»Gaëlle, sei vernünftig, ich bitte dich.«

»Scher dich zum Teufel! Wenn du glaubst, ich hätte Benoît umbringen lassen, dann stehst du nicht auf meiner Seite!«

»Beruhige dich!«, bittet er sie mit etwas festerer Stimme. »Ich kann ihre Argumentation verstehen. Sie kennen dich nicht, und sie wissen, dass ...«

»Dass ich eine betrogene Ehefrau bin?«

Thoraize nickt.

»Und du? Wusstest du es?«, schreit sie fast.

Statt einer Antwort seufzt er nur.

»Wusstest du es? Antworte!«

»Sagen wir, dass ich Benoît gut kenne. Deshalb war mir klar, dass ...«

»Weil er im Kommissariat damit geprahlt hat?«

»Nein. Aber er und ich, wir sind uns sehr nahe. Es kam vor, dass er sich mir anvertraut hat.«

Sie baut sich vor ihm auf.

»Welche Art von Vertraulichkeiten waren das?«, fragt sie mit schriller Stimme. »So in der Art: *Die ist gut im Bett, bei der solltest du es auch mal probieren*. Ist es das, Éric?«

Er starrt auf seine Fußspitzen, dann auf die Tür.

»Und über mich? Was hat er da gesagt?«

»Er hat dich geliebt, Gaëlle, das hat er mir immer wieder beteuert. Wenn ich ihm erklärt habe, dass er Scheiße gebaut hat, hat er jedes Mal geantwortet, dass er dich über alles geliebt hat!«

»Warum sprichst du in der Vergangenheit von ihm? Weil du glaubst, dass ich ihn umgebracht habe?«

»Nein, aber ich verstehe, dass die anderen wegen dieser dreitausend Euro Zweifel haben.«

»Das Geld gehört mir«, wiederholt Gaëlle. »Ich muss mich nicht vor den Untergebenen meines Mannes rechtfertigen. Bringen Sie mich in meine Zelle zurück, Kommissar.«

* * *

Er braucht Zeit, um aus dem Reich der Toten zurückzukehren.

Lydia wird ungeduldig. Also beschließt sie, ein wenig nachzuhelfen. Sie nimmt Wasser in ihre hohlen Hände und besprenkelt damit sein Gesicht. Schließlich beginnen seine Lider, sich langsam zu öffnen. Sie hatte schon angefangen, sich zu langweilen.

»Kuckuck, Ben.«

Nach einer Reihe von Albträumen bricht die nicht minder grauenhafte Wirklichkeit über ihn herein. Er stellt fest, dass sie sich im Käfig befindet und dass sein linker Arm ans Gitter gekettet ist. Natürlich.

»Nun, wie fühlst du dich? Scheinst nicht in Form zu sein, weißt du. Dabei müsstest du doch eigentlich total aufgeladen sein!!«

Sehr lustig. Jetzt versucht sie's auch noch mit Humor.

Er nimmt eine etwas bequemere Haltung ein, lehnt seine verletzte Schulter an die Gitterstäbe. Seine Augen haben nur einen Wunsch: sich wieder zu schließen. Selbst seine schrecklichen Träume zieht er dem Gesicht seiner Peinigerin vor. Durchdrungen von Kälte, beginnt er zu zittern und bemerkt, dass sein Hemd aufgeknöpft ist.

»Ich habe deinen Schlaf ausgenutzt, um den Verband zu erneuern«, erklärt sie.

Er öffnet den Mund, vermag aber nicht zu sprechen. Er konzentriert sich.

»Hast vor allem ... ausgenutzt ... an mir rumzufummeln ...«

Sie bricht in Lachen aus.

»Keine Angst, Ben, ich habe dich nicht vergewaltigt. Im Gegensatz zu dir nutze ich die Menschen nicht aus. Auch keine Kinder.«

Wie kann sie so schnell vom Lachen zum Hass übergehen?

Er kommt auf seinen Einfall zurück.

»Hast du nachgedacht, Lydia?«

»Nachgedacht? Nein. Ich habe dir nur beim Schlafen zugesehen.«

»Ich habe nicht geschlafen, ich war ohnmächtig.«

»Was ändert das? Du bist dabei genauso süß.«

»Ich bin mir sicher, dass du ein Mädchen von außergewöhnlicher Intelligenz bist, Lydia.«

»Mach weiter! Ich liebe es, wenn du mir schmeichelst!«

»Ich meine es ernst. Die großen Kriminellen sind im

Allgemeinen besonders intelligent; das wenigstens hat mich mein Job gelehrt.«

»Du vergisst, dass du hier der einzige Kriminelle bist!«

»Nein, ich bin unschuldig. Und in deinem tiefsten Innern weißt du das auch.«

»Hättest du gern noch ein paar weitere Ladungen Elektroschocks, Ben?«

»Du kannst es halten, wie du willst. Ich sage dir deshalb nichts anderes, Lydia. Die Entscheidung liegt ab jetzt bei dir. Entweder du lässt einen Unschuldigen sterben, oder du kommst zur Vernunft.«

Sie kneift die glühenden Augen zusammen. Er macht sich auf eine weitere Elektroschock-Behandlung gefasst. Aber plötzlich lächelt sie. Er rechnet mit dem Schlimmsten. Sie schließt die Tür zweimal hinter sich ab und steckt den Schlüssel in ihre Tasche. Beugt sich zu ihm herab.

»Übrigens, Ben. Tut mir leid, dir mitteilen zu müssen, dass deine liebenswürdige Gattin in diesem Moment selbst in Polizeigewahrsam ist!«

Benoît wendet sich um, was eine Qual für seinen angeketteten Arm bedeutet. Angstvoll sieht er sie an.

»Deine Bullen-Kumpel haben sie heute Morgen von zu Hause abgeholt. Sie wird verhört. Offenbar besteht der Verdacht, dass sie etwas mit dem mysteriösen Verschwinden von Hauptkommissar Lorand zu tun hat.«

»Du lügst!«, schreit Benoît.

»Nicht im Geringsten! Sie haben es im Radio verkündet. Die Journalisten stürzen sich darauf: die Musterehefrau, die sich ihres Polizisten-Ehemanns entledigt.«

»Du lügst!«, stöhnt Lorand. »Du lügst!«

»Wenn du möchtest, lasse ich dich die nächsten Nachrichten hören. Ich vermute, dein Sohn wird sich jetzt ganz schön allein fühlen! Ich verspreche dir, morgen früh eine Zeitung zu kaufen, damit du den Artikel lesen kannst. Na dann, einen angenehmen Abend, Benoît!«

Zufrieden mit ihrer Leistung, geht sie die Treppe hinauf.

»Lydia! Ich bin unschuldig! Du musst mir glauben! Hör mir zu, bitte!«

Das Licht geht aus, die Tür fällt zu.

Gaëlle. Das konnten sie doch nicht machen!

Und warum? Er kennt sein Team. Wenn sie sie vernommen haben, dann müssen sie irgendwelche Beweise gehabt haben, zumindest Verdachtsmomente.

Nein, unmöglich. Nicht Gaëlle …

Ein weiteres Mal fließen mitten in dieser Wüste ungebeten die Tränen. Es hilft nichts, er muss sich mit dem Gedanken abfinden: Er wird in diesem Loch sterben. Allein und schutzlos. Von allen verlassen. Bestraft für ein Verbrechen, das er nicht begangen hat.

Und wenn es doch stimmt? Wenn es Gaëlle war, die …

Die Verzweiflung schlägt ihre spitzen Reißzähne mitten in sein Herz.

* * *

Donnerstag, 30. Dezember, 9.30 Uhr

Am schlimmsten ist der Durst. Die trockene Kehle; der nicht fest zugedrehte Hahn, der das Wasser ins Waschbecken tropfen lässt, so nah und doch außer Reichweite. Eine raffinierte Folter.

Noch immer steckt die Kugel in seinem Fleisch, warm und geborgen in seiner Schulter quält sie ihn ohne Unterlass. Wenn er hier irgendwie herauskommt, wird er seinen rechten Arm vielleicht nie wieder richtig bewegen können.

Aber du wirst hier nicht rauskommen, Ben. Niemals …

Jérémys Gesicht ruft ihn zur Ordnung.

Kämpfe. Bis zum Ende. Bis zum Tod. Kapituliere niemals.

Solange du noch weißt, wer du bist, gib nicht auf …

Ja, er weiß noch, wer er ist. Wie er heißt. Aber durch welchen endlos langen Tag er sich heute quält, daran erinnert er sich nicht mehr. Was er gefürchtet hat, ist eingetreten. Er hat sein Zeitgefühl verloren.

Mittwoch? Donnerstag? Freitag? Schon das neue Jahr oder …? Unmöglich, es festzustellen. Da kann er sein träges Gehirn noch so sehr martern, die Antwort findet er nicht.

Seine letzten Anhaltspunkte sind zunichtegemacht. Er irrt durch ein finsteres Labyrinth, schlängelt sich zwischen eisigen Stalaktiten hindurch. Jedes Mal, wenn er glaubt, einen Ausweg Richtung Freiheit gefunden zu haben, prallt er gegen eine unsichtbare Glasscheibe.

Durst, Hunger, Kälte, Schmerz, Einsamkeit und Angst.

Er weiß nicht, dass er dieses Grauen bereits seit siebzehn Tagen erleidet.

Vor allem weiß er nicht warum.

Ein Stockwerk höher trinkt Lydia ihren Kaffee. Und schluckt anstelle von Süßstoff einen Angstlöser dazu. Sie hat so gut wie nicht geschlafen.

Weil ihre Gewissheiten bröckeln; wie eine alte Mauer, in die Wasser eingedrungen ist. Wie konnte er behaupten, unschuldig zu sein, sogar unter der schlimmsten Folter? Woher nimmt er den Mut?

Sie kaut an den Fingernägeln, versucht, die nervösen Zuckungen ihrer Beine unter Kontrolle zu halten.

In ihrem Kopf schreit eine Stimme. Eine vertraute Stimme, die ihr Anweisungen erteilt. Seit fünfzehn Jahren.

Gib nicht nach. Finde mich … Hol mich aus dem Nichts heraus.

Sie umfasst Aurélias Medaillon, das um ihren Hals hängt, an derselben Kette wie das ihre. Einen Moment lang betrachtet sie es, kommt dann wieder auf den richtigen Weg.

Darin liegt seine Macht. In seiner Kunst zu lügen, die Leute zu manipulieren. Aber bei mir wird ihm das nicht gelingen. Weil ich es weiß. Weil ich eine Aufgabe habe. Weil eine Hälfte von mir irgendwo unter der Erde liegt.

Und weil sie auf mich wartet.

* * *

Kommissariat von Besançon, 10 Uhr

Die Vernehmung von Gaëlle geht weiter. Fabre kümmert sich darum. Allein. Er zieht es vor, eine weitere Konfrontation der beiden Rivalinnen zu vermeiden. Unruhe im Kommissariat kann er gar nicht gebrauchen.

Doch es läuft nicht gut für ihn. Seit dem Vortag bietet diese so zerbrechlich wirkende Frau ihm die Stirn. Und dann hat ihm auch noch der *Big Boss* heute Morgen ordentlich eins auf den Deckel gegeben. Er hatte sein Büro kaum betreten, da kreuzte Moretti, der gerade von seinen beiden freien Tagen zurück war, bei ihm auf, um ihm mächtig den Kopf zu waschen. Er sei mit Gaëlle auf dem Holzweg, verschwende damit nur Zeit. Paris habe ihm wohl einen gänzlich Unfähigen geschickt, was er dort unverzüglich melden werde. Aber Fabre war standhaft geblieben, hatte sich geweigert, Gaëlle gehen zu lassen, womit er im Übrigen den Anweisungen des Staatsanwalts gefolgt war. Moretti ist hier nicht wirklich sein Vorgesetzter. Vielleicht ärgert ihn genau das so sehr!

Wie auch immer, diese Ermittlungen fangen an, ihm gewaltig auf die Nerven zu gehen.

»Nun, Madame Lorand, hat Ihnen die Nacht in der Zelle beim Nachdenken geholfen?«

Auf ihrem zarten Porzellangesicht sind die Spuren der Nacht in der unwürdigen Zelle deutlich zu erkennen. Die Ringe unter den Augen und der bleiche Teint zeugen von kompletter Übermüdung. Dennoch schweigt sie, leistet weiterhin Widerstand.

»Ich habe eine schlechte Nachricht für Sie«, fährt der Hauptkommissar fort. »Der Staatsanwalt hat die Verlängerung des Polizeigewahrsams genehmigt. Wir können Sie also bis morgen früh hierbehalten.«

»Scheißkerl!«

»Bitte bleiben Sie höflich. Und sagen Sie mir, was ich wissen möchte.«

»Ich habe mit dem Verschwinden von Benoît nichts zu tun. Das ist alles, was ich Ihnen sagen kann!«

Er versenkt die Hände in den Taschen seiner Cordhose.

»Warum haben Sie dreitausend Euro von Ihrem Sparbuch abgehoben, Madame?«

»Das ist meine Kohle, damit kann ich machen, was ich will.«

»Absolut richtig. Sagen Sie mir nur, wo das Geld geblieben ist, und sobald ich das überprüft habe, lasse ich Sie gehen.«

Sie hüllt sich wieder in Schweigen. Fabre seufzt, nimmt ihr gegenüber Platz.

»Was glauben Sie denn? Dass Sie weiter den Mund halten und man Sie morgen gehen lassen wird? So funktioniert das nicht, Madame Lorand! Wenn Sie sich darauf versteifen, zu diesem Punkt zu schweigen, liefern Sie dem Staatsanwalt einen guten Grund, ein Ermittlungsverfahren gegen Sie einzuleiten. Wenn Sie in den nächsten vierundzwanzig Stunden keine Erklärung abgegeben haben, werden Sie einem Haftrichter vorgeführt. Und dann fängt der Ärger erst richtig an, glauben Sie mir!«

»Scheren Sie sich zum Teufel!«

»Haben Sie jemanden bezahlt, um sich Ihres Mannes zu entledigen?«

»Glauben Sie wirklich, dass man mit dreitausend Euro einen Killer anheuern kann?«, bemerkt Gaëlle ironisch. »Gibt es da zurzeit Schnäppchenpreise, oder wie?«

»Sagen wir so, man könnte dreitausend Euro vor der Erledigung anbieten und dreitausend danach. Ja, sechstausend Euro können reichen, um einen Auftragsmörder zu bezahlen.«

»Ich habe Benoît nicht umgebracht! Und ich habe auch niemanden angeheuert, um das für mich zu erledigen! Ben ist übrigens nicht tot. Wenn das so wäre, wüsste ich es. Er lebt, da bin ich sicher!«

* * *

Sie hält ihm die Zeitung unter die Nase.

VERMISSTER HAUPTKOMMISSAR LORAND:
EHEFRAU UNTER VERDACHT
IN DER POLIZEIDIENSTSTELLE VON BESANÇON

»Wie du siehst, habe ich nicht gelogen, Ben.«

»Das ist alles nur deine Schuld!«, stößt er hervor.

»Aber nein! Es ist *deine* Schuld, Benoît! Lass uns nicht die Rollen vertauschen. Außerdem haben die Bullen ja vielleicht recht. Vielleicht war es wirklich deine Frau, die mir die Briefe geschrieben hat!«

»Nein, das war sie nicht!«

»Das würde dir wehtun, stimmt's? Zu wissen, dass deine eigene Frau dich verraten hat. Dass deine liebevolle Gaëlle dich verpfiffen hat!«

»Sie kann mich nicht verpfeifen, weil ich unschuldig bin!«

»Dieses Wort wirst du bald vergessen, dafür werde ich sorgen«, warnt ihn Lydia. »Du wirst nicht mehr die Unverfrorenheit haben, es auszusprechen.«

Sie streicht ihm über die Wange, er wendet den Kopf etwas zu rasch ab, was ihm einen heftigen Schmerz in der Schulter beschert.

»Du zitterst ja, Ben. Sicher ist dir kalt. Oder du hast Schiss!«

Er macht sich nicht die Mühe, zu antworten, starrt weiter auf den schmutzigen Boden.

»Sicher hast du auch Durst. Und Hunger. Von den Schmerzen ganz zu schweigen. Ich möchte nicht in deiner Haut stecken!«

Er heftet den Blick erneut auf sie. Bemerkt, dass sie ein leichtes Veilchen hat. Sicher von dem Kopfstoß, den er ihr versetzt hat, bevor er zu fliehen versuchte. Gern würde er ihr ein zweites verpassen. Nur so zum Spaß. Der Gedanke an die Vergeltungsmaßnahmen, die darauf folgen würden, lässt seine Begeisterung jedoch sofort wieder erkalten. Obwohl … Sie muss die Schlüssel bei sich haben. Die für den Käfig und für die Handschellen. Wenn es ihm gelänge, sie niederzuschlagen, könnte er sich vielleicht befreien und sie stattdessen einsperren. Ein paar Sekunden lang stellt er sich vor, sie wäre ihm ausgeliefert. Bei dieser Vorstellung läuft ihm ein vergnüglicher Schauer über den Rücken.

Er versucht, seinen rechten Arm zu bewegen, doch die Strafe folgt sofort. Der Schmerz nimmt ihm den Atem und befördert ihn brutal in die erbärmliche Realität zurück.

»Wenn du gestehst, kann dieses Leiden ein Ende haben«, erinnert ihn Lydia. »Du hast mir bereits erklärt, wie du sie getötet hast, welches Grauen du sie hast erdulden lassen … Wenn du mir jetzt noch verrätst, wo genau ich sie finde, verspreche ich dir, dich kaltzumachen. Vergiss nicht, Ben: ein langsamer oder ein schneller Tod. Das sind deine einzigen beiden Alternativen.«

»Ich habe nur gestanden, weil ich Angst um meine Familie hatte! Weil ich schwach geworden bin! Aber ich habe gelogen, Lydia! Gelogen!«

»Jetzt gerade lügst du.«

»Nein! Du hast die Möglichkeit, es zu überprüfen! Du musst nur den Beweis holen! Gaëlle ist im Kommissariat, du kannst gefahrlos in mein Haus gehen!«

»Du nervst, Ben«, seufzt sie. »Ich habe keine Lust, deine Lügengeschichten anzuhören. Ja, du langweilst mich. Und ich hasse es, mich zu langweilen ...«

Sie stellt sich vor ihn, geht in die Hocke.

»Also werde ich mich beschäftigen. Und zwar mit dir.«

Sie zeigt ihr garstigstes Lächeln.

Er versucht, sich zu konzentrieren, und setzt alles auf eine Karte. Schlägt ihr mit der rechten Faust ins Gesicht. Sie verliert das Gleichgewicht, taumelt mit einem Aufschrei rückwärts, bekommt einen heftigen Fußtritt gegen den Kopf.

Benoît traut seinen Augen nicht, ist einige Sekunden verblüfft: Die Löwin liegt am Boden. Rührt sich nicht. Er kniet sich hin, beißt die Zähne zusammen und streckt den Arm aus. Es fühlt sich an, als würde er sich die Schulter ausreißen. Seine Hand zittert wie Espenlaub. Aber Lydia ist zu weit weg von ihm.

»Scheiße!«

Er setzt sich wieder, versucht, den leblosen Körper mit den Beinen heranzuziehen. Schwierige Aufgabe. Schließlich gelingt es ihm unter Aufbietung seiner letzten Kräfte, sie nahe genug heranzuziehen, um sie durchsuchen zu können. Die Schmerzen, die ihm seine Verletzung dabei bereitet, sind unerträglich. Aber er gibt nicht auf. Trotzdem sind seine Mühen vergebens. Die Taschen seiner Kerkermeisterin sind leer.

»Das darf nicht wahr sein, verdammt!«, flucht er.

Lydia, die ihm den Rücken zuwendet, öffnet ein Auge. Ihr Kopf gleicht einem Heißluftballon. Dennoch richtet sie sich auf und versucht, weiter wegzurücken. Benoît drückt sie auf den Boden, sie wehrt sich. Beißt ihm in die Hand. Er schreit auf und lässt sie schließlich los.

Sie kriecht auf dem Boden rückwärts, bis sie außerhalb seiner Reichweite ist. Im Sitzen, das Gesicht in den Händen vergraben, stöhnt sie laut. Vorsichtig steht sie auf, hält sich am Waschbecken fest. Benetzt sich das Gesicht.

Benoît beobachtet sie. Bei seiner Aktion ist nicht nur seine Wunde wieder aufgerissen, die ihm Höllenqualen bereitet, sondern er hat auch noch den Vulkan neu entfacht. Und das alles für nichts und wieder nichts.

Doch wenigstens hat es ihn ein wenig erleichtert. Magerer Trost.

»Du Dreckskerl! Das wirst du mir büßen!«

Er sagt nichts, erwartet mit erstaunlichem Gleichmut die Fortsetzung. Er musste so handeln. Hat nur kein Glück gehabt.

»Dachtest du, ich hätte den Schlüssel bei mir, du Volltrottel?!«

»Man weiß ja nie. Außerdem lässt du mir keine andere Wahl!«

Sie blutet aus der Nase, aus dem Mund; er hat ordentlich zugeschlagen. Er stellt fest, dass sie die erste Frau ist, die er geschlagen hat. Aber angesichts der Umstände haben bestimmte Regeln keine Gültigkeit mehr. Im Übrigen hätte er noch kräftiger zuschlagen sollen.

Aber nun ist sie an der Reihe. Er wird eine Menge einstecken müssen, darauf bereitet er sich innerlich vor.

Sie verlässt den Käfig. Er dreht sich zum Gitter hin, lässt sie nicht aus den Augen. Die Anspannung steigt.

Welche Waffe wird sie wählen?

* * *

Es gibt Tage, die sind länger als andere. Stunden, die sich ewig hinziehen. Lydia sitzt wenige Meter von dem entfernt, was von ihrem Opfer noch übrig ist. Sie kann den Blick nicht von diesem Mann wenden; von dem Gemetzel, das sie angerichtet hat.

Sie berührt das empfindliche Hämatom auf ihrem Gesicht. Aber das ist nichts, verglichen mit dem, was sie vor sich sieht.

Dieses Mal hat sie Grenzen überschritten. Sie wusste nicht, dass sie zu solcher Grausamkeit fähig ist.

Aber das war gar nicht ich, die diese Gräuel vollbracht hat. Nein, das war Aurélia. Aurélia, die sich gerächt hat und dazu meinen Körper, meine Kraft, meine Hand benutzt hat. Mein Leben.

Er hat trotzdem nicht nachgegeben. Das letzte Wort, das er zwischen zwei Folterqualen hervorgestoßen hat, war … *unschuldig*.

Da beginnt Lydia zu zweifeln. Wieder. Stumm wiegt sie sich vor und zurück. Wie ein gestörtes Pendel.

Gestört, ja. Genau das ist sie.

Sie steht auf, nähert sich ihm. Zögert. Dann spricht

sie leise zu ihm, als habe sie Angst, ihn zu wecken. Aber es besteht keine Gefahr, ihn zu wecken.

Weil er nicht schläft.

»Ben, sag mir die Wahrheit, bitte. Sag mir, wo sie ist.«

Natürlich erwartet sie keine Antwort.

Wie sollte er jetzt noch antworten können?

* * *

Es ist Mitternacht, als Lydia die Tür des Einfamilienhauses aufstößt. Mit einer Taschenlampe ausgerüstet, dringt sie gewaltsam in die Privatsphäre der Lorands ein.

Das Haus ist, wie sie vermutet hat, verlassen. Sie macht einen Rundgang, bleibt vor einem Foto des Ehepaars und ihres Sohnes kurz stehen. Benoît, lächelnd, strahlend. Zweifellos glücklich.

Anschließend geht sie in sein Arbeitszimmer, öffnet die besagte Schublade, entdeckt die kleine Holzschachtel. Bisher hat er nicht gelogen. Trotzdem hofft sie noch. Sie breitet die persönlichen Erinnerungsstücke auf der Schreibplatte des Sekretärs aus, die mit weinrotem Leder überzogen ist. Plötzlich bleibt ihr Blick an der besagten Hotelrechnung haften. Alles steht da, auf diesem einfachen alten Stück Papier. Sein Name, die Daten, der Betrag. Benoît Lorand hat sich dort vom 2. bis 12. Januar 1990 aufgehalten. Hunderte Kilometer von Osselle entfernt.

Meilenweit weg von Aurélia.

Sie vergräbt das Gesicht zwischen ihren eiskalten Händen und treibt auf einem tosenden Tränenstrom dahin, der sie bis ans Ende der Nacht trägt.

KAPITEL 18

Freitag, 31. Dezember, 8.30 Uhr

Éric Thoraize unternimmt einen letzten Versuch. Wenn jemand die Tatverdächtige zum Reden bringen kann, dann er. Fabre, dem das auch klar ist, hat ihm diese Aufgabe übertragen.

»Gaëlle, in einer Stunde endet dein Polizeigewahrsam. Wir sind dann verpflichtet, dich der Staatsanwaltschaft zu übergeben. Erklär mir, was du mit dem Geld gemacht hast, bitte …«

Die junge Frau ist erschöpft. Man muss kein Hellseher sein, um das zu erraten. Es reicht, sie anzuschauen.

»Wenn … wenn ich rede, bleibt das dann unter uns?«, fragt sie plötzlich.

Der Kommissar ist überrascht. Überrascht, dass es ihm gelungen ist, sie zu überzeugen. Oder fast.

Sie ist bereit nachzugeben, es bedarf nur noch einer kleinen Anstrengung.

»Nein, es kann nicht unter uns bleiben. Aber ich verspreche dir, alles Menschenmögliche zu tun, damit es sich nicht herumspricht.«

»Ich kann nicht …«

»Gaëlle, verdammt! Sag mir die Wahrheit! Denk doch ein bisschen an deinen Sohn! Willst du im Knast enden?«

Plötzlich bricht sie in Tränen aus, er nimmt sie in den Arm.

»Beruhige dich, bitte! Erzähl mir alles.«

Er geduldet sich einen Augenblick, bis sie ihre Wangen getrocknet hat.

»Ich … Ich habe dieses Geld einem Mann gegeben.«

»Wem?«

»Ich weiß seinen Namen nicht.«

Éric zieht es vor, sich zu setzen. Man weiß ja nie … Die so dringend erwartete Beichte könnte ihn aus dem Gleichgewicht bringen.

»Wofür hast du ihn bezahlt?«

»Dafür dass er den Mund hält.«

Der Ermittler zieht die Brauen hoch.

»Wie, *dass er den Mund hält*?«

»Ich habe die Kohle einem Erpresser gegeben. Einem Typen, der einige Dinge über mich weiß und für sein Schweigen Geld von mir verlangt hat.«

»Das musst du mir erklären.«

»Ich wollte mich an Ben rächen, für alles, was er mir seit Jahren angetan hat. Für alle diese Frauen, mit denen er mich betrogen hat!«

»Sprich weiter«, drängt Éric.

»Also habe ich … ich habe ihn auch betrogen.«

»Du hast einen Liebhaber, ist es das?! Aber warum hast du mir das nicht früher gesagt! Das ist doch kein Verbrechen!«

»Nein, ganz so ist das nicht …«

»Wie dann?«

Sie bringt das Weitere nicht über die Lippen.

»Nun rede endlich, Gaëlle!«

»Ich ... ich habe mir gesagt, dass ich ihn meinerseits hintergehen werde, um mich zu rächen, weißt du.«

»Ja, das habe ich schon verstanden! Und weiter?«

»Ich habe eine Anzeige ins Netz gestellt, um Typen zu finden ...«

»*Typen*, mehr als einen?!«, wiederholt der Kommissar.

»Ja. Ich habe mehrere getroffen. Drei oder vier. Fremde, die ich nur einmal gesehen habe. Das war die Regel. Und dann, eines Tages, habe ich ... also, das ist etwas kompliziert, aber ...«

Er merkt, dass es sich um eine heikle Sache handeln muss, wenn sie, die gewöhnlich so redegewandt ist, jetzt krampfhaft nach Worten sucht. Er versucht, sie zu ermutigen.

»Du musst keine Angst haben, Gaëlle. Mir kannst du alles sagen ...«

»Einer von den Typen, mit denen ich mich verabredet hatte, wollte mich um jeden Preis wiedersehen. Aber ich wollte nicht. Weil er mir nicht so besonders gefallen hat ...«

»Und dann?«, fragt der Polizist ungeduldig.

»Dann ... Er hat mir Geld angeboten. Und ich habe es angenommen.«

Jetzt fällt Thoraize tatsächlich fast vom Stuhl.

»Wie bitte?«

»Du hast ganz richtig gehört«, murmelt Gaëlle.

»Du erklärst mir gerade, dass du dich prostituiert hast?«

»Ja. Mit ihm zuerst. Dann auch mit anderen.«

Er erhebt sich, atmet tief durch. Bleibt einen Moment am vergitterten Fenster stehen. Wenn er bedenkt, dass

Fabre und Djamila hinter der Rauchglasscheibe das Gespräch mit anhören! Er kommt zu ihr zurück, hockt sich auf die Tischkante.

»Ich verstehe das nicht, Gaëlle«, gesteht er. »Du … hast du das Geld denn gebraucht?«

Sie zuckt die Achseln.

»Ja, auch. Aber das war nicht der eigentliche Grund. Damit wollte ich ihn demütigen. Noch mehr.«

»*Ihn demütigen?!* Aber damit hast du dich doch selbst gedemütigt, Gaëlle!«, erwidert er beinahe wütend.

Sie schüttelt den Kopf.

»Nein. Ich habe beschlossen, so zu handeln wie er und mich noch dazu dafür bezahlen zu lassen. Das war sogar noch besser …«

Éric versucht, wieder klar zu denken. Er hat mit vielem gerechnet, aber damit …

»Wie lange geht das schon so?«

»Ich habe aufgehört. Aber es hat ungefähr sechs Monate gedauert. Éric, ich … ich weiß auch nicht genau, wie es so weit hat kommen können. Ich habe es nicht geschafft, Benoît zu verlassen, aber irgendwann hatte ich das Bedürfnis, ihn für alles büßen zu lassen.«

»Warum hast du dir nicht einfach einen Geliebten genommen?! Du bist wirklich verrückt!«

»Ich kann es dir nicht erklären. Es ist einfach so passiert. Ich habe mir gesagt, dass ich die Kohle gut gebrauchen könnte, dass ich das Geld einfach so ausgeben könnte, wie es mir passt …«

»Und warum hast du dir keinen Job gesucht, wenn es wegen der Kohle war, mein Gott?«

»Hab ich doch!«, antwortet sie lapidar.

»Das nennst du einen Job!«

»Es war wie ein Spiel …«

»Ein *Spiel*?! Eine Nutte zu sein, nennst du ein *Spiel*?!«

Das derbe, obszöne Wort verletzt sie. Er lässt nicht locker.

»Frag einmal all diese Mädchen, die man auf der Straße aufliest, ob sie das für ein *Spiel* halten!«

»Ich konnte es mir erlauben, mir meine Kunden auszusuchen. Also ja, es war ein Spiel. Ein gefährliches Spiel, das mir gefiel … Und das zudem recht einträglich war.«

Er starrt sie entgeistert an. Fährt trotzdem fort.

»Und Benoît hat nichts bemerkt?«

Gaëlle lächelt ihn sarkastisch und traurig zugleich an.

»Benoît ist viel zu sehr mit seiner Arbeit beschäftigt und mit seinen Eroberungen! Nein, er hat nichts bemerkt. Ich hatte ein Sparbuch, das ich schon lange nicht mehr benutzte, weil nichts mehr drauf war. Dort habe ich einen Teil des Geldes eingezahlt, den Rest habe ich ausgegeben.«

Thoraize ist wie vor den Kopf geschlagen. Nun wäre es ihm fast lieber, sie würde schweigen.

»Das war natürlich nicht ungefährlich … Und gerade das fand ich äußerst prickelnd. Wenn es je herauskäme, wäre es für Ben äußerst peinlich. Dieses Risiko verlieh meinem Leben Würze. Meinem traurigen Leben!«

»Verstehe! Ein Polizist, dessen Frau auf den Strich geht …«

»Ja. Weißt du, ich hatte keine Lust auf einen Geliebten, der … der mir Blumen schenkt und jeden Nachmittag zwischen fünf und sieben Uhr nach der Arbeit vorbeikommt. Ich wollte etwas anderes.«

Éric beschließt, das Thema zu wechseln. Diese Geständnisse sind ihm zu unangenehm. Aber er weiß nicht mehr so genau, wem an dieser schmutzigen Geschichte die Schuld zu geben ist. Seinem besten Kumpel, sicherlich. Der durch sein mieses Verhalten seine Frau dazu getrieben hat, ganz unten zu landen.

»Erzähl mir etwas über den Erpresser.«

»Zuerst habe ich eine E-Mail bekommen. Anonym natürlich. Von einem Typen, der sagte, er sei auf dem Laufenden, er werde Ben alles verraten …«

»Das wolltest du doch, oder?! Dass er es erfährt und öffentlich gedemütigt wird! Warum hast du es also nicht zugelassen?«

»Ich hatte plötzlich furchtbare Angst. Angst, ihn zu verlieren. Dass er mir nicht verzeiht und mich verlassen würde. Denn weißt du, ich liebe Benoît. Ich liebe ihn wahrscheinlich zu sehr …«

»Der Typ wollte also Geld, richtig?«

»Ja. Für sein Schweigen verlangte er dreitausend Euro und … und ein Treffen mit mir.«

»Das wird ja immer besser! Wie ging die Geldübergabe vonstatten?«

»Er ist zu mir nach Hause gekommen, am 10. Dezember, nachmittags. Während Ben in Dijon auf der Fortbildung war.«

»Er … Wie hat er sich benommen? War er irgendwie brutal zu dir?«

»Nein. Na ja, ein bisschen.«

»*Ein bisschen*? Was soll das heißen?«

»Darüber will ich nicht sprechen.«

»Das musst du aber!«

»Nein. Ich hab keine Lust, das zu erzählen.«

Der Kommissar seufzt. Geht zu etwas anderem über, um die bedrückendste Vernehmung seiner Karriere zu Ende zu bringen.

»Wie ist sein Name?«

»Keine Ahnung.«

»Verkauf mich nicht für dumm!«, schreit er.

Gaëlle zuckt zusammen.

»Ich bin sicher, dass du dieses Arschloch kanntest! Wie hätte er sonst über alles auf dem Laufenden sein können?«

»Aber das weiß ich doch nicht!«

»Du lügst!«

Sie bleibt stumm. Verschließt sich wie eine Auster. Daraufhin packt Éric sie bei den Schultern und schüttelt sie etwas grob.

»Wer ist es?!«

»Das kann ich nicht sagen!«, jammert sie.

»O doch, du wirst es sagen!«, droht der Lieutenant. »Und ich werde diesen Dreckskerl finden! Glaub mir, er wird bedauern, geboren zu sein!!«

»Wenn ich es sage, werden alle wissen, was ich getan habe, und ...«

Sie fängt wieder an zu weinen, aber Éric gibt nicht nach.

»Ich warne dich, Gaëlle, ich lasse nicht locker! Sag mir den Namen von diesem Arschloch! Und zwar schnell!«

Zwischen zwei Schluchzern nennt Gaëlle schließlich mit fast unhörbarer Stimme einen Namen.

Dieses Mal hat Thoraize das Gefühl, den Boden unter den Füßen zu verlieren, hält sich am Tisch fest. Er wirft einen verunsicherten Blick zu dem Einwegspiegel, als wolle er seinen Teamkollegen bedeuten, dass er diese Festnahme nicht vornehmen wird.

Sein Dienstgrad ist sicher nicht hoch genug, um dem *Big Boss* dieses Ladens die Handschellen anzulegen.

* * *

Vorsichtig geht Lydia die Stufen hinunter. Unten an der Treppe bleibt sie stehen, betrachtet die Gestalt, die jenseits des Gitters auf dem Boden liegt. Dann nähert sie sich geräuschlos.

»Ben. Hörst du mich?«

Er hört sie, ja. Mitten in diesem Chaos, das in seinem Kopf, in seinem Körper herrscht, trifft ihn diese inzwischen vertraute Stimme, deren Nuancen er genau kennt, mitten ins Herz. Aber er spielt weiter den Toten. Nunmehr seine einzige Verteidigung. Er liegt auf seiner linken Seite, das Gesicht zur Wand. Um diese Gitterstäbe nicht mehr zu sehen, diesen Keller, diesen Sarg.

»Ben, antworte mir …«

Nein, er wird nicht antworten. Wird kein Risiko eingehen.

Er wünscht sich nur eines: zu krepieren, damit er das Gesicht nicht mehr sehen und die Stimme nicht mehr hören muss. Er durchlebt die letzten Stunden wie in einer Endlosschleife. Eine teuflische Wiederholung. All die Schläge, die er eingesteckt hat, all dieser Hass, diese Besessenheit. Schläge mit der Eisenstange, dem Fuß, der Faust … Die Finger der rechten Hand gebrochen sowie das linke Bein. Dieses Grauen kann er nur vergessen, wenn er endgültig aufgibt. Keine andere Wahl mehr.

»Benoît, ich bin endlich zu dir nach Hause gegangen. Ich ... ich habe die Hotelrechnung gefunden, weißt du.«

Er öffnet die Lider.

»Benoît, ich bitte dich, schau mich an.«

In Zeitlupe dreht er sich auf den Rücken. Mithilfe seiner noch gesunden und immer noch angeketteten Hand richtet er sich etwas auf, um sich an das eiskalte Gitter zu lehnen. Dann wendet er ihr sein kaum wiederzuerkennendes Gesicht zu.

Mit Entsetzen betrachtet sie ihr Werk.

»Hast du es jetzt verstanden?«, fragt er mit vor Schmerzen brüchiger Stimme.

»Nein, ich verstehe es nicht«, gesteht sie. »Ich verstehe nicht, was passiert ist.«

»Lydia, jemand hat dich manipuliert. Jemand, der wollte, dass ... ich sterbe. Das ist doch ganz einfach. Wenn du mir nur zugehört hättest ...«

Die junge Frau setzt sich auf den Boden.

»Warum? Warum hat uns das jemand angetan?«

Sie fängt wieder an zu weinen. An ihren Augen sieht er, dass sie schon viele Tränen vergossen haben muss.

Sein Herz erwärmt sich. Endlich – er wird dieses Fegefeuer überleben. Wenn sie einwilligt zu handeln. »Lydia, ruf einen Krankenwagen, bitte! Und mach mich von diesem verdammten Gitter los!«

Sie schüttelt den Kopf.

»Wenn ich dich befreie, komme ich ins Gefängnis!«

»Lydia, ich bitte dich. Lass mich nicht sterben!«

Sie schluchzt hinter ihrem Schutzwall, verbirgt ihr Gesicht vor Scham in den Händen.

»Ich will nicht in einer Irrenanstalt eingesperrt werden!«

»Ich helfe dir«, versichert Benoît. »Ich belaste dich nicht vor Gericht. Ich werde erklären, dass du mich für schuldig gehalten hast, dass du manipuliert worden bist … Wenn du mich hier rausholst, tue ich alles, was mir möglich ist, das verspreche ich dir …«

Sie erhebt sich wieder, wischt mit dem Pulloverärmel ihre Tränen ab.

»Möchtest du etwas Warmes, Ben? Einen Kaffee oder einen Tee?«

Einen Kaffee? Einen Tee? Warum keine Zeitschrift zur Zerstreuung!

»Ich will einen Krankenwagen, Lydia.«

»Ich hole dir etwas, rühr dich nicht!«

Sie verschwindet auf der Treppe, er schließt die Augen.

Sich rühren? Wie denn? Mit nur einem Bein, nur einem Arm, nur einer Hand. Die Rechnung geht nicht auf. Der Blutverlust, der Hunger, der Durst. Die Erschöpfung. Die Bilanz fällt äußerst schlecht aus.

Nein, er wird sich nicht rühren. Plötzlich sinkt seine Hoffnung. Für ein paar Sekunden war sie auf einem Höhenflug gewesen.

Selbst wenn seine Peinigerin weiß, dass er unschuldig ist, wird sie diese Tür nicht öffnen. Sie wird ihn für sich behalten. Bis zum Ende.

Weil sie den Verstand verloren hat. Schon lange.

* * *

Im Kommissariat geht es drunter und drüber. Moretti ist soeben weggefahren worden, Richtung Justizpalast, in Handschellen.

Ein Erdbeben der Stärke 9 auf der Richterskala hat das ehrenwerte Gebäude mitsamt seinen Insassen ins Wanken gebracht. Eine Erschütterung, die beinahe vergessen lässt, dass Hauptkommissar Lorand verschwunden ist.

Thoraize trifft auf Fabre und Djamila, die in dem kleinen Kabuff des Parisers erregt diskutieren.

»Kommen Sie herein«, lädt ihn Fabre ein.

Der junge Kommissar schließt die Tür hinter sich und setzt sich auf einen Stuhl neben Djamila Fashani.

»Ich wollte Sie beglückwünschen«, sagt Fabre. »Sie haben die Vernehmung vorbildlich durchgeführt.«

Thoraize zuckt die Achseln.

»Danke, aber … Ich weiß nicht, ob das wirklich eine gute Sache ist.«

»Eines Tages musste die Wahrheit ja ans Licht kommen«, antwortet der Hauptkommissar.

»Was hat Moretti gesagt?«

Fabre hatte das Verhör des Chefs übernommen. Momentan ist noch nichts davon nach außen gedrungen; der Tratsch auf den Korridoren ist daher munter im Gange und wird sicher bei vielen am Silvesterabend für Gesprächsstoff sorgen.

»Er hat schnell gestanden«, erzählt Fabre. »Alles hat vor etwa drei Monaten angefangen. Er hat auf die Annonce von Gaëlle geantwortet, natürlich ohne zu wissen, wer sie war. Aber als er am Treffpunkt ankam, hat er gesehen, dass es die Frau von Lorand war, und ist umgekehrt, ohne sich zu zeigen. Von dem Moment an wusste er es natürlich. Kürzlich hatte er dann große finanzielle Probleme. Eine Spielschuld, wenn ich es richtig verstanden habe ...«

»Ja, Ben hat mir einmal erzählt, dass der Boss ganz versessen aufs Pokern ist«, wirft Thoraize ein. »Er hatte das durch Zufall entdeckt, als er einen Typen festgenommen hat, der bei mehreren der illegalen Partien dabei war.«

»Also, da Moretti knapp bei Kasse war, hatte er die glänzende Idee, Gaëlle zu erpressen. Und dabei gleich die Gelegenheit zu nutzen, sie zu zwingen, mit ihm zu schlafen! Wie mir Madame Lorand sagte, hatte er sie vorgewarnt, dass dies nur die erste Zahlung sei ... Er rechnete wohl damit, dass sie mehrmals Geld rausrücken würde! Wodurch sie gezwungen gewesen wäre, sich weiterhin zu prostituieren, um ihn bezahlen zu können ...«

»So ein Dreckskerl!«, schimpft Djamila. »Wenn ich bedenke, dass dieser Typ unser Chef war! Den wir respektiert haben und dem wir quasi blind gefolgt sind!«

»Ja, es ist nicht zu fassen«, fügt Thoraize an.

»Nun, ich darf Sie daran erinnern, dass wir Hauptkommissar Lorand noch immer nicht gefunden haben!«, sagt Fabre.

»Und ... Und Moretti?«, meint Fashani plötzlich. »Vielleicht war er es ja, der Lorand loswerden wollte!«

»Ja!«, ruft Thoraize aus. »Vielleicht fürchtete er, dass Ben ihm auf die Schliche kommen würde! Denn wenn er das erfahren hätte, hätte unser *lieber* Chef ein übles Viertelstündchen erlebt!«

»Nein, das glaube ich nicht«, erwidert Fabre. »Ich habe ihn dazu befragt. Gaëlle hätte ihn niemals denunziert, wenn ihr Mann nicht verschwunden wäre; er hatte also nichts zu befürchten. Nein, wir müssen alles noch einmal von vorne aufrollen. Ich muss Ihnen gestehen, dass ich allmählich daran zweifle, dass diese Ermittlungen zu einem guten Ende führen werden …«

»Ich muss Gaëlle nach Hause begleiten«, verkündet Éric und steht auf.

»Ich kümmere mich darum«, bietet Fabre an. »Gehen Sie nach Hause, Kommissar.«

»Und Sie? Bleiben Sie in Besançon oder …«

»Ich kann nicht. Ich muss nach Paris. Ich werde Dienstagmorgen wieder da sein.«

* * *

Lydia betritt den Käfig. Sie zögert, sich ihrem Gefangenen zu nähern, obwohl der noch immer mit den Handschellen an das Gitter gefesselt ist.

»Ich habe dir einen Kaffee mitgebracht, Ben. Und Medikamente, um deine Schmerzen zu lindern.«

Da er sich nicht rührt, stellt sie das kleine Tablett neben ihn und setzt sich ebenfalls mit dem Rücken an das Gitter, aber in einem gewissen Abstand. Sie zieht die Knie an, Benoît öffnet die Augen.

»Lydia …«

»Trink, solange er heiß ist. Vergiss die Tabletten nicht.«

»Hast du den Rettungsdienst gerufen?«

Mit einer Kopfbewegung gesteht sie, dass sie es nicht getan hat. Benoîts Augenlider fallen schwer wieder zu.

»Warum, Lydia?«

»Trink deinen Kaffee, bevor du erfrierst!«

Er versucht, die Tasse zu ergreifen. Aber sein rechter Arm verweigert nunmehr vollständig den Dienst.

»Ich kann nicht. Du musst mich losmachen.«

»Warte, ich helfe dir.«

Sie kniet sich neben ihn, hilft ihm zu trinken und zwei Tabletten zu schlucken.

Diese heiße Flüssigkeit, die sich langsam in seinem Körper ausbreitet, tut ihm tatsächlich gut.

»Danke«, murmelt er.

Sie wagt es, neben ihm zu bleiben.

»Heute Abend bringe ich dir etwas zu essen«, sagt sie lächelnd. »Was hättest du gern?«

»Lydia, ich werde das hier nicht mehr lange überleben, weißt du ...«

»Doch, ich werde mich um dich kümmern, werde dich pflegen. Du wirst sehen, es wird gehen.«

»Nein, Lydia. Es wird nicht gehen. Ich werde krepieren. Ich bin schon dabei ...«

Sie kauert sich am Gitter zusammen, weigert sich, das Offensichtliche zu hören. Plötzlich fällt ihr ein, dass sie vergessen hat, Doktor Waldeck zu verständigen, dass sie ihren Termin versäumt hat. Sie wird sich bestimmt Sorgen machen. Aber das ist nicht schlimm, nicht jetzt.

Benoît versucht nachzudenken. Nachzudenken, wie er den Willen der Frau, die noch immer und für immer seine Feindin ist, in eine andere Richtung lenken kann.

Lydia nimmt die Schüssel, füllt sie mit heißem Wasser. Beginnt anschließend vorsichtig, seine Wunden zu säubern. Sie entfernt das geronnene Blut von seinem Gesicht, seinem Oberkörper, seinen Händen. Vermeidet es, seinem Blick zu begegnen. Sie wechselt den Verband der klaffenden Wunde. Benoît bleibt regungslos, unfähig zum geringsten Widerstand. Im Übrigen würde das auch nichts nützen. Er muss sie zu einer Entscheidung bewegen. Eine Lücke in ihrem Wahnsinn finden.

»Lydia?«

»Ja?«

»Du weißt jetzt, dass ich unschuldig bin, nicht wahr? Du weißt, dass ich Aurélia nicht umgebracht habe?«

»Ja, ich weiß es. Ich habe es ihr übrigens auch schon gesagt …«

Die Bemerkung bringt ihn aus der Fassung, er fährt aber dennoch fort.

»Warum hältst du mich dann noch gefangen?«

»Du bist nicht in dem Zustand, um zu gehen! Du musst erst wieder gesund werden.«

»Ja, aber dafür brauche ich einen Arzt, ein Krankenhaus …«

»Nein, ich werde mich darum kümmern, keine Sorge. Es wird dir gut gehen.«

Benoît, dem keine Argumente mehr einfallen, beginnt plötzlich zu weinen. Tränen rinnen über seine übel zugerichteten Wangen.

»Weine nicht, Ben. Bitte, weine nicht.«

Sie nimmt ihn in die Arme, versucht, ihn zu trösten.

»Nicht weinen, bitte …«

»Es geht mir schlecht!«

»Die Schmerzmittel werden wirken. Es wird besser werden, sehr schnell!«

Sie streichelt sein Haar, sein Gesicht, küsst ihn sogar auf die Stirn. Dann auf die Lippen. Er verkrampft sich.

»Lydia, ich kann nicht hier bei dir bleiben. Verstehst du das?«

»Ich gefalle dir nicht, ist es das?«

»Nein, das ist es nicht. Du bist wunderschön, aber ...«

»Aber du nimmst es mir zu sehr übel?«

Er bemüht sich, ruhig zu bleiben.

Ob ich es dir übel nehme?! Überhaupt nicht! Du hast mich gefoltert, mich hungern lassen, mir eine Kugel in die Schulter gejagt, mich beleidigt, gedemütigt. Du hast mein Leben zerstört. Aber nein, ich bin nicht nachtragend!

»Ja, ich nehme es dir übel, Lydia. Weil du mir nicht geglaubt hast. Auch weil du mir Schlimmes angetan hast. Aber darum geht es nicht. Wenn du jetzt nicht handelst, werde ich sterben. Ich will aber nicht sterben! Ich habe einen Sohn und eine Frau, die mich beide brauchen ...«

»Nicht ich habe dich verletzt«, sagt sie. »Es war Aurélia.«

Benoîts Herz zieht sich zusammen. Es ist noch schlimmer, als er dachte. Sie versucht wieder, ihn zu küssen, er erwidert ihren Kuss. Er würde sonst was tun, um zu überleben.

»Aurélia hat dich gequält. Das muss man ihr verzeihen. Sie hat so sehr gelitten.«

»Ja, ich weiß. Ich verzeihe ihr. Aber du, Lydia, du kannst mein Leben retten. Ich weiß, dass du mich nicht in diesem Keller krepieren lassen willst.«

Sie schmiegt sich an ihn, unter Schmerzen hebt er seinen verletzten Arm, um ihr Gesicht zu streicheln, das sie an seines drückt.

»Glaubst du, dass wir uns danach wiedersehen können?«, fragt sie hoffnungsvoll.

»Ja, natürlich. So oft du willst …«

»Und dann wirst du mich verlassen wie alle anderen!«

»Nein, dich nicht. Weil du anders bist …«

Er strengt seine Fantasie an, spricht mit süßer, überzeugender, bestechender Stimme.

»Wir beide haben so viel zusammen erlebt! Nein, ich werde dich nie verlassen.«

Sie lächelt, küsst ihn erneut. Schiebt eine Hand unter sein Hemd.

»Nicht jetzt«, sagt er. »Ich bin nicht in der Verfassung. Später …«

»Okay, ich habe es nicht eilig.«

Sie steht auf, er ist erneut von der Kälte durchdrungen.

»Ich werde das Abendessen vorbereiten. Ich denke, du musst Hunger haben, oder?«

Er ist am Rande der Verzweiflung, nahe daran aufzugeben. Aber er zwingt sich, es weiter zu versuchen.

»Lydia, du musst mich freilassen, jetzt. Ruf den Rettungsdienst, ich bitte dich.«

Sie senkt den Blick, dann verlässt sie den Käfig. Schließt die Tür hinter sich doppelt ab.

»Lydia!«

Sie öffnet die Handschellen.

»Siehst du, ich mache dich los.«

»Das ist gut. Aber du musst mich freilassen, jetzt!«

»Ich komme wieder, keine Sorge …«

Plötzlich ergreift sie die Flucht. Die Stille explodiert in dem feuchten, eisigen Verlies. Benoît hat den Eindruck, das Ende des Abgrunds erreicht zu haben.

* * *

Fabre hält vor dem Einfamilienhaus an. Gaëlle hat den Mund nicht aufgemacht, seit sie das Kommissariat verlassen haben. Sie fühlen sich beide äußerst unwohl.

»So, da sind wir. Es tut mir sehr leid, was passiert ist. Wirklich sehr leid. Sie werden nächste Woche vom Richter vorgeladen.«

»Komme ich ins Gefängnis?«

»Nein, Sie haben nichts zu befürchten.«

»Nur den Skandal und die Schande! Aber das ist mir jetzt egal. Sie ... Sie verachten mich wahrscheinlich zutiefst«, fügt Gaëlle, den Blick starr auf die Straße gerichtet, hinzu.

»Nein«, versichert der Ermittler. »Mir ist klar, dass Sie verzweifelt waren, unglücklich. Das hat Sie dazu gebracht ... abzugleiten.«

»Ich hätte Benoît verlassen müssen. Aber ich kann nicht ohne ihn leben. Und es tut mir weh, mit ihm zu leben. Sie bringen ihn mir zurück, nicht wahr?«

»Ich werde tun, was in meiner Macht steht, Madame. Aber ich will nicht verhehlen, dass die Chancen, ihn lebend wiederzufinden, inzwischen sehr gering sind.«

»Ich weiß«, antwortet Gaëlle mit schmerzverzerrter Stimme. »Aber ich möchte die Hoffnung nicht aufgeben. Auch wenn er wahrscheinlich nichts mehr von mir wissen will, wenn er erfährt ...«

»Wenn er Sie liebt, wird er Ihnen verzeihen. Sie haben ihm schließlich auch viel verziehen, oder? Versuchen Sie, sich jetzt etwas auszuruhen.«

»Wenn er nicht wiederkommt, weiß ich nicht, was aus mir werden soll. Das würde mich, glaube ich, umbringen ...«

Fabre schnürt es die Kehle zusammen.

»Denken Sie an Ihren Sohn, Madame Lorand. Er braucht Sie, vergessen Sie das niemals.«

»Sie haben recht. Guten Abend, Hauptkommissar.«

Sie steigt aus und geht langsam auf das leere Haus zu. Fabre manövriert seinen Wagen, um aus der Sackgasse zu fahren, als sein Blick plötzlich an dem Nachbarhaus der Lorands hängen bleibt. Das Wohnhaus der verwitweten Madame Guichard, wenn er sich richtig erinnert. Die Läden sind geschlossen, aus dem Briefkasten quillt die Post. Die alte Dame ist also noch immer im Krankenhaus. Oder inzwischen vielleicht schon verstorben.

* * *

Lydia traut sich nicht, wieder hinunterzugehen. Sie sitzt im Dunkeln auf dem Sofa, seit wie vielen Stunden, weiß sie schon nicht mehr. *Ich kann ihn nicht sterben lassen. Ich will nicht ins Gefängnis.*

Unlösbare Aufgabe, mörderisches Dilemma.

Dennoch muss sie sich jetzt entscheiden.

Er oder ich.

Aurélia wacht starr über sie, trotz der Dunkelheit. Lydia erahnt sie im schwachen Licht des abnehmenden Mondes.

Sie allein ist fähig, zu erkennen, wer auf diesem Foto wer ist. Selbst ihre Eltern konnten es nicht. So ähnlich sind sich beide, äußerlich wie innerlich. Und doch so verschieden.

Nach dem Tod ihrer Zwillingsschwester hatte Lydia es allein mit dieser feindlichen Welt aufnehmen müssen.

Obwohl das nicht vorgesehen war. Obwohl sie geboren worden waren, um zu zweit zu sein. Nach der Entführung hatte Lydia einen gewaltigen, grässlichen Riss verspürt. Als habe sie nur noch ein Auge, einen Lungenflügel, ein Bein. Und nur noch die Hälfte des Gehirns, die Hälfte des Herzens. Allein weiterzumachen war zu hart für sie. Also hatte sie sie in ihrer Fantasie zu neuem Leben erweckt.

Ein Körper für zwei, das ist alles.

Ein recht beengtes Joch. Um zu wachsen, sich zu entfalten. Zu leben.

Ihr Geist wandert zu dem Gefangenen, der in seinem Keller dahinsiecht.

Ja, er leidet. Das ist ihr bewusst.

Ja, er wird sterben.

Das ist nicht wirklich ihre Schuld.

Zwei zu sein hat auch Vorteile. Die Schuld wird geteilt. Die Last ist weniger schwer zu ertragen.

Nur dass Lydia Benoît liebt. Sie kann es nicht mehr leugnen. Diese Monate, in denen sie ihm gefolgt ist, ihn beobachtet, sein Leben gesehen hat. Ihn bis in die kleinsten Details studiert hat … Nur noch an ihn gedacht hat, rund um die Uhr. Hass und Leidenschaft haben sich eng miteinander verwoben, bis sie unentwirrbar waren. Und all diese Tage in seiner Nähe. In einer Vertrautheit, die nur wenige Menschen erreichen.

Nein, niemand kennt ihn so wie ich. Niemand konnte ihn so tief berühren.

Plötzlich macht sich Lydia auf den Weg zum Keller. Ohne genau zu wissen, was sie dort tun wird. Ganz einfach, um ihn zu sehen. Sie stößt die knarrende Tür auf, geht jedoch nicht hinunter, setzt sich auf die oberste Stufe. Sie hat die Lampe nicht eingeschaltet, vom Flur fällt jedoch spärliches Licht herein.

»Lydia?«, fragt eine schwache Stimme hoffnungsvoll.

»Ja, ich bin da.«

»Lydia, bitte. Es geht mir schlecht, ich kann nicht mehr. Lass mich nicht sterben!«

»Ich muss dir etwas sagen, Ben. Ich ... ich glaube, ich bin in dich verliebt ...«

Unten im Keller erstarrt Benoît. Dennoch überrascht ihn dieses Geständnis kaum.

»Ja, ich liebe dich«, wiederholt sie.

»Das habe ich verstanden, weißt du. Und es berührt mich sehr. Also, wenn du mich liebst, musst du mir das Leben retten!«

»Das würde ich gern. Aber ich habe Angst. So große Angst ...«

Er überlegt im Eiltempo. Wie kann er sie beruhigen? Wie sie dazu bringen, den entscheidenden Schritt zu tun? Er schafft es, sich auf seinem noch gesunden Bein aufzurichten, klammert sich an die Gitterstäbe. Er erahnt sie im Halbdunkel, ganz oben auf der Treppe.

»Lydia, ich bitte dich. Ich gebe dir mein Wort, dass ich dir helfen werde. Wenn du mich befreist, werde ich dich nicht verlassen. Ich weiß, was du durchmachst, warum du so gehandelt hast. Ich werde es ihnen erklären.«

»Vielleicht belügst du mich ja, wirst dich rächen, und ich werde den Rest meines Lebens im Knast verbringen.«

»Nein! Ich schwöre dir, dass es nicht so sein wird. Du wirst mildernde Umstände bekommen.«

»Ja, dann komme ich in eine Irrenanstalt! Das ist noch schlimmer ...«

»Lydia, wenn ich sterbe, sind wir für immer getrennt!«, versucht es Benoît.

Er hört, dass sie wieder angefangen hat zu weinen.

»Ich werde die Person finden, die diese verlogenen Briefe geschrieben hat, die dich gezwungen hat, mir wehzutun. Und ich werde auch diesen Dreckskerl finden, der deine Schwester umgebracht hat! Ich bin ein guter Ermittler, weißt du.«

»Ich weiß, Ben. Verzeih mir!«

Er gibt nicht auf.

»Ich verzeihe dir alles, Lydia. Alles ...«

»Wirklich?«

»Ja. Ich verzeihe dir. Öffne die Tür, bitte.«

»Versprichst du es? Versprichst du, mir zu helfen?«

»Ich gebe dir mein Wort, meine Schöne.«

Meine Schöne, meine Geliebte, mein Schatz ... Alles, was du willst, vorausgesetzt, du drehst den Schlüssel in diesem verdammten Schloss um!!

Aber *die Schöne* zögert noch, den endgültigen Schritt zu tun.

»Lydia, öffne das Gitter, nun hab doch Mitleid. Und ruf den Rettungsdienst.«

»Einverstanden. Einverstanden, Ben. Ich vertraue dir ...«

Benoîts Herz beginnt, wie wild zu schlagen. Hat er gewonnen?! Er kann es noch nicht glauben.

Lydia erhebt sich, stützt sich auf das Metallgeländer

und betrachtet den Gefangenen noch einen Moment lang. Als suche sie auf seinem Gesicht die besagte Vergebung. In diesem Halbdunkel kann sie ihn jedoch kaum erkennen.

»Hab keine Angst, Lydia«, fügt Benoît mit sanfter Stimme hinzu. »Ich werde dir nichts zuleide tun! Komm zu mir …«

»Ich komme.«

Mit der rechten Hand tastet sie nach dem Lichtschalter.

Legt die Finger direkt daneben, auf die nackten Kabel.

Ein mächtiger Funke erhellt den Keller, Lydia bekommt einen Schlag, schreit vor Schmerz auf, wird nach hinten geschleudert, verliert das Gleichgewicht, stürzt über das niedrige Geländer. Ein schneller Sturz, ein Schrei des Entsetzens. Dann schlägt sie auf dem Beton auf.

Es hat fünfzehn Sekunden gedauert.

Fünfzehn Sekunden, nicht mehr.

»Lydia!«, schreit Benoît.

Einen Augenblick lang ist er wie versteinert.

Nein, nicht das! Nicht jetzt …

»Lydia? Hörst du mich?! Komm zu dir, bitte!«

Er betrachtet den leblosen Körper. Aus ihrem geöffneten Mund fließt langsam Blut. Ein paar Nervenzuckungen.

Und dann, nichts mehr.

»Lydia! Nein! Verlass mich nicht. Verlass mich nicht, ich flehe dich an!«

Er bricht zusammen. Seine Augen können sich nicht von der Frau lösen, die wenige Meter vor dem Käfig auf dem Boden liegt.

Mit gebrochenem Genick.
Den Schlüssel in der offenen Hand.
Fünfzehn Sekunden, nicht mehr.

KAPITEL 19

Samstag, 1. Januar, 1 Uhr morgens

Er hat alles versucht. Seine letzten Kräfte mobilisiert.

Jetzt muss er kapitulieren und sich den Tatsachen beugen: Der Schlüssel ist zu weit entfernt, als dass er ihn je erreichen könnte.

Benoît sinkt an dem unüberwindlichen Gitter zu Boden. Den Rücken Lydias Leiche zugewandt, rollt er sich in seinem Unglück zusammen. Er klappert mit den Zähnen und wimmert vor Schmerzen. Mit weit geöffneten Augen starrt er ins Dunkel auf der Suche nach einem Funken von Zuversicht. Nach einem Hoffnungsschimmer. Wieder quält ihn sein Albtraum. Und wird voll und ganz Wirklichkeit.

Lebendig begraben.

* * *

Es ist ihm gelungen, das Waschbecken zu erreichen und wenigstens etwas zu trinken. Dann ist er auf seine Decke zurückgekehrt, um auf den Tod zu warten.

Seine einzige Hoffnung sind jetzt die anderen.

Die, die draußen und frei sind. Und die ihn suchen, daran hegt er keine Zweifel.

Um die mörderische Stille zu brechen, spricht er laut.

»Ich bin hier, Jungs! Holt mich raus, verdammt noch mal. Lasst mich nicht in diesem Loch krepieren!«

Der Widerhall ist seine einzige Antwort. Benoît wickelt sich in seine Decke und rollt sich auf dem Boden zusammen. Starrt auf das Kellerfenster, hinter dem sich die dunklen Reliefs des ausklingenden Tages abzeichnen.

Bald ist es Nacht.

Bald ist er tot.

Er fröstelt vor Fieber. Sicher hat sich die Wunde an seiner Schulter entzündet. Ein stechender Schmerz, sein Kopf, der glüht, sein Körper, der erfriert.

Er vermeidet es, sich der Leiche zuzuwenden, seine einzige Gesellschaft in dieser Ödnis.

Verflucht noch mal, warum ist sie gestürzt?

Warum ich?

Was habe ich diesem Dreckskerl von Gott angetan, dass er mir das auferlegt?

Er hat nie an Gott geglaubt, doch jetzt, kurz vor seinem Tod, bedrängen ihn existenzielle Fragen.

Wohin geht man, wenn man die Grenze überschreitet?

Was erwartet mich hinterher?

Wenn das alles wahr ist, stecke ich ganz schön in der Scheiße. Bei allem, was ich getan habe!

Aber ich bin ja schon in der Hölle! Was könnte mir noch Schlimmeres passieren?

Er beobachtet, wie die Nacht über den Boden, die Wände, die Decke kriecht.

Versucht, seine Angst zu überwinden, indem er an Gaëlle denkt, an Jérémy.

Auch an seine Eltern.

Es gibt sicher auch einige Frauen, die um ihn weinen. Wenn der Mann schläft.

Ein eifersüchtiger Ehemann … Ja, vielleicht hat einer von ihnen all das ausgeheckt!

Plötzlich hört er jemanden über seinem Kopf laufen. Er richtet sich ein wenig auf, lauscht. Offenbar hat er geträumt. Nein, die Schritte kommen wieder! Er beginnt zu schreien wie ein Wahnsinniger.

»Hilfe! Zu Hilfe! Ich bin unten im Keller! Hilfe!«

Dann lauscht er erneut. Das Geräusch kommt näher, die Tür knarrt.

Unbändige Freude übermannt ihn.

Sein Leid hat ein Ende!

Er ist gerettet!

»Ich bin hier!«

Es gelingt ihm, sich aufzurappeln. An die Stäbe geklammert, erkennt er oben an der Treppe einen Schatten. Der ihn reglos beobachtet.

»Bitte«, schreit Benoît. »Ich bin eingesperrt! Helfen Sie mir!«

Die Silhouette rührt sich nicht.

»Ich heiße Benoît Lorand! Ich bin Polizeibeamter!«

Hätte er seinen Dienstausweis bei sich, würde er ihn durch die Luft schwenken. Doch seine Rufe zerschellen an einem Riff von Gleichgültigkeit. Und dann begreift er.

Der Schatten ist niemand anderes als die Person, die ihn hierhergebracht hat. Der anonyme Briefschreiber.

Sein Mörder.

Die Gestalt steigt die Stufen hinab. Benoît reißt die

Augen auf, versucht, das Gesicht auszumachen. Er glaubt zu erkennen, dass es sich um eine Frau handelt. Dann blendet ihn für wenige Sekunden der Schein einer Taschenlampe.

Das Phantom beugt sich über Lydia und fühlt ihren Puls. Benoît vermag noch immer nicht das Gesicht zu erkennen.

»Lydia ist tot. Sie ist die Treppe heruntergefallen. Sie hat den Schlüssel in der Hand. Bitte, schließen Sie auf! Ich bin unschuldig und schwer verletzt ...«

Die Gestalt nimmt den Schlüssel, und Benoîts Herz implodiert fast vor Freude. Doch als sie ihn in die andere Ecke des Kellers wirft, erstarrt das Blut in seinen Adern.

»Aber ... aber was machen Sie da?!«, wimmert Benoît. »Bitte! Ich habe Ihnen nichts getan! Sie können mich doch hier nicht krepieren lassen!«

Statt einer Antwort zwingt ihn der Schein der Lampe erneut, die Lider zu schließen.

»Wer sind Sie?«, fragt er. »Wer in Gottes Namen sind Sie?!«

Die Gestalt wendet ihm jetzt den Rücken zu. Sie schreibt mit einem Filzstift etwas an die Wand. Einige Worte, die er nicht lesen kann. Dann sieht er, wie sie die Treppe hinaufsteigt.

»Nein! Nein, gehen Sie nicht! Ich flehe Sie an! ...«

Sie ist schon oben.

»Reden Sie mit mir! Erklären Sie es mir! Ich bin sicher, dass es sich um einen Irrtum handelt. Erklären Sie mir zumindest, was ich Ihnen getan habe!«

Der Schatten betrachtet ihn wieder aus der Höhe.

Benoît begreift, dass er gescheitert ist. Lässt dann seiner Wut freien Lauf.

»Du elendes Miststück! Wenn ich hier rauskomme, bringe ich dich um! Ich reiße dir die Eingeweide heraus. Ich werde dich finden und dich umbringen! Hörst du?«

Die Tür schlägt zu, Benoît schreit weiter. Dann schwankt er und geht zu Boden.

Wer? Wer hat den Sargdeckel wieder zugeschlagen?

Wer kann ihn so sehr hassen?

Wem kann Mitleid so fremd sein, dass er ihm so eine furchtbare Strafe, die Todesstrafe auferlegt?

Dann bricht er in Schluchzen und Schreie aus.

* * *

Auf der Außentreppe schließt die Gestalt die Tür mit dem Schlüssel, den sie in der Küche gefunden hat, zweimal ab. Dann läuft sie mit schnellem Schritt durch die Nacht zu ihrem Wagen, der vor dem Grundstück steht. Beißende Kälte schlägt ihr entgegen. Sie klappt den Mantelkragen hoch. In der Tasche stecken die anonymen Briefe, die sie problemlos in Lydias Sachen gefunden hat. In der Hand hält sie eine Plastiktüte mit den »Beweisen« in der Metalldose.

Jetzt gibt es nichts mehr, das sie entlarven könnte.

An der Mauer hält das Phantom eine Weile inne.

Um den Wasserhaupthahn abzustellen.

* * *

Sonntag, 2. Januar, 8 Uhr

Er hat das Gefühl, aus einem tiefen Koma zu erwachen.

Er hat geträumt, jemand wäre gekommen … Da, ganz in der Nähe des Käfigs …

Als er die Augen öffnet, sieht Benoît die von Feuchtigkeit triefende Wand. Hinter dem Kellerfenster ist der Tag da. Noch lebt er.

Er wendet den Kopf und sieht Lydias Leiche. Ihre Augen sind weit geöffnet, ein grauenvolles Bild.

Er hebt den Blick, runzelt die Stirn. Eine Aufschrift an der Wand genau vor ihm. Nein, es war kein Albtraum. Gestern Abend war wirklich jemand da. Er humpelt zum Gitter, an das er sich klammert. Und liest.

Du wirst nicht wissen warum.

* * *

Es muss Mittag sein, denn die Sonne scheint in seinen Käfig. Lindert schüchtern seine Verzweiflung. Benoît schwankt zum Waschbecken. Mit der gesunden Hand öffnet er den Hahn und beugt sich vor. Beginnt zu trinken. Doch plötzlich wird der Wasserstrahl dünner. Versiegt. Und dann nichts mehr. Benoît gerät in Panik. Er schiebt den Hebel ganz zur Seite. Vergeblich. Er stützt sich auf das Porzellanbecken, ringt vor Entsetzen nach Luft.

Nein, nicht das …

Seine Mörderin lässt ihm also keine Chance. Aber war es wirklich eine Frau? Er weiß es nicht genau. Weiß übrigens gar nichts mehr. Er geht einige Schritte, steht vor der Wand genau unter dem Kellerfenster.

Und er fängt an zu schreien.

»Warum?! Warum?! Was habe ich dir getan?! Was zum Teufel habe ich dir getan?!«

Er gleitet an der Mauer entlang, belastet sein gebrochenes Bein, brüllt vor Schmerzen. Kauert sich auf den Boden.

»Warum? …«

* * *

Er lässt seinen Blick streifen. Doch wohin er auch sieht ist absoluter Horror. Also fixiert er das Kellerfenster, seine letzte Verbindung zur Außenwelt, sein einziger Halt. Das ihm noch ein wenig Licht bringt. Das ihm zuflüstert, ob Tag oder Nacht ist.

Und jetzt ist es das Ende eines weiteren Tages in der Hölle. Ein weiterer Tag im Innersten des Fegefeuers.

Dann rollt er sich wieder in seine Decke ein, schließt die Augen.

Vielleicht wird er sie nie wieder öffnen.

* * *

Dienstag, 4. Januar, 10 Uhr,
Kommissariat von Besançon

Fabre betritt das Kommissariat, in dem nach den Ereignissen des Wochenendes noch immer Aufruhr herrscht. Ohne Enthusiasmus wünscht er nach allen Seiten das rituelle *Frohes neues Jahr*, *Glück*, *Gesundheit* etc.

Endlich erreicht er sein Büro und ruft sofort Djamila und Thoraize zu sich.

Er schlägt die Akte des verschwundenen Hauptkommissars Lorand auf, wirft einen Blick auf die Seiten mit dem Ergebnis der Nachbarschaftsbefragung. Die beiden Ermittler treffen quasi gleichzeitig ein. Fabre vergisst die üblichen Neujahrswünsche und kommt direkt zur Sache.

»Ich habe gestern das Krankenhaus angerufen«, verkündet er.

Seine beiden Kollegen sehen ihn fragend an.

»Offenbar hat niemand überprüft, ob Madame Guichard aus dem Koma erwacht ist.«

»Ähm, wer ist Madame Guichard?«, will Fashani wissen.

»Lorands direkte Nachbarin«, erinnert der Hauptkommissar. »Die, die nicht befragt werden konnte.«

Jetzt erinnern sie sich wieder, verstehen aber immer noch nicht, was das mit ihren Ermittlungen zu tun hat.

»Ja und?«, fragt Thoraize.

»Und die Dame ist aus dem Koma erwacht, und nach zwei Wochen auf der Intensivstation liegt sie jetzt in der kardiologischen Abteilung.«

Angesichts der noch immer verständnislosen Blicke seiner Untergebenen seufzt Fabre. Dann fügt er hinzu:

»Alte Menschen verbringen ihre Zeit oft damit, aus dem Fenster zu schauen, um ihre Langeweile zu vertreiben! Madame Guichard ist genau vor Benoîts Verschwinden eingeliefert worden. Aber sie hätte in den Tagen oder Wochen vor ihrem Herzinfarkt durchaus etwas bemerken können! Also will ich, dass sie möglichst schnell befragt wird.«

Fashani und Thoraize scheinen nicht überzeugt. Der Pariser bedenkt sie mit einem bitteren Lächeln.

»Haben Sie eine andere Spur, der wir nachgehen können?«, fragt er. »Nein? Dann versuchen wir es. Ich fahre gleich heute Nachmittag hin.«

* * *

Heute Morgen hat er trinken können.

Die Feuchtigkeit, die an den Wänden seines Käfigs herunterrinnt.

Jetzt ist er nicht mehr mit Lydias Leiche allein. Sie sind zu dritt in diesem elenden, von der Welt vergessenen Keller. Am frühen Morgen hat er eine Ratte auf der anderen Seite des Gitters entdeckt. Die an dem Körper der Verstorbenen schnüffelte. Benoît hat geschrien, das reichte aus, um sie zu verscheuchen. Vermutlich gibt es hier noch mehr Ratten. Es sind im Allgemeinen gesellige Tiere.

Während er das Vieh beobachtete, kamen ihm gewisse Gedanken. Grauenvoll. Wenn er sie erwischen würde, könnte er sie essen.

Es ist so weit – die zivilisierte Fassade bröckelt. Langsam, aber sicher.

Vielleicht wird er bald daran denken, Lydia zu verspeisen. Glücklicherweise ist sie unerreichbar …

Aber so tief ist er noch nicht gesunken. Er hofft, dass er nie an einen solchen Extrempunkt gelangen wird, dass man ihn vorher hier herausholt.

Oder dass er vorher krepiert.

Wenn er sich nur umbringen könnte … Aber wie?

Heute ist das Wetter grau. Keine Sonne, um ihm die Mittagszeit anzuzeigen, zu der er sowieso nicht essen wird. Nie mehr. Er zwingt sich, einige Bewegungen mit seinem gesunden Bein und dem Arm zu machen. Und plötzlich überkommt ihn eine neue Befürchtung.

Wie werde ich wohl aussehen, wenn sie mich finden? Nicht gewaschen, nicht rasiert und um zehn Kilo abgemagert ... Wenn Gaëlle mich in diesem erbärmlichen Zustand sieht, wird sie zweifeln, was sie je an mir gefunden hat? Und wird mein Sohn Angst vor mir haben?

Seltsam, sich um so etwas Gedanken zu machen. Denn vielleicht finden sie ihn ja auch als Skelett.

Womit sich diese kokette Sorge definitiv erübrigt hätte.

* * *

Kreiskrankenhaus der Stadt Besançon,
kardiologische Abteilung, 13.30 Uhr

Wie die meisten Menschen verabscheut Fabre, der noch dazu ein Hypochonder ist, alle Arten von Krankenhäusern.

Vorsichtshalber hat er den Chefarzt, ein arrogantes, griesgrämiges kleines Kerlchen, um die Erlaubnis gebeten, Madame Guichard befragen zu dürfen. *Zwanzig Minuten, nicht mehr!*, hat der mürrische Zwerg ihm zugestanden.

Also sucht Fabre das Zimmer 307, wobei er darauf bedacht ist, nicht zu tief einzuatmen, um sich nicht an einem der Keime aus den ungesunden Ausdünstungen anzustecken, die in den Gängen schweben. Hätte er sich getraut, hätte er den Chirurgen um einen Mundschutz gebeten!

Er klopft dreimal an die Tür, bekommt aber keine Antwort. Kein Wunder, der Fernseher plärrt in voller Lautstärke die Titelmelodie von *Schatten der Leidenschaft*, dieser ewigen Fernsehserie, die erst durch eine weltweite Nuklearkatastrophe von den Bildschirmen verschwinden würde.

In Zimmer 307 gibt es zwei Betten. Zwei Mütterchen starren gebannt auf die Glotze. Und mustern dann plötzlich mit ihren kleinen stechenden Augen den Unbekannten, der sich zu einer unmöglichen Zeit auf ihr Territorium vorwagt.

»Guten Tag, meine Damen. Entschuldigen Sie die Störung. Ich suche Madame Guichard.«

Die Frau in dem Bett am Fenster richtet sich leicht auf.

»Das bin ich …«

Er nähert sich mit einem strahlenden Lächeln und schwenkt seinen Ausweis mit den beruhigenden Farben der französischen Nationalflagge.

»Guten Tag, Madame, ich bin Auguste Fabre von der Kriminalpolizei.«

An ihrem Gesichtsausdruck kann er ablesen, dass sie seine Erklärung nicht verstanden hat. Die Konkurrenz mit dem Fernseher ist hart, er widerholt das Gesagte in doppelter Lautstärke.

»Von der Polizei?«

»Ja, Madame. Aber machen Sie sich keine Sorgen, es ist nichts Schlimmes.«

»Aha …«

»Ähm, können Sie vielleicht den Ton leiser stellen? Ich muss mit Ihnen reden.«

Ohne die Antwort abzuwarten, greift er autoritär nach

der Fernbedienung und schneidet damit einem präpubertären Blondschopf das Wort ab. »Also, Madame, ich bin wegen Ihres Nachbarn Benoît Lorand hier.«

»Mein Nachbar? Und warum?«

»Er ist verschwunden.«

»Verschwunden?«, stößt Madame Guichard hervor. »Wie das? Ist er tot?«

»Nein, wir hoffen nicht. Er ist nur verschwunden. Vielleicht ist er entführt worden, aber wir wissen es nicht genau.«

»Na so was! Schon seit Langem?«

»Seit dem 13. Dezember.«

Sie rechnet schnell im Kopf nach, stellt fest, dass der Beamte in der Cordhose in diesem Fall nicht gerade schnell war.

»Und Sie glauben, dass er hier, unter meinem Bett, ist?«, spöttelt das Mütterchen.

Kurz verschlägt es Fabre die Sprache.

»Ähm. Nein. Ich wollte wissen, ob Ihnen etwas Ungewöhnliches in der Nähe des Nachbarhauses aufgefallen ist …«

»Am 13. Dezember war ich schon hier«, erinnert sie ihn.

»Ja, das weiß ich.«

Die Patientin in dem Bett an der Tür findet das Gespräch letztlich spannender als die Fernsehserie und lauscht ganz ungeniert.

»Aber vielleicht haben Sie ja in den Tagen vor Ihrer Einlieferung irgendetwas Ungewöhnliches bemerkt, ein Kommen und Gehen vielleicht …«

Die verwitwete Madame Guichard überlegt.

»Jetzt, wo Sie davon sprechen …«

»Ja?«, fragt Fabre hoffnungsvoll und greift nach seinem Stift.

»Ich bin mit Horace spazieren gegangen …«

»Horace? Wer ist das?«

»Mein Hund!«

»Verstehe. Entschuldigen Sie, bitte fahren Sie fort …«

»Ich habe also Horace Gassi geführt und wieder dieses Mädchen gesehen.«

»Welches Mädchen?«

»Eine, die mir öfter gegenüber dem Haus der Lorands aufgefallen ist. Vor allem schien es mir merkwürdig, dass sie immer in ihrem Auto sitzen blieb. So als würde sie auf jemanden warten … oder etwas beobachten. Einmal habe ich sie durch das Fenster sogar dabei überrascht, wie sie die Lorands mit einem Fernglas ausspionierte!«

Fabre horcht auf. Endlich etwas Konkretes.

»Können Sie mir mehr darüber erzählen? Wie sah sie aus?«

»Ich habe sie einmal aus der Nähe gesehen, morgens, als ich Horace ausgeführt habe. Ein hübsches Mädchen mit langen roten Locken. Es hat ihr nicht gefallen, dass ich sie eingehender angeschaut habe. Also hat sie den Motor angelassen und ist weggefahren.«

»Und Sie haben also mehrmals beobachtet, dass diese junge Frau in Ihrer Straße die Lorands überwachte?«

»Richtig, Herr Kommissar.«

»Und warum tat sie das Ihrer Meinung nach?«

»Woher soll ich das wissen? Aber verstehen Sie, der kleine Benoît ist ein bisschen …«

»Ein bisschen was?«

»Ich habe das Gefühl, dass er sich sehr *für so etwas* interessiert, wenn Sie wissen, was ich meine.«

»Ich weiß«, erklärt Fabre lächelnd. »Wie kommen Sie zu dieser Annahme?«

»Ich habe ihn schon dabei erwischt, dass er Mädchen mit nach Hause gebracht hat, wenn Gaëlle nicht da war.«

Er hatte sich nicht geirrt. Ein Mütterchen an seinem Fenster war hundertmal besser als eine Unzahl von Überwachungskameras!

»Sie meinen, dass er seine Frau betrogen hat?«

»Ach, woher soll ich das wissen! Das habe ich nicht gesagt.«

»Hm. Und war dieses Mädchen auch schon einmal in Gaëlles Abwesenheit bei ihm? Haben Sie die beiden zusammen gesehen?«

»Nein, nie.«

»Es handelte sich also nicht um eine seiner Geliebten?«

Sie zuckt die Achseln.

»Gut. Können Sie mir irgendwelche Details geben, die mir helfen könnten, diese junge Frau zu finden? Wie alt schätzen Sie sie?«

»Ich würde sagen zwischen zwanzig und fünfundzwanzig ...«

»Sehr gut, das ist präzise! Sonst noch etwas?«

Sie öffnet die Schublade ihres Nachtkästchens und zieht eine Tüte mit Honigbonbons heraus.

»Der Arzt hat es mir verboten, aber was soll's. Möchten Sie eins, Herr Kriminalrat?«

»Nein, vielen Dank. Gibt es sonst noch etwas über die hübsche Rothaarige?«

»Nein. Aber ich kann Ihnen etwas über ihren Wagen erzählen …«

Fabres Lächeln wird breiter.

»Er war weiß.«

Schlechter Anhaltspunkt.

»Welche Marke?«

»Ach, wissen Sie, ich habe keinen Führerschein, also … Ein kleines weißes Auto.«

Fabre ist enttäuscht.

»Aber wenn Ihnen das weiterhilft, kann ich Ihnen noch etwas zum Nummernschild sagen.«

Er traut seinen Ohren nicht. Am liebsten hätte er sie umarmt!

»Sie erinnern sich an das Kennzeichen?«

»Nicht an alles. Aber es kam W-IQ darin vor, IQ, wie dieser Intelligenztest, das konnte ich mir gut merken.«

»Noch etwas?

»Nein, sonst nichts. Aber die arme Gaëlle, die ist ja jetzt ganz allein! Das ist ein großes Unglück, das …«

»Wir tun unser Möglichstes, um Monsieur Lorand zu finden«, versichert Auguste und erhebt sich von seinem Plastikstuhl.

»Wir leben wirklich in einer merkwürdigen Zeit.«

»Sie haben mir sehr geholfen, Madame Guichard. Ich danke Ihnen von Herzen.«

»Gern geschehen, Herr Kriminalrat! Wenn man die Polizei unterstützen kann …«

Kaum hat er die Tür hinter sich geschlossen, dröhnen erneut die *Schatten der Leidenschaft*.

* * *

Kommissariat, 16.30 Uhr

Fabre hat das gesamte Team in dem großen Besprechungsraum zusammengetrommelt. Er wartet auf die Nachzügler, sieht auf seine Uhr. Endlich kann er seine Entdeckung verkünden. Er räuspert sich.

»Ich war im Krankenhaus und habe Madame Guichard, die Nachbarin der Lorands, befragt. Und ich habe etwas sehr Interessantes erfahren ...«

Sie hängen an seinen Lippen. Für eine Weile ist Moretti vergessen, und die Gedanken sind wieder bei ihrem verschwundenen Kollegen.

»Nach dem, was sie mir erzählt hat, überwachte seit einigen Wochen eine junge Frau das Haus der Lorands.«

»Eine junge Frau?«, wundert sich Thoraize.

»Ja, zwischen zwanzig und fünfundzwanzig Jahre, langes rotes Haar. Sie fuhr einen weißen Kleinwagen, dessen amtliches Kennzeichen die Buchstaben W-IQ 25 enthielt.«

»Scheint ein älteres Nummernschild zu sein«, bemerkt Djamila.

»In der Tat«, stimmt Thoraize zu. »Der Wagen muss mindestens zehn Jahre alt sein.«

»Wir müssen die mysteriöse Fahrerin schnellstmöglich identifizieren und ausfindig machen.«

»Vielleicht war es nur eine von Bens Bewunderinnen«, meint einer der Männer.

»Vielleicht«, räumt Fabre ein. »Aber im Moment ist das unsere einzige Spur.«

»Mit nur einem Teil des amtlichen Kennzeichens wird

das nicht einfach sein«, wendet Djamila ein. »Da kommt eine ganze Reihe von Autos infrage.«

»Ja, aber die Beschreibung der Fahrerin grenzt die Suche ein.«

»Vorausgesetzt, der Wagen ist auf sie zugelassen!«

Diese letzte Bemerkung dämpft die Stimmung ein wenig.

»Jeder lässt seine momentane Beschäftigung beiseite«, ordnet Fabre an. »Ich will, dass sich alle verfügbaren Leute um diese Suche kümmern.«

»Ich könnte alle kontaktieren, die freihaben«, schlägt Thoraize vor.

»Gute Idee, Kommissar. Ich brauche Sie wohl nicht daran zu erinnern, dass Benoît Lorand seit über zwanzig Tagen verschwunden ist. Wir müssen also etwas Tempo zulegen! Finden Sie dieses Mädchen. Und zwar schnell.«

* * *

Das Zwielicht der Dämmerung.

Für Benoît der schrecklichste Moment. Der der unendlich langen Nacht vorausgeht. Von welcher er nicht weiß, ob es seine letzte ist.

Das Fieber ist offenbar noch gestiegen, während die Temperatur im Keller von Tag zu Tag zu sinken scheint. Kein Wunder, denn seit dem Kurzschluss gibt es keinen Strom mehr. Also wird das Haus nicht mehr geheizt.

Die Schmerzen lassen ihm keine Ruhe. Die Verletzung durch die Kugel, die in seiner Schulter Wundbrand auslöst, die Brüche im Bein und an der Hand …

Aber der Schmerz ist nicht das Schlimmste.

Und auch nicht Hunger und Durst.

Das Schlimmste ist diese giftige Stille, die ihn einhüllt, ihn jeden Tag etwas mehr verschlingt und hinterhältig in seinen Kopf eindringt, bis sie die Abgründe ausfüllt, die die Verzweiflung aufgerissen hat.

Die Stille und die Einsamkeit, die ihn in eine unbekannte Welt zieht. Er weiß, dass er bald die Grenze überschreiten wird.

Bald wird er verrückt.

KAPITEL 20

Kommissariat von Besançon
Mittwoch, 5. Januar, 8.30 Uhr

Die meisten sind schon am Werk. An Arbeit mangelt es bei der beeindruckend langen Liste von zu überprüfenden Wagen nicht, jeder Besitzer muss angerufen und im Zweifelsfall persönlich kontaktiert werden. Fabre ermutigt seine Leute, sammelt die Informationen. Er vermutet, dass sie mehrere Tage brauchen werden, um die mysteriöse Rothaarige, die der Schlüssel zu dem Geheimnis zu sein scheint, zu identifizieren. Er kann und will sich nicht vorstellen, dass auch diese Spur in eine Sackgasse führen wird. Er will unbedingt diesen Typen kennenlernen, den er seit Wochen verzweifelt sucht!

Das wäre der größte Lohn für seine Arbeit …

* * *

Ja, er hat eine weitere Nacht überlebt. Fast ist er erstaunt. Nie hätte er vermutet, dass er so widerstandsfähig ist. Er stellt sich schon die Schlagzeilen der Lokalpresse vor:

Benoît Lorand, der Held. Ein Übermensch, der die Hölle überlebt hat.

Er lächelt zum Kellerfenster hinauf. Dann, gleich darauf, fängt er an zu weinen.

Benoît Lorand, der erbärmliche Bulle, dem es nicht gelungen ist, der Bewachung durch eine Verrückte zu entkommen. Der in die Falle getappt ist wie der letzte Idiot. Der in einem finsteren Kellerloch zugleich mit den Wänden verschimmelt ist. Dessen Leiche man stark verwest und mit Salpeter überzogen gefunden hat …

Schluchzer zerreißen seine Brust, seine Hand verkrampft sich im Nichts, das ihn umzingelt, schlimmer als eine Meute ausgehungerter Wölfe.

Und dann noch diese Leiche, direkt hinter seinem Rücken. Diese für immer geöffneten Augen, die ihn aus einer anderen Welt beobachten. Letztlich war sein Albtraum, verglichen mit dem, was er jetzt durchmacht, ein B-Movie-Horrorfilm.

Letztlich wird er nie ein Held sein.

* * *

Thoraize läuft zu Fuß in den zweiten Stock hinauf.

Er begibt sich zu einer gewissen Lydia Hénaudin, sechsundzwanzig Jahre alt, glückliche Besitzerin eines weißen Clio mit dem amtlichen Kennzeichen W-IQ 25. Er ist den Papierkrieg so leid, dass er sich freiwillig gemeldet hat, um Gesicht und Haarfarbe besagter Demoiselle zu überprüfen. Denn telefonisch ist sie nicht erreichbar.

Er klingelt, wartet. Trommelt dann heftig an die Tür. Allem Anschein nach ist er umsonst gekommen, aber mitten während der Arbeitszeit war damit zu rechnen gewesen.

Plötzlich taucht der Nachbar auf der Schwelle seiner Wohnung auf. Als hätte der Lärm ihn beim Mittagsschlaf gestört. Er mustert den Eindringling missmutig.

»Was wollen Sie?«, brummt er.

»Guten Tag …«

Éric gibt sich sofort zu erkennen. Nein, er ist weder ein Einbrecher noch Staubsaugervertreter oder Zeuge Jehovas. Sondern ein ordentlicher Polizist.

»Suchen Sie Mademoiselle Hénaudin?«

»Vor Ihnen kann man aber auch nichts verbergen«, meint Thoraize spöttisch. »Wann kommt sie denn normalerweise nach Hause?«

»Sie kommt schon lange gar nicht mehr.«

»Aha? Wie meinen Sie das, bitte?«

»Sie wohnt seit Monaten nicht mehr hier. Sie holt zwar von Zeit zu Zeit ihre Post ab, aber …«

»Wissen Sie, wo ich sie finden kann?«

»Nein, das hat sie mir nicht gesagt!«

»Kennen Sie sie ein wenig?«

»Nicht gut. Sie ist ein bisschen … seltsam.«

»Seltsam? Was soll das bedeuten?«

»Ich weiß nicht … Seltsam eben!«

»Wie sieht sie aus?«

Das mürrische Gesicht des Rentners nimmt plötzlich einen lüsternen Ausdruck an.

»Sehr hübsch! Zum Anbeißen, wie es so schön heißt.«

»Etwas genauer bitte!«

»Sie ist groß und hat volles, langes Haar …«

»Welche Farbe?«

»Rot.«

Thoraize erstarrt.

»Sind Sie sicher?«

Blöde Frage.

»Natürlich bin ich sicher!«, entrüstet sich der Alte. »Was glauben Sie denn? Ich trage zwar eine Brille, bin aber nicht blind!«

»Schon gut. Und was können Sie mir sonst noch über sie sagen?«

»Was wollen Sie von ihr?«, fragt er misstrauisch.

»Wir müssen sie als Zeugin befragen.«

»Ach so ...«

»Was macht sie beruflich?«

»Ich glaube, sie arbeitet im Rathaus.«

»Im Rathaus?!«

»Ja.«

»Gut, vielen Dank für Ihre Hilfe, Monsieur.«

Thoraize rennt die Treppe hinunter, steigt in seinen Dienstwagen und greift zum Funkgerät.

Er, der normalerweise nie Glück hat ...

* * *

Kommissariat, 16 Uhr

Fabre versammelt seine engsten Mitarbeiter. Das heißt Thoraize, den Glückspilz, und Djamila, die inzwischen etwas resigniert zu sein scheint.

»Also, ich habe gerade mit dem Rathaus telefoniert«, erklärt der Hauptkommissar. »Lydia Hénaudin ist dort seit Monaten nicht mehr erschienen. Nach Aussage des

Personalleiters war sie seit dem Sommer krankgeschrieben.«

»Das bringt uns also auch nicht weiter«, seufzt Fashani.

»Ich bin noch nicht fertig«, unterbricht Fabre sie. »Also habe ich ihre Eltern angerufen, die wohnen in Biarritz. Leider habe ich sie nicht erreicht. Aber ich habe eine Nachricht auf dem Anrufbeantworter hinterlassen. Ich hoffe, sie werden uns sagen können, wo sich ihre Tochter aufhält. Ich habe ihnen meine Handynummer durchgegeben und gesagt, dass sie mich zu jeder Tages- und Nachtzeit anrufen können.«

»Wenn sie in Biarritz ist, haben wir schlechte Karten«, meint Djamila.

»Seien Sie nicht so negativ«, tadelt der Hauptkommissar. »Ich weiß nicht, warum, aber ich bin sicher, dass wir auf der richtigen Spur sind. Ich möchte, dass Sie umgehend ihre Arbeitskollegen befragen, bevor sie das Büro verlassen.«

Thoraize sieht auf seine Uhr.

»Um diese Zeit …«

»Jetzt fangen Sie nicht auch noch an!«, knurrt Fabre. »Vergessen Sie nicht, dass jede Minute zählt.«

* * *

Jede Minute zieht sich unendlich in die Länge.

Seit dem Morgen hat sich Benoît nicht mehr vom Fleck gerührt. Höchstens einen Zeh oder die Lippen bewegt.

Hinter der schmutzigen Scheibe kündigt sich wieder die Dunkelheit an. Heerscharen von Dämonen machen sich bereit, in den Käfig einzudringen, blasen zum vielleicht letzten Angriff auf ihre verendende Beute.

Plötzlich tauchen die Schnurrhaare der Ratte neben den Gitterstäben auf. Der Ratte oder *einer* Ratte. Doch sie überschreitet die Grenze nicht.

Kluges Tier! *Es* würde sich nicht einsperren lassen.

Benoît ist gezwungen, sich langsam zu der Leiche umzudrehen, um zu verhindern, dass der Nager ihr zu nahe kommt. Da er nicht mehr die Kraft hat zu schreien, schlägt er mit der Faust gegen die Wand.

Der Eindringling ergreift die Flucht.

Wenigstens einer, der noch Angst vor mir hat …

Er klappert mit den Zähnen, zieht die Decke enger um das, was von seinem Körper noch übrig ist. Aber frieren oder Schmerzen zu empfinden, bedeutet immerhin, noch am Leben zu sein.

* * *

Krankenhaus Saint-Jacques, 17 Uhr

Sie geht zum Zimmer Nummer 14. Der Weg ist ihr so vertraut, dass sie ihn mit geschlossenen Augen finden würde. Sie schließt die Tür hinter sich und geht zum Bett.

»Guten Abend, Liebes …«

Natürlich bekommt sie keine Antwort. Sie setzt sich in den Sessel, betrachtet liebevoll das ausdruckslose Gesicht ihrer Tochter. Sie ergreift ihre Hand, drückt einen Kuss darauf und spricht mit leiser Stimme weiter. Wie jeden Abend.

»Weißt du, Manon, heute Mittag war ich im Ausverkauf! Ich habe ein hübsches T-Shirt für dich erstanden. Ich bin sicher, es wird dir gefallen! Stimmt, es ist nicht die richtige Jahreszeit, ich weiß … Aber nächsten Sommer kannst du es tragen, du wirst sehen!«

Der künstlich beatmete Körper widerspricht nicht.

»Es war unglaublich voll in den Geschäften! …«

Eine Krankenschwester, die wegen der Infusion kommt, unterbricht die Zweisamkeit.

»Guten Abend, Emma.«

»Guten Abend, Frau Doktor Waldeck«, antwortet die Frau im weißen Kittel respektvoll. Etwas anderes fügt sie nicht hinzu. Was sollte sie auch dieser leidgeprüften Mutter sagen, die seit Monaten jeden Tag kommt, getrieben von der Hoffnung auf das Unmögliche?

Als die Schwester wieder verschwindet, drückt Nina die Hand ihrer Tochter. Sie nähert sich ihrem Gesicht und flüstert:

»Weißt du, Liebes, ich muss dir etwas sagen …«

Eine Träne perlt aus ihrem Auge.

»Dieser Dreckskerl wird kein Unheil mehr anrichten. Bald ist er verschwunden. Für immer!«

Die große Neuigkeit erreicht Manons totes Hirn nicht. Ebenso wenig wie ihr Herz, das von einer barbarischen Maschine am Leben gehalten wird. Ihr Herz, das zu stark und zu schnell für einen Mann geschlagen hat, der weder Mitleid noch Gewissensbisse kennt. Für einen Mann, der im doppelten Wortsinn von ihr Besitz ergriffen hat, bevor er sie in seine Trophäensammlung aufgenommen hat. Und das empfindsame Herz dieser neunzehnjährigen Studentin hat die Last dieser plötzlichen

Leidenschaft, die dann jäh enttäuscht wurde, nicht tragen können.

Aber jetzt wird er niemandem mehr schaden. Wird keine weiteren Herzen brechen, keine weiteren Leben ruinieren. Er, der nicht einmal erfahren hat, dass seine junge Eroberung an einem Frühlingstag aus dem Fenster gesprungen ist, um ihn vergessen zu können. Er, der es nie erfahren wird.

»Ich muss jetzt gehen«, flüstert Nina und küsst die zerstörte Puppe auf die Stirn. »Ich habe heute Abend noch einen Patienten. Aber morgen komme ich wieder. Und morgen wirst du die Augen öffnen, Liebes, ja?«

Morgen wirst du die Augen öffnen in eine Welt, in der kein Platz mehr ist für den, der dich gezwungen hat, sie zu schließen … Nina Waldeck verlässt das Krankenhaus und steigt in ihren Wagen. Dieser Dreckskerl von Lorand müsste inzwischen schon verreckt sein.

Dennoch hofft sie, dass er noch eine Weile im Todeskampf liegt. Dass er lange kämpfen muss, so lange, bis Manon wieder unter den Lebenden ist.

Nein, du wirst es nie erfahren, und das ist die schlimmste aller Strafen. Die, die du verdient hast, weil du mir meine Tochter genommen hast. Weil du sie verführt und dann weggeworfen hast, um zur nächsten zu wechseln.

Nina bringt ihren Wagen an der roten Ampel zum Stehen.

Ja, du hast dein grauenvolles Schicksal verdient, hast verdient, in einem Kerker zu krepieren. Denn ich weiß, wer du bist, was sich hinter deinem samtweichen Blick verbirgt. Manon ist nicht schweigend gegangen, selbst wenn sie mir nichts gesagt hat. Aber sie hat alles schwarz auf weiß festgehalten, hat die Ekstase und den folgenden unendlichen Schmerz zu Papier gebracht. Tödlich verwundet, aber noch am Leben.

Nina fährt an, ihre Hände umklammern das Lenkrad. Die Tränen verwischen die Wimperntusche auf ihren Wangen.

Manon, warum hast du nicht mit mir gesprochen, solange noch Zeit war? Ich hätte dir helfen können. Aber vielleicht habe ich es nicht verstanden, dir zuzuhören. Deinem Schweigen, deiner Abwesenheit zu lauschen. Dabei verbringe ich meine Tage damit, anderen zuzuhören.

Ich hätte es dir erklärt. Dass man nicht vergisst, nie von der Leidenschaft geheilt wird. Und auch nicht von der Demütigung. Nein, geheilt wird man nicht, aber mit der Zeit baut man sich sein Leben neu auf. So wie ich es getan habe. Für eine einzige Idee, eine einzige Liebe, eine einzige Zukunft: für dich. Nina fährt in die Tiefgarage.

Plötzlich muss sie an Lydia denken, und ihr Herz zieht sich noch mehr zusammen. Aber in jedem Kampf gibt es unschuldige Opfer. Kollateralschäden. Unvermeidbar.

Sie hat ohnehin gelitten. Jetzt ist sie von all ihren Krankheiten befreit.

Nina schminkt sich im Rückspiegel und geht dann in ihre Praxis, nach dieser Pause der nächste Termin. Ihre Sekretärin kann endlich nach Hause gehen. Die beiden Frauen begrüßen sich, dann öffnet Waldeck, verschanzt hinter ihrem farblosen Lächeln, die Tür zum Wartezimmer.

»Guten Abend, Joachim! Entschuldigen Sie die Verspätung. Fangen wir an?«

Er geht ihr voraus in das geräumige Sprechzimmer, legt sich gleich auf die Couch.

»Nun, Joachim, wie geht es heute Abend?«

»Nicht schlecht, Frau Doktor. Machen Sie diesmal keine Hypnose? Eigentlich ist mir heute nicht danach …«

»Nein, Joachim, heute Abend werden wir nur reden. Im Übrigen glaube ich, dass die Hypnose jetzt nicht mehr nötig ist. Ich glaube, Sie haben mir alles anvertraut, was ich wissen muss. Was ich wissen muss, um Sie zu heilen, natürlich.«

* * *

Fabre wartet in der Nähe des Telefons.

»Verdammt, warum rufen diese Idioten nicht an?!«

Er hat schon vier Nachrichten hinterlassen, versucht sein Glück alle halbe Stunde. Die knappe Ansage auf dem Anrufbeantworter kennt er bereits auswendig.

Thoraize erscheint an der Tür des Kabuffs.

»Gibt es etwas Neues, Hauptkommissar?«

Fabre schüttelt den Kopf.

»Hoffentlich sind sie nicht nach Australien gefahren!«

»Und bei Ihnen? Ist im Rathaus etwas herausgekommen?«

»Ich habe mit einigen Leuten reden können, die Lydia Hénaudin kennen. Offenbar ist diese Frau etwas merkwürdig! Aber das liegt vielleicht an dem Drama, das sie durchlebt hat …«

»Ein Drama? Was für eins?«

»Im Alter von elf Jahren ist ihre Zwillingsschwester Aurélia verschwunden. Anfang der Neunziger. Man hat ihre Leiche nie gefunden. Zweifellos eine Entführung. Ich vermute, ein Sexualverbrechen.«

Fabre seufzt und lehnt sich in seinem Sessel zurück.

»Das verheißt nichts Gutes. Haben wir die Akte irgendwo?«

»Ja, denn es ist hier in der Gegend passiert.«

* * *

Landstraße zwischen Fraisans und Rans,
20.30 Uhr

»Das ist ja wirklich am Arsch der Welt!«, ruft Fabre aus.

»Ja«, bestätigt Thoraize. »Aber ich glaube, es ist nicht mehr weit.«

Sie suchen die Adresse, die sie in der Akte Hénaudin gefunden haben. Das Haus, in dem die beiden Schwestern vor dem Drama zusammen mit ihren Eltern gelebt haben.

Die Gegend ist einsam, abweisend und kalt. Sie fahren an einem dichten Wald entlang, der in der Nacht noch bedrohlicher wirkt. Schließlich halten sie vor einem alten schmiedeeisernen Tor, dahinter liegt ein von der Welt abgeschnittenes Haus. Es gibt keine Klingel, aber das Gitter ist offen. In der Dunkelheit tappen sie durch einen Garten, der seit Ewigkeiten nicht mehr gepflegt worden ist. Ein starker Wind lässt die Kälte noch eisiger wirken.

»Sieht ganz so aus, als würde hier niemand wohnen«, meint Thoraize bedauernd.

»Versuchen wir es trotzdem. Aber stimmt, das ist ein Ort, an dem man eine Gänsehaut bekommt.«

Sie klopfen an die Tür. Mehrmals. Versuchen, sie zu öffnen.

»Ich fürchte, dass wir den weiten Weg umsonst gemacht haben«, seufzt der Hauptkommissar.

»Macht nichts. Hoffen wir, dass die Eltern des Mädchens sich morgen melden.«

Sie drehen um; die heftigen Windböen verhindern, dass sie die verzweifelten Hilferufe aus dem Untergeschoss hören.

* * *

Im Keller lauscht Benoît noch immer. Doch außer den Klagelauten des Sturms hört er nichts mehr. Dabei hatte er wirklich den Eindruck, dass jemand gegen die Tür getrommelt hat. Wahrscheinlich nur eine akustische Halluzination, ein schlechter Scherz des Orkans, der durch alle Ritzen in den Wänden dringt. Er hat seine Kraft zum Schreien umsonst verbraucht. Egal.

Er starrt mit weit geöffneten Augen ins Nichts. Stundenlang. Stunden, die keinen Sinn mehr haben.

Er ist am Abgrund angelangt und strauchelt bereits.

Ein letztes Mal fängt er sich.

Ich heiße Benoît Lorand und bin Polizeibeamter. Ich … werde bald fünfunddreißig Jahre alt.

Ich heiße Benoît Lorand und bin …

Der Sturz scheint endlos, er erreicht den Grund nicht,

weil es keinen gibt. Er dreht sich, wirbelt umher, kreist um ein schwarzes Loch, das ihn unwiderstehlich anzieht. Und das ihn bald verschlingen wird.

Plötzlich erstarrt er von Kopf bis Fuß. Beginnt zu schreien, während Lydia sich erhebt. Sich dem Gitter nähert. Ihr Gesicht ist schon halb verwest, und hohle Augen blicken ihn an. Entsetzt flüchtet Benoît sich unter die Decke.

»Nein! Rühr mich nicht an! Rühr mich nicht an!«

Mit seinem gesunden Arm kämpft er gegen den Angreifer, den nur er allein sieht. Stößt die Hand zurück, die ihn zu packen versucht. Ruft um Hilfe. Ruft seine Mutter.

Schreit, bis ihm die Stimme und schließlich der Atem versagt.

* * *

6. Januar, Bois de Chaux, 7 Uhr

Joachim umklammert die einzelne Blume. Im Licht des frühen Morgens findet er in dem Wald, den er so gut kennt, problemlos seinen Weg.

Heute ist Aurélias Gedenktag. Der letzte seiner Engel. Die allerletzte Agape der ausgehungerten Bestie, die in ihm schlummert. Heute betäubt durch eine massive Dosis an Medikamenten.

Jetzt ist er fast da. Er vergisst nichts, erinnert sich genau an jede der Grabstätten, die er eigenhändig und sorgfältig ausgehoben hat. Noch wenige Schritte und er hat den unsichtbaren Grabstein erreicht.

Wie zur Salzsäule erstarrt, bleibt er inmitten der Bäume plötzlich stehen. Entsetzen lähmt sein Herz. Jemand hat es gewagt. Jemand hat das Grab seiner lieben, unschuldigen kleinen Seele geschändet ... Ohne Zweifel ist die Erde vor Kurzem umgegraben worden. Und auch wenn sie hinterher glattgestampft worden ist, auch wenn der Wald von einer Reifschicht überzogen ist, er kann sich nicht irren.

Ebenso wie er sich nicht im Ort geirrt haben kann.

Genau hier ist es. Zwischen den beiden majestätischen Bäumen, in der Nähe dieses besonders geformten Felsens hat Aurélia dem Himmel und den Sternen Adieu gesagt.

Die Blume entgleitet seinen Händen und fällt auf den weißen Boden. Er sinkt auf die Knie und streicht mit zitternder Hand über den Schauplatz des Verbrechens.

Dann zwingt ihn plötzlich ein Geräusch hinter seinem Rücken, sich umzuwenden. Sein derbes Gesicht verzerrt sich, die Augen weiten sich grotesk. Er starrt auf den Revolver, der auf seinen Kopf gerichtet ist. Da er schon auf Knien liegt, bleibt ihm nur noch, um Gnade zu flehen. Er zittert wie Espenlaub im Wind.

»Nein!«

»Es ist vorbei, Joachim ...«

»Nein! Tun Sie das nicht! Frau Doktor, nein!«

Ein Schuss zerreißt die Stille, der Büßer sackt, in die Stirn getroffen, auf dem Grab seines Opfers zusammen ...

* * *

Nina schreckt aus dem Schlaf. Sie fühlt sich schwach, der Atem geht stoßweise.

Ja, er ist dort, jetzt, in diesem Moment. Dort, wo auch sie sein sollte. Aber wenn sie Joachim erschießt, haben die Bullen leichtes Spiel, finden sehr schnell den Weg zu ihr.

Was ist die Gemeinsamkeit zwischen Lydia und Joachim? Die einzige Person, die beide kennt?

Ihre Psychiaterin.

Deren Tochter die Geliebte von Lorand war, bevor sie sich aus dem dritten Stock gestürzt hat.

Also legt sie den Kopf wieder auf das Kissen. Schließt die Augen.

Ich kann Manon nicht im Stich lassen. Sie braucht mich zu sehr.

Ich werde eine andere Lösung finden.

Ich kann ihn bestimmt in den Selbstmord treiben.

* * *

8 Uhr

Benoît blinzelt. Durch das Kellerfenster dringt ein Lichtschein in seine Augen.

Er taucht aus seinem improvisierten Unterschlupf auf, schiebt die Decke ein wenig zurück. Niemand auf der anderen Seite des Gitters. Der Tag hat sie vertrieben, die Monster, die seine nächtliche Irrfahrt begleitet haben.

Bis heute Abend hat er Ruhe.

Das Fieber erhitzt sein Gehirn, das in glühende Lava getaucht scheint. Sein brechendes Auge gleitet langsam über jeden Gitterstab. In einem eigenartig hellen Lichtschein ziehen vertraute Gesichter vorbei: Gaëlle, Jérémy, seine Mutter, sein Vater ... Er streckt den Arm nach den Trugbildern aus. Den Arm, der dann langsam auf den Boden sinkt.

Sie sind da, alle. Sie haben ihn nicht vergessen, noch nicht begraben. Sie warten mit einer Hoffnung auf ihn, die er bis in sein tiefstes Inneres spürt.

Noch einige heiße Tränen, deren salzigen Geschmack er auf den bläulich verfärbten Lippen spürt. Alles ist so ruhig, so traurig. Doch plötzlich lächelt er, zeigt dem Gegner die Zähne. Und murmelt:

»Wenn ich tot bin, kann ich zurück nach Hause ...«

Ja. Wieder nach Hause. Diesen Rattenkäfig verlassen.

Übrigens hat heute Nacht eine von ihnen Lydias Gesicht zerfressen.

* * *

14.30 Uhr

In dem Zivilstreifenwagen wird kein Wort gewechselt. Die drei Ermittler sind müde. Gegen Mittag haben Lydias Eltern sich endlich herabgelassen zu antworten. Sie waren im Urlaub. So einfach ist das. Eine kleine Reise mit einer Rentnergruppe nach Marokko.

Es gibt keinen Zweifel, die junge Frau lebt wirklich seit Monaten zurückgezogen in diesem abgelegenen Haus. Selbst wenn sie den Kontakt zu ihrem absonderlichen Nachwuchs abgebrochen haben, wussten sie zumindest das.

Also hat Fabre beschlossen, noch einmal hinzufahren. Vielleicht ist die junge Dame ja an diesem frühen Nachmittag zurück. Thoraize sitzt leicht nervös am Steuer, während Djamila hinten ihre Zigarette raucht. Endlich erreichen sie das finstere Portal und stellen den Wagen am Straßenrand ab.

»Wirklich ein sehr einladender Ort«, brummt Fashani.

»Ja, nachts ist es noch besser!«, gibt Éric zurück und öffnet das Tor. Sie steigen die Außentreppe hinauf und trommeln erneut an die Tür. Fabre seufzt.

»Zum Teufel! Wo steckt dieses Mädchen bloß?!«

»Wenn sie etwas mit Benoîts Verschwinden zu tun hat, hat sie sich womöglich aus dem Staub gemacht«, meint Djamila zähneklappernd.

»Vielleicht«, räumt Thoraize ein. »Also, was machen wir jetzt? Fahren wir nach Hause?«

Noch erschöpfter als zuvor kehren sie um. Doch plötzlich bleibt Fabre stehen: Gestern Abend im Dunkeln hat er das weiße Auto nicht bemerkt, das neben einem von spärlichem Efeu umrankten Schuppen parkt.

»Ihr Clio ist da«, murmelt er.

»Glauben Sie, dass sie im Haus ist und nur nicht öffnen will?«, fragt Djamila.

»Vielleicht. Werfen wir einen Blick in den Schuppen!«

Sie öffnen die Tür. Drinnen steht brav ein schwarzer Wagen im Dämmerlicht.

»Verdammt! Das ist Bens Audi!«, ruft Thoraize.

Eine Weile stehen sie wie gelähmt da. Sie haben es geschafft. Das Trio eilt erneut zum Haus. Diesmal machen sie sich nicht die Mühe, sich anzukündigen. Thoraize zieht seine Waffe und zerschießt das Schloss. Zum Teufel mit den Vorschriften. Sie treten in einen finsteren Gang, versuchen vergeblich, das Licht einzuschalten. Mit gezogenen Pistolen inspizieren sie jedes Zimmer. Dann findet Djamila den Zugang zum Keller. Im Gänsemarsch dringen sie in das Untergeschoss des Hauses vor. Die Tür knarrt. Sie steigen die Betonstufen hinab, bleiben abrupt stehen angesichts des Horrors, der sich vor ihren Augen auftut.

»Ben!«, schreit Thoraize und rüttelt an dem Gitter.

Sie betrachten Lorand, der reglos an der Wand lehnt. Friedlich zu schlafen scheint.

»Ben, hörst du mich?«

»Zur Seite!«, befiehlt Fabre.

Die beiden Ermittler treten einen Schritt zurück und halten sich die Ohren zu. Der Hauptkommissar schießt zweimal, bis das Schloss nachgibt.

Thoraize stößt seinen Vorgesetzten weg und stürzt zu seinem Freund; Djamila schlägt mit vor Angst zugeschnürter Kehle die Hand vor den Mund. Ihr Blick wandert von Lydias entstellter Leiche zum Körper ihres ehemaligen Liebhabers.

Thoraize erhebt sich. Sein Blick lässt ihnen nicht die geringste Hoffnung.

EPILOG

15.30 Uhr

Djamila sitzt auf der untersten Stufe. Sie vergießt Träne um Träne, heult hemmungslos. Es ist vorbei. Nie wieder wird er sie in seine Arme schließen. Ihr seine betörenden Lügen ins Ohr raunen. Nie wieder. Ihr Hass hat sich aufgelöst, ist verwässert von Kummer. Sie vermisst ihn so, dass sie alles geben würde, um ihn wieder zum Leben zu erwecken.

Fabre ist am Gitter erstarrt. Zermartert von seinem Scheitern, von Ungläubigkeit. Vom gnadenlosen Pech, das sie hatten. Und vor allem Benoît, er vor allem.

Thoraize hat nicht mehr den Mut, seinen toten Freund anzusehen, entstellt von den Wochen der Entbehrungen. Also schaut er auf die Nachricht an der Wand.

Du wirst nicht wissen warum.

Sie sicher auch nicht.

Der Rechtsmediziner erscheint schweigend mitten in dem Schlachtfeld. Nun müsste auch jeden Augenblick die Spurensicherung eintreffen zum großen Karneval. Die Totenwache ist bereits beendet. Der Leichenbeschauer tritt zu Benoît und stellt seine Tasche ab.

Streift die Latexhandschuhe über. Nach einem kurzen Moment wendet er sich an die Ermittler. Spricht sein Urteil. Knapp und kalt.

»Er ist seit zwei oder drei Stunden tot, nicht länger …«